アメリカ思春期文学にみる〈少年の旅立ち〉

ハック、オズ、ライ麦畑、ゲド戦記から現代文学まで

American Boys' Quest for Manhood in Adolescent Novels: Huck, Oz, Ged, and Weetzie's Men

吉田純子
Yoshida, Junko

阿吽社

目次

序　章——まえがきに代えて　7

本書のテーマ　7 ／ 各章の概要について　8 ／ 思春期とは？　11 ／ 思春期文学とは？　12 ／「男」は作られる　14 ／ アメリカの物語　16 ／ イデオロギー教化装置　19

第Ⅰ部

第1章　オズの悩める男たち　22

アメリカの基準点　23 ／ 多様な『オズ』の解釈　24 ／「旅」をジェンダー化する　25 ／ ドロシーの旅の意義　28 ／ かかしの自信喪失　29 ／ ブリキ仮面の男の悩み　31 ／ 期待の重圧に苦しむライオン　32 ／ ペテンの暴露を恐れるオズ　34 ／ ボームの立ち位置　36

第2章　文明・野性の境界線上の少年たち　38

セルフ・メイド・マンのトウェイン　39 ／ グッド・バッド・ボーイ　40 ／ 共同体における監視と処罰　41 ／ 境界線　42 ／ 逸脱する身体　44 ／ 他者の同化と隔離　47 ／ ハックの批判精神　49 ／ 文明の外に「ずらかる light out」　50

第3章　猿に育てられたイギリスの貴公子　52

「アメリカの神話」は続く　53 ／『類猿人ターザン』のジェンダー　54 ／ 野性を母とする少年　55 ／ 男の闘争本能　58 ／ 春季発動期のターザン　61 ／ 原始の女ジェーン　64 ／ 夢追い男バロウズ　66

第4章　影を殺した少年 ―――――――――――――――――――― 69

50年代――〈皮肉〉の時代 70 ／「平和の園」再訪 71 ／ デヴォンの森の「アダム」72 ／ 幸運なる転落 74 ／ 少年が男になるとき 76 ／ イノセンスの終わり 77 ／ 内なる他者との遭遇 79 ／ 姿の見えない敵 81 ／ 不安・皮肉・逆説の男性性 83

―――――――――――――― 第Ⅱ部 ――――――――――――――

第5章　〈ゲド戦記〉の男らしさの見直し ―――――――――― 88

はじめに――「ゲド戦記」シリーズについて 89 ／ 男性性の影との戦い 89 ／ アメリカを覆う影 93 ／ 女性性と触れあう 95 ／ 対話による男らしさの再構築 96 ／ ゲドが代役(ダブル)に出会う 98 ／ 新しい男の予兆 99 ／ 70年代アメリカ 100 ／ 再生する男らしさ 102 ／ 男の混成主体 106 ／ 中心勢力ハード人の世界観を批判する 108 ／「アメリカの物語」の終わりの始まり 112 ／ まとめ――「ゲド戦記」の男らしさは変わり続けてきた 113

第6章　男らしさの〈宇宙〉をかき乱す ――――――――――― 116

男子校が戦場となるとき 117 ／「男性運動 Men's Movement」の始まり 118 ／ 男らしさの探求物語 120 ／ 体制順応主義への反抗 122 ／ 権力と男らしさ 123 ／「従順な身体」の作り方 124 ／ 仮面を被った男 126 ／ アメリカン・ヒーローの死 127 ／ 大地の母は死んだ 130 ／ チョコレート戦争を越えて 132 ／〈ワイルドマン〉は救世主か？ 135

第 7 章　チーズになった少年 ………………………………… 138

はじめに——『ぼくはチーズ』について 139 ／ 三つの物語 139 ／「ナンバーズ」ゲーム 141 ／ なぜ「ナンバーズ」をするのか 144 ／ もう一つの物語 147 ／ 9.11以降の文脈で読む『ぼくはチーズ』150

第 8 章　アジア、女性と和解する ………………………………… 153

父・息子の物語 154 ／ 闇の奥へ 155 ／ 漁夫王の城 157 ／ モルガン・ル・フェ 160 ／ 聖杯の仲間 162 ／ もう一人のブロートン 165 ／ 絆の回復 168

第Ⅲ部

第 9 章　スラムからヴェトナム戦争へ ………………………………… 172

類型的黒人像 173 ／ 視界不良 175 ／ 無力さ 177 ／ 銃をめぐる葛藤 179 ／ もう一人の自分 182 ／ 生き延びて 184 ／ 国家の物語(ナラティヴ) 186 ／ 傍観者 188 ／ 天使の戦士 189 ／ 官僚主義の戦争 191 ／ テト攻勢 192 ／ たこつぼ壕 194 ／ ヴェトナム戦争戦没者慰霊碑「ザ・ウォール」196

第 10 章　ゲイとして生きる ………………………………… 199

はじめに——同性愛の男性性 200 ／ 父親探しの「旅」 200 ／ 心理療法的な出会い 202 ／「金色の繭」が破れるとき 203 ／『キャッチャー・イン・ザ・ライ』との比較 205 ／ 映画『顔のない天使』との違い 207 ／ 90年代アメリカでゲイに目覚める 208 ／ 制度の言説が作るゲイ 209 ／ 物語による解放 211 ／ ゲイ解放運動——1969年から1990年代へ 214

第 11 章　障害者として生きる ……………………………… 217

　はじめに——自閉症を描いた小説　218 ／ なぜ自閉症を取りあげるのか　218 ／ 自閉症の動物科学者テンプル・グランディン　220 ／ 救貧農場に囲いこまれた障害者たち——『北極星をめざして』221 ／「あばれモン」と呼ばれた男　222 ／ 一人前になりたかった男　223 ／ 障害者を抱える家族——『白鳥の夏』224 ／ 喪失と回復の物語　226 ／ 自閉症の人は自分を語れるのか　228 ／ 水頭症の少年みずからを語る——『はみだしインディアンのホントにホントの物語』230 ／ 白人居住地の高校へ転校　232 ／ 半分インディアン・半分白人　233 ／ 医学モデルと社会モデル　234 ／ アスペルガー少年の冒険物語——『マルセロ・イン・ザ・リアルワールド』236 ／ マルセロの内的葛藤　237 ／ リアルな世界での男らしさ　238 ／ マルセロの選択　240 ／ 救済者マルセロ　241 ／ おわりに——障害者の男らしさはどのように変化してきたのか　243

あとがき——セルマからストーンウォールまで "From Selma to Stonewall" ……246

作家紹介 ………………………………………………………………………251

引用・参考文献 ………………………………………………………………259

初出一覧 ………………………………………………………………………272

序章——まえがきに代えて

本書のテーマ

　本書で私は、19世紀から21世紀までのアメリカの代表的児童文学、思春期文学（adolescent literature）を取りあげて、そこに表象される男らしさ（manhood）が、国家アメリカの男性性（masculinity）とどのように関連しているかを検証する。すなわち、児童文学の一分野であるアメリカの思春期文学を、「アメリカの物語」（American Narrative）と呼ばれる枠組みのなかで読みながら、作品主人公の男らしさが帝国主義的な国家アメリカのイデオロギー（例外主義、グローバリズム、アメリカニズム）をいかに反映しているかを考察する。アメリカの物語の主人公は、「アメリカのアダム」（American Adam）と呼ばれ、アメリカの中心勢力であるＷＡＳＰ（白人・アングロサクソン・プロテスタント）の男たちが伝統的に理想とする自己イメージであった。彼らは、腐敗にまみれたヨーロッパ世界から移民してきた新天地アメリカで、キリスト教起源神話にならい、アメリカを新しいエデンの園、みずからを汚れなきアメリカのアダムと見立てた。実のところ、ここで取りあげる作品の主人公たちは、アメリカのアダムであり、時代とともに変化するアダムの男らしさを体現している、と私は考える。というわけで、男らしさをミクロとマクロの両面から探り、その相関性を明らかにしてみたい。

　本書は前著『少年たちのアメリカ——思春期文学の帝国と〈男〉』（2005）の増補改訂版である。この間に、バラク・フセイン・オバマ・ジュニア Barack Hussein Obama Jr. がアメリカ合衆国で初の黒人大統領として就任した。しかし、これまでアメリカがとった中東政策の失敗は、アラブの春の挫折とＩＳ（イスラム国）というモンスターの誕生によって明らかになり、中東問題がさらなる混迷を深めている。私は、アメリカの物語の枠組みがきしみ、その主人公の

属性も変化している現在の合衆国を見て、さらに2章を追加して、前著を改訂せざるを得なくなった。

本書改訂にあたり、全文を推敲し直し加筆修正することはもとより、この序章を前著「まえがき」をもとに書きなおしたほか、いくつかの章を入れ替え、全体を三部構成に改めた。新規に追加した2章（第10章・11章）はともに第Ⅲ部に収めてあるので、前著を読んでいただいた方は序章をお読みいただいた後、そこから読み始めていただいてもかまわない。

各章の概要について

まず、この序章では、二つの概念を扱う。第1は、思春期文学というジャンルの成立とその概念について。第2は、アメリカ文化における男らしさについて。いずれも、本書での基本となる概念である。

そして、WASPの伝統的男らしさの時代的変化に則して、私は本書を三部に分けた。第Ⅰ部（第1章-第4章）では、作品で表象されるWASPのアメリカのアダムが伝統的特性を維持している。第Ⅱ部（第5章-第8章）では、作品に表されたアメリカの物語の枠組みにゆがみが生じ、アメリカのアダムの特性が傷を負うか、死に瀕している。第Ⅲ部（第9章-第11章）では、作品の主人公アメリカのアダムが伝統的なWASP以外の特性（人種的、性的な他者、障害者）を帯びるようになる。

〈第Ⅰ部〉（第1章-第4章）

第1章「オズの悩める男たち」では、ライマン・フランク・ボーム Lyman Frank Baum の『オズの魔法使い The Wizard of Oz』（1900）を取りあげる。私は、この作品の主人公が実は男性登場人物（かかし、木こり、ライオン、オズの魔法使い）ではないかと考えて、彼らに体現される男らしさを、19世紀から20世紀転換期に国内外で帝国主義的発展を遂げる国家アメリカの男性性と重ねあわせて考察する。

第2章「文明・野性の境界線上の少年たち」では、マーク・トウェイン Mark Twain の『トム・ソーヤーの冒険 The Adventures of Tom Sawyer』（1876）の主人公トムと、『ハックルベリー・フィンの冒険 Adventures of Huckleberry

Finn』(1884) の主人公ハックルベリー（ハック）のそれぞれの男らしさに焦点をあてる。彼らは、19世紀前半から後半にかけて拡張するフロンティア（文明と野性の境界線、あるいは文明の最前線）で悪童として生きる。彼らの人種的他者との関わりが、文明化を推進するアメリカ合衆国の男性性をどのように表象しているのかを比較・検討する。

　第3章「猿に育てられたイギリスの貴公子」では、エドガー・ライス・バロウズ Edgar Rice Burroughs の『類人猿ターザン *Tarzan of the Apes*』(1914) を取りあげる。イギリスの貴公子ターザンは、アフリカのジャングルで猿に育てられるという、文明と野性のハイブリットな男らしさを体現するが、それがアメリカ文化で受容された背景を探る。

　第4章「影を殺した少年」では、ジョン・ノールズ John Knowles の『ともだち *A Separate Peace*』(1959) を取りあげる。主人公フィニアス（フィニー）は、作品設定の1940年代当時アメリカの理想の男らしさ（リベラリストでスポーツマン）を体現する人物であるにもかかわらず、第二次世界大戦の激化・拡大につれて、なぜ理想の男らしさに傷を負い、死に追いやられていったのかを、作品発表当時の50年代アメリカの社会・政治的文脈のなかで解明する。

〈第Ⅱ部〉（第5章-第8章）

　第5章「〈ゲド戦記〉の男らしさの見直し」では、アーシュラ・K・ル＝グィン Ursula K. Le Guin の「ゲド戦記 Earthsea」シリーズ――『影との戦い *A Wizard of Earthsea*』(1968)、『こわれた腕輪 *Tombs of Atuan*』(1972)、『さいはての島へ *The Farthest Shore*』(1973)、『帰還 *Tehanu*』(1990)、『アースシーの風 *The Other Wind*』(2001)――で描かれる主人公たちの男性性に焦点をあてる。33年間にわたって描かれた主人公ゲドの男らしさは、時代の変化とともにどのように推移するのか、新たに構築された男らしさにどのように取って代わられるのかを、アメリカの社会・文化的文脈のなかで読み解く。

　第6章「男らしさの〈宇宙〉をかき乱す」では、ロバート・コーミア Robert Cormier の『チョコレート・ウォー *The Chocolate War*』(1974) を取りあげる。私はこの小説を、男子高校の新入生ジェリーが、寄付金集めのチョコレート販売をめぐって反体制的な態度をとったために、体制順応的男らしさの規範をかき乱してしまった物語として読む。そうすることで、1970年代アメリカで変

化しつつあった男らしさの概念を、主人公の男らしさと重ねあわせることができる。

第7章「チーズになった少年」では、コーミアの『ぼくはチーズ *I Am the Cheese*』(1977 未訳) を扱う。主人公アダムは、ジャーナリストの父親が政府がらみの組織犯罪と対決して証人台に立ったために命を狙われる。両親を抹殺されたアダムは、童謡に登場するチーズに自己同化して生き延びようとする。ヴェトナム戦争敗退、ウォーターゲート事件、ニクソン大統領の辞任などにより、パラダイム・シフトを迫られるアメリカの物語（自由と民主主義、アメリカ例外主義を標榜する物語）に注目しながら作品分析をする。

第8章「アジア・女と和解する」では、キャサリン・パターソン Katherine Paterson の『もう一つの家族 *Park's Quest*』(1988) を読み解く。主人公パークが成長過程で探求する理想の男らしさは、ヴェトナム戦争敗退後の現在、もはや亡き父親のような英雄的な空軍パイロットには見出されない。むしろ、ヴェトナム女性と結婚した、温厚で実直な農夫の叔父のなかに見出される。この物語は、ヴェトナム戦争戦没者慰霊碑がアジア人女性により設計され、民間の募金で建立された、というアメリカ社会の事情と同調（シンクロナイズ）する。

〈第Ⅲ部〉（第9章−第11章）では、WASPにとって人種的他者、性的他者、障害者の男らしさを描く作品を取りあげる。これらの男らしさの表象は、それまでアメリカの中心勢力の男性性から排除されてきた。

第9章「スラムからヴェトナム戦争へ」では、ウォルター・ディーン・マイヤーズ Walter Dean Myers の『スコーピオンズ *Scorpions*』(1988 未訳) と『地におちた天使 *Fallen Angels*』(1988 未訳) を取りあげる。この章では、1980−90年代に、貧困、単身家族、都市部のスラムのため犯罪に巻きこまれて命を落とし、「絶滅の危機」にあると言われた黒人少年たちが、国内のスラムや国外の戦場（ヴェトナム）で、どのように生き残りをかけて戦い、彼らの男らしさを作りあげてゆくかを探る。

第10章「ゲイとして生きる」では、イザベル・ホランド Isabelle Holland の『顔のない男 *The Man Without a Face*』(1972)、フランチェスカ・リア・ブロック Francesca Lia Block の『ベイビー・ビバップ *Baby Be-Bop*』(1995) を中心にブロックの「ウィーツィ・バット *Weetzie Bat*」シリーズで描かれるゲイの登

場人物の男性性を取りあげる。1970年代アメリカで男性運動が始動し、1990年代に男性学研究が発展した社会・文化的状況を映すこれらの作品で、少年たちがいかにゲイのセクシュアリティに目覚め、それを語ることによって受けいれ、カミングアウトするかを追う。

　第11章「障害者として生きる」では、キャサリン・パターソン Katherine Paterson の『北極星をめざして Jip: His Story』(1996)、ベッツィ・バイヤース Betsy Byers の『白鳥の夏 The Summer of Swans』(1970)、シャーマン・アレクシー Sherman Alexie の『はみだしインディアンのホントにホントの物語 The Absolutely True Diary of a Part-Time Indian』(2007)、フランシスコ・X・ストーク Francisco X. Stork の『マルセロ・イン・ザ・リアルワールド Marcelo in the Real World』(2009) を取りあげる。これまで、アメリカの「健常な」男らしさから排除され、物理的、経済的、精神的負担として存在せしめられてきた障害をもつ少年たちが、時には人種的他者性を同時に身におびながら、いかにみずからの男らしさの物語を語る声を獲得するかを探る。

思春期とは？

　「思春期文学」という聞き慣れないジャンルについて、ここで、思春期と思春期文学の説明が必要だろう。思春期の年齢幅は、狭義に春機発動期（puberty）の思春期という意味では、12から14歳、広義には12歳から17歳まで、あるいは、男子が14歳から25歳、女子が12歳から21歳 までの成長期を指し、法律的には成年に達するまで、とされている。成年とは、アメリカでは21歳、イングランドでは18歳を指す（『心理学辞典』有斐閣、1999年、『研究社リーダーズ＋プラスV2』）。

　文学批評家ロバータ・シーリンガー・トライツ Roberta Seelinger Trites は、『宇宙をかき乱す Disturbing the Universe』(2000) において、思春期文学が確立していくまでの過程、すなわち、思春期という概念がアメリカ社会で受容されていく過程を簡潔にまとめている［トライツ 2000, 24-25］。

≫　「思春期」という語は、マーク・トウェイン、ルイザ・メイ・オルコット

Louisa May Alcott らが作家活動をしていた南北戦争後のアメリカで、ようやく一般的に使われ始めた。無垢な子どもという形象に魅了されたロマン主義運動の影響下で、トウェイン、オルコットその他の多くの作家は、ティーンエイジャーを描く小説を書いた。

≫ 20世紀前半には、ルーシー・モード・モンゴメリー Lucy Maud Montgomery、ジョゼフ・ラドヤード・キップリング Joseph Rudyard Kipling、ケイト・ダグラス・ウィギン Kate Douglas Wiggin らも、この年齢層の若者向けに小説を書いた。

≫ 社会的な概念としての思春期は、心理学者 G・スタンレー・ホール G. Stanley Hall の『青年期の研究 Adolescence』(1905) が影響力をもつようになって、広範に注目されるようになっていった。ホールの影響には次のようなものがある。

1　ボーイスカウト運動のような社会活動の集団が組織された。
2　産業化とともに高等学校への入学者数が増加すると、学校経営者は、思春期という考え方を生徒理解の一助とするようになった。
3　思春期の子どもをもつ親向けには、子どもを理解しその将来を考えるための啓蒙書が書かれた。
4　アメリカ図書館協会 American Library Association、英語教員全米協議会 National Council of Teachers of English は、優良児童図書への一般の関心を掻きたて、若者向けの図書の価値を高めるような活動を行った。
5　第二次世界大戦後のアメリカの経済的繁栄のなかで、豊かさと自立を手にいれた若者は、出版業界の格好の市場となった。

19世紀半ばから20世紀半ばまでの思春期をめぐるアメリカでの文化的状況は、ざっとこのようなものだった。

思春期文学とは？

「Adolescent literature」の訳語に、「青春文学」（一般文学で若者を描く恋愛小説、

冒険小説、教養小説を含む）というなじみのある語を避けたのは、アメリカで「ヤングアダルト文学」と呼ばれるジャンルの作品を積極的に取りあげたいからである。この新参のジャンルは、アメリカで1940年代にその萌芽を見せ、60年代以降に、ときには主流の文化と対抗しながら、出版業界主導のジャンル分けの影響下でできあがっていった。そして、三つの転換点を経ながら、現在のアメリカに見られる顕著な文学ジャンルとして確立した［トライツ 2000, 25］。

1　モーリーン・デイリ Maureen Daly の『17歳の夏 Seventeenth Summer』（1942）
　　この作品は、高校卒業後、ボーイフレンドと結婚して家庭に入るか、それとも別れて大学に進学するかの人生の岐路に立つ、思春期の少女の一夏の経験を詳細に描いた。従来の教養小説(ビルドゥングスロマン)のように、少女の社会化のプロセスを描くというより、矛盾する選択肢を抱えて葛藤状態にある、思春期の少女の心理を掘り下げて描いている。そういう意味で、ティーンエイジャーの気持ちにより添った作品である。

2　J・D・サリンジャー J. D. Salinger の『キャッチャー・イン・ザ・ライ The Catcher in the Rye』（1951）
　　若者の俗語を多用する、この小説の語り手で主人公のホルデン・コーフィールドは、体制順応主義に反抗する思春期の若者の象徴的存在となった。

3　S・E・ヒントン S. E. Hinton の『アウトサイダーズ The Outsiders』（1967）
　　現役の高校生作家ヒントンが下町育ちのいわゆる非行少年を描いた作品は、高校生による高校生のためのヤングアダルト文学として注目を浴びた。

　1と3は、思春期の若者向けに書かれた本であり、2は、思春期の主人公を描く一般向けの本である。この三作品に共通するのは、主人公たちが従来の教養小説型の結末―ジェンダー・アイデンティティを獲得して社会体制にめでたく順応する結末―をとらないことだ。トライツは、思春期小説の主人公が、家

族制度、学校制度などの諸制度と闘ってみずからの力量を知ろうとする、と述べている［トライツ 2000, 23］

　文学批評家アニス・プラット Aniss Platt によれば、従来の教養小説の女性主人公は、すでに、現代のヤングアダルト小説の主人公なみに、自己分裂状態を生きてきたと主張する。女性が男性中心の社会にあって、常に他者として人生を送ってきたために、本当の自己認識に従うべきか、社会の規範に従うべきかの、自己分裂を経験してきた。「明らかに作家たちは、成長期の女性に補助的、第二次的な人格か、犠牲者か、狂人か、死者かといった、いずれかの選択をふり分けて描いている」［Platt 1981, 36］というのである。別の言い方をすれば、教養小説の女性主人公は、結果的にはめでたく社会化されて、補助的、第二次的な人格に馴化されるか、それとも制度と闘ったあげく、その犠牲になったり、発狂したり、死んだりしてきた、というのである。

　一方、男性も、男らしさが文化により作られるという観点に立つならば、社会の規範に疎外され、抑圧されて、自己分裂したあげく発狂したり、死んだりすることもあるはずである。たとえば、映画『ファイト・クラブ Fight Club』（1999）では、語り手の主人公が、ヤッピーのジャックとマッスル系のタイラーとに完全に自己分裂し、その混乱と苦悩を観客に訴えている。

　本書で私は、思春期小説のカテゴリーを広範に捉えている。思春期の若者が近代社会の諸制度と格闘しながら成長する様を描く作品を、一般向け文学、ヤングアダルト文学の別なく、思春期小説と考えることにしている。そうすることで、スティーヴン・クレイン Stephen Crane の『赤い勇気の勲章 The Red Badge of Courage』（1895）、『ハックルベリー・フィンの冒険』、『類猿人ターザン』、『キャッチャー・イン・ザ・ライ』、『チョコレート・ウォー』などを、出版時期や本来的なジャンルの違いを越えて、アメリカの物語という枠組みのなかに置き、議論できると考えるからである。

「男」は作られる

　ここで私は、男性役割（male gender role）という語のかわりに、男らしさ、あるいは男性性という語を使っている。なぜなら、男性役割は、男として生まれ

た者がある文化的特徴をおびた男性へと社会化されることを意味してきたからである。社会学者マイケル・S・キンメル Michael S. Kimmel によると、性別役割（sex-role）という考え方は、特定の社会・文化的文脈での男性に特徴的なふるまいのアラカルトを扱うことができても、女らしさとどのような力学的関係をもつのか、どのような歴史的文脈で生まれたのかを見すごしてきた。しかも、性別役割は、心理学的な元型に還元されることで、静止画像的な男性イメージに固定され、変化し躍動する男性イメージを十分に反映できないできた［Kimmel 1987a, 12; 1987b, 122］。

　私は、男らしさをフェミニズム視点から捉えるので、女らしさと同じく男らしさも、家父長制との関わりのなかから生まれたと考えている。つまり、家父長制社会内での連携プレーによって文化的に作られたと考えている。歴史家ゲルダ・ラーナー Gerda Lerner は家父長制を次のように説明する。「男性による家庭内の女や子どもへの支配の表れであり、その制度化であり、拡大して、一般的に社会における男性の女性支配を意味する。家父長制の意味するところは、社会のすべての重要な緒制度において、男性が権力を保持し、女性はそのような権力へのアクセスを奪われていることである」［Lerner 1986, 239］。

　この考えを拡大解釈すれば、いわゆる男性的属性（決断力、意思力、行動力、自律性、自制心など）と言われるものが、いわゆる女性的属性（従順さ、受動性、美しさ、生殖・養育力、感情的、依存心、優しさ、愛情深さ、女性間相互依存、コミュニケーション力など）と言われるものを支配下におくことも、家父長制の特性の一つである。この意味で、家父長的な男らしさは、現代社会でも機能しているのだろう。

　では、アメリカ人の伝統的・理想的男らしさとは、どういうものなのか。社会学者スーザン・ジェフォード Susan Jeffords によれば、それは、アメリカ文化のなかで男性が輝かしい業績を得るのに不可欠な、一揃えの男性イメージ、価値、関心、活動を指している［Jeffords 1989, xii］。つまり、伝統的な男らしさは、「赤貧から金持ちに」と言われるように、プロテスタント倫理（勤勉・節約・能力の有効活用をモットーとするキリスト教的倫理）を実践しながら夢を実現して、地位と権威を認められ、それにふさわしい富とふるまいを身につけ、女性的なもの（現実の女性、いわゆる女性的属性、その他男性的なものから閉めだされ

たすべてのもの）に支配されず、かえって支配する、独立独歩型の男の属性を指す。

　ところで、アメリカで赤貧から金持ちに登りつめた男たちは、「セルフ・メイド・マン」と呼ばれた。1832年に合衆国上院議会で上院議員ヘンリー・クレイ Henry Clay がこの新造語を使ったのがきっかけで、広く使われるようになった。1840年代から50年代にはセルフ・メイド・マン崇拝熱にあおられて、成功した男たちの自叙伝がよく読まれた［Kimmel 1997, 26］。しかしながら、成功の高みをめざして努力し、力量を証明し続けるセルフ・メイド・マンは、常に前進しなくてはならないために、傍目には、不安に満ちて不安定な男性と映った。1830年に訪米したフランス人思想家アレクシ・ド・トクヴィル Alexis de Tocqueville の目に、セルフ・メイド・マンが「裕福さのただ中で不安な」男として映っていた［Tocqueville 1832, 628］。

　このような男らしさは、200歳の齢を重ねてアメリカ神話の神殿で鎮座してきた。アメリカの男たちは、自分たちの男らしさを測る際に、「すべての男の心の奥底にある永遠、普遍のエッセンス」［Kimmel 1997, 4］という、まるで定規のような男らしさの概念を規範としてきた。これは「男らしさの神話」と呼ばれている。こうした普遍的男らしさこそ、アメリカの男たちに「男性性の不安」を波状的に抱かせてきたのだ。アメリカの男たちは、男らしさの神話という鏡にわが身を映して、自分には強さが、権威が、富が、業績が足りないのではと不安を抱き、パターン化された行動をとって不安を解消してきた。タフガイよろしく感情を抑えこむか、移民や異教徒（「他者」）に不安を投影して排斥・攻撃するか、それとも他所や荒野に「ずらかる」か、といった行動を［Kimmel 1997, 9］。しかも、この鏡は、いわゆる「アメリカ神話」（または、アメリカの物語）のなかに、神器として奉納されてきた。だから、アメリカ神話のヒーローには、代々継承・伝播させてきた伝統的男らしさが現れている。

アメリカの物語

　アメリカの物語の主人公と言えば、なんと言っても定番は、純真無垢な孤高のアメリカのアダムである。いったい何時、そういうことになったのだろう

か。文芸批評家 R・W・B・ルーイス R. W. B. Louis によれば、アメリカのアダムの起源神話を辿ってゆくと、1820 年から 60 年までに、ニューイングランドと大西洋沿岸地方で活躍した白人男性の思想家、芸術家の言説が、しだいに新しいタイプのヒーロー、すなわち、アメリカのアダム像を生みだしていった、というのである。

　アメリカ神話は集合的なものであったし、その点ではその後もかわりはない。論文、詩、物語、歴史、説教など、色とりどりの文献から取り出して繋ぎ合わさなくてはならないものなのだ。(中略) アメリカ神話の描いた世界は、人類にとっての第一の機会がたそがれの旧世界のなかで悲惨な失敗に終ったのち、第二の機会が神から与えられて、新しい主導権のもとに再出発した、というものであった。［ルーイス 1955, 8-9］(傍点は筆者による)

つまり、様々な書き物が、アメリカのアダムをヒーローとするアメリカ神話をこぞって作りあげてきた、というのだ。かつて、WASP の男たちは、腐敗にまみれたヨーロッパ世界と決別して新しい国を築いたときに、建国の神話を必要とした。彼らは、エデンの園の汚れなきアダムのイメージにならい、新大陸「エデンの園」でアメリカのアダムを主人公とする新しい神話を作りだした。

そして、作りあげられたヒーロー像には共通する属性があった。彼は、家庭や社会のアウトサイダーで、無垢な心をもち、成長過程の儀式的な試練を経て、未知の複雑な世界に希望の第一歩を踏みだす若者なのだ。ときには、過酷な試練のなかで打ち負かされ、裏切られ、捨てられ、破滅させられることもある。にもかかわらず、彼は世界との相互作用的な関係をもつ。

　彼はこの世界に徹底的に影響を与え、また徹底的に影響を受ける、(中略) しかし彼は自分のしるしを世界に残してゆく、そのしるしのために生き残った人びとにとり、征服がのちに可能になるかもしれない。［ルーイス 1955, 190］

文化論的に興味深いのは、このヒーローが人びとに影響を与えると同時に、人びとからも影響を受けること、さらに、自分の印を社会に残し、後世の人びとがその印を再生する様子である。言いかえれば、アメリカのアダムの神話は、様々な書き物をとおして集合的に構築され、またテキスト間交流を通じて伝播してきた。それは、「純真無垢の孤高のヒーロー」という意味が「アメリカのアダム」の表象に記号化（エンコード）されたのちに、様々なテキストの間を記号化（エンコード）、脱記号化（デコード）を繰りかえしながら、アメリカ文化のなかで累々と継承されてきたということに他ならない。

　では、アメリカ人は、なぜこのヒーロー像を継承・伝播してきたのか。アメリカ文学研究家亀井俊介は、歴史家ディクソン・ウェクター Dixon Wector の説を借りて説明する。移民してきたアメリカ人は、新大陸で根を切られた生活を始めたために不安定な国民（レストレス・ピープル）となり、しかも、多人種国家であるがゆえの不安感が、国民を束ねるシンボル的ヒーローを必要とし、アメリカのアダムを生みだして生き延びてきたのだ、と［亀井 1993, 19-20］。

　さらに、宗教社会学者ウォルター・T・デイヴィス・ジュニア Walter T. Davis Jr. は、集団のシンボルを主人公に抱くこの物語を「アメリカの物語」と呼び、共和国アメリカが、代々この物語にもとづき国家アイデンティティを形成し、国際世界でのみずからの役割を確認してきたと主張する。しかも、この物語には二つのわき筋がある。第1は、アメリカが正義と豊かさを追求する自由と民主主義の国家であるというわき筋であり、第2は、アメリカ人がこの筋書きどおりに生きるために、世界で選ばれた民として明白なる天命を負っているというわき筋である。デイヴィスは、第2のわき筋を「アメリカ例外主義」、あるいは「アメリカニズム」と呼ぶ［デイヴィス, 26］。たとえば、よく耳にするアメリカ例外主義の論法でアメリカニズムを説明すればこうなる。アメリカは核を保有できるが、イランも北朝鮮も保有してはならない。なぜならアメリカは自由と民主主義を代表する選ばれた民であるが、これらの国は「悪の枢軸国」だから保有できないのだ、と。アメリカ人のなかには、WASP 中心のこの物語の枠組みに入りたくない人びとももちろんいただろう。しかし、かつては、マイノリティの権利獲得運動の時代がくるまで、彼らは国家の物語の発する強力な磁場のなかで、自分たちの物語を語る「声」を奪われていた。

イデオロギー教化装置

　ところで、フランス人歴史家フィリップ・アリエス Philippe Ariès は、『〈子供〉の誕生 L'Enfant et la Vie familiale sous l'Ancien Regime』(1960) で、17 世紀後半、アンシャン・レジーム下フランスの子どもの図像を分析して、近代への移行期の社会で「子ども」という概念が生成したことを論証した。つまり、人びとが幼い子どもを「子ども期」（子ども期とは幼子が一人で自分の用を足せるようになるまでの期間［アリエス、1］）にある純真無垢な存在として認めたのである。子どもらは、学校社会に「隔離」され、社会の規範を教育された。こうした「子ども」への特別な関心は、多くの児童文学作品を生みだしていた 19 世紀後半から 20 世紀初頭にかけてのアメリカ社会にも見出せる。しかも、この時期のアメリカ児童文学には、文化により作られた男らしさが、アメリカのアダム像のなかに刻みこまれていた。ということは、アメリカ近代社会での男らしさをめぐる言説は、アリエスの図像と同じように、児童文学にも見出されるということだ。

　そういうわけで、多くのアメリカの児童文学も、イデオロギー教化装置としてアメリカの神話作りに貢献してきたと、私は考える。とりわけ 19 世紀後半から 20 世紀半ばにかけて、児童文学作家の圧倒的多数が白人であり、白人の子どもを読者対象としていたのだから、なおさらである。彼らの描くプロットには基本パターンが見られ、多くの物語でそれが反復されてきた。それは、純真無垢な子どもが悪徳や矛盾に満ちた「大きな世界」に直面し、苦悩の試行錯誤のすえ、ついにはみずからの汚れなき魂を賭けて世界と渡りあい、折りあい、成長を遂げるという基本プロットである。

　文学批評家ジェリー・グリスウォルド Jerry Griswold は、これを物語原型（ur-story）と呼び、孤児または孤児同然の子どもを主人公とする物語には、この基本パターンが見られると主張する［J・グリスウォルド 1992, 3］。主人公は、たいていの場合、成長とひきかえに無垢を喪失し、子ども時代の終焉を迎える。子どもはついには自分をとりまく社会に「めでたく」加入する。子どもと大人の境界線が明確な 19 世紀後半には、今日以上に、児童文学の教育的価値を重視する風潮があって、児童文学はしばしば子どもを社会化する媒体とみなされ

た。したがって、児童文学に描かれる子どもが純真無垢な子ども時代をあとにして、大人の社会に加入するというプロットは、アメリカ近代社会人の再生産という意味では、それなりの機能を果たしていた。

　しかし、アメリカの物語を国家レベルでマクロに考えれば、一つの疑問が残る。アメリカは、ヨーロッパの旧世界の悪徳と決別して「汚れなき国家」と自己規定したはずなのに、成長するためにどうして記章である無垢を失わねばならないのだろうか。さらに、このような矛盾を孕んだアメリカの物語の筋書きは、どうして現代にいたるまで延々と語り継がれてきたのだろうか。本書の作品分析のなかで私は、この疑問に一つの回答を見いだせるものと考えている。

第Ⅰ部

『トム・ソーヤーの冒険』(1876)
『ハックルベリー・フィンの冒険』(1884)
『オズの魔法使い』(1900)
『類猿人ターザン』(1914)
『ともだち』(1959)

第 1 章

オズの悩める男たち

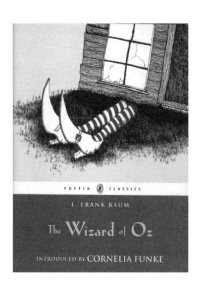

わしは、実はいい人間なんだ。確かに、ひどい魔法使いではあるけれど。
こんなペテン師の生活に疲れた。この城からでていけば、
わしが魔法使いでないことは、たちまち人びとに知れわたってしまう。
だから一日中、部屋に閉じこもっていなくちゃならないんだ。
──『オズの魔法使い』より──

アメリカの基準点

　ライマン・フランク・ボーム Lyman Frank Baum が『オズの魔法使い The Wizard of Oz』*1（1900）というおとぎ話を発表して、1世紀以上になる。この作品には、アメリカの物語に内包されるアメリカンドリームや人種的他者の文明化の問題がみられる。しかも、この作品は、アメリカのおとぎ話として、100年以上にわたってアメリカ文化に強い影響を与えてきた。
　物語のプロットは、竜巻で家ごと吹きとばされた孤児の少女ドロシーが架空の国オズに着陸し、かかし、ブリキの木こり、臆病なライオンとともに数々の冒険を経て、エメラルドの街で支配者オズの魔法使いの正体を暴いたのち、銀の靴の魔力により無事にカンザスの家に帰るというものである。この単純な物語は、批評家や専門家によるたびたびの蔑視、発禁の脅威をくぐりぬけて、今日まで生きのびてきた。
　しかも、『オズの魔法使い』（以下『オズ』と記す）は、アメリカ社会のふしめに『オズ』の翻案作品を生みだしてきた。ヴィクター・フレミング Victor Fleming 監督、ジュディ・ガーランド Judy Garland 主演の映画『オズ The Wizard of Oz』（1939）、1950年代アメリカン・ファミリーの全盛期のテレビ番組『オズ』、1974年から1975年にかけての黒人版ブロードウェー・ミュージカルの『ウィズ Wiz』と、シドニー・ルメット Sidney Lumet 監督の映画『ウィズ Wiz』（1978）、さらに、文学の分野では、フィリップ・ホセ・ファーマー Phillip Hosé Farmer の『オズの曲技飛行士 Barnstormer in Oz』（1982 未訳）、ジェフ・ライマン Geoff Ryman の『夢の終わりに… Was...』（1993）、グレゴリー・マグワイア Gregory Maguire の『オズの魔女記 Wicked』（1995）などの翻案作品があげられる。
　文学批評家ジャック・ザイプス Jack Zipes は、おとぎ話『オズ』が翻案作品を生みだすことで、アメリカの「希望をはかる物差し」、「基準点」となり、アメリカの神話となったと主張する。「オズはアメリカに欠けているものを示す希望の物差しである。（中略）国民性とアイデンティティの確認のため、〔アメリカ人が〕繰り返し立ちもどらざるを得ないものとなった」〔ザイプス 1994, 174-176〕というのである。

なぜアメリカ人がこれほどにも『オズ』にこだわり、『オズ』に回帰するのかは、問うだけの価値がありそうだ。『オズ』を大衆文化論的に考察した文学批評家ニール・アール Neil Earle は、『オズ』が構想・執筆された世紀転換期に、現代世界を予見するような様々な問題が生じており、『オズ』はこの時期のアメリカを反映していると主張する。

注目すべきは、共和国アメリカが国内の近代化に邁進し、国外では領土拡張政策を推進していた同じ時期に、近代化の中心的にない手である白人男性のあいだで、分裂／葛藤する自画像に不安感情が生じており、この不安が『オズ』にも反映されていることである。次章での議論のように、トム・ソーヤーやハック・フィンに萌芽をみせ、近代アメリカの二項対立的矛盾に根をもつ男性性の不安は、世紀転換期のこの作品に戯画的に描かれている。近代化と男性性の不安について詳しく述べる前に、これまでの『オズ』をめぐる多様な議論にふれておきたい。

多様な『オズ』の解釈

『オズ』の翻案作品の人気と相まって、1960年代以降、『オズ』をめぐる文学的、文化論的議論が活発にかわされてきた。『オズ』の解釈は、少なくとも五つのタイプに分けられる。(1)書かれた当時の政治的な比喩と解釈する。(2)現実逃避的なユートピアの空想物語と解釈する。(3)フェミニズム的に解釈する。(4)心理治療的なモチーフを読みとる。(5)心理学、神話学、記号論などを用いて文化論的に解釈する。

多くのオズ論に共通するのは、ドロシーの家を求める旅に注目し、ドロシーという少女の形象のなかに、アメリカ人の国民的な探究を読みとろうとする傾向である。たとえば、『オズ』を政治的な比喩と捉えた文学批評家ヘンリー・リトルフィールド Henry Littlefield は、「〔ドロシー〕は、ボームの普遍的人物である。私たちの一人であり、分別のある人間で、しかも本当に問題を抱えている。」［Littlefield 1964, 52］と言う。また、文学批評家ブライアン・アタベリー Brian Attebery は、ルイス・キャロル Lewis Carroll の『不思議の国のアリス Alice's Adventure in Wonderland』(1865) との比較において、ドロシーがリッ

プ・ヴァン・ウィンクル〔ワシントン・アーヴィング作『リップ・ヴァン・ウィンクル』の主人公で、20年間山のなかで眠ったのち、起きでてきて、世のなかの移り変わりに驚いたという男。〕の流れをくむ、「見知らぬ国の探究者、またはよそ者」というアメリカ型のヒーローを体現すると言う〔Attebery 1980, 95-97〕。

また、フェミニズムの視点から読む心理療法家マドンナ・コルベンシュラグ Madonna Kolbenshlag は、ドロシーを新世界での古典的なヒーロー、「精神的な孤児の古典的元型*2」〔Kolbenshlag 1988, 18〕と捉える。

> 孤児とは、私たちの心の一番奥深くにある、もっとも根本的な現実を言う。つまり、執着したり遺棄するという経験、期待したり剥奪するという経験、失ったり失敗したりする経験、孤独という経験を。〔*ibid.*, 9〕

さらに、心理学療法家のイヴリン・S・バソフ Evelyn S. Bassoff は、ドロシーが灰色の世界から虹のむこうのはるか彼方へ旅する物語に、母娘関係で負った傷の癒しの道筋を見出す。ドロシーは、旅の試練を通じて心の傷を癒し、その結果、養母エムおばさんや悪い魔女に代表される「悪い母親」を対象化し、みずからのうちに「良い母親」(良い魔女)像を育むことができるようになった、とバソフは考える〔バソフ 1992, 117-136〕。

くわえて、『オズ』を心理歴史的視点から読みとくジェリー・グリスウォルドは、「オズの国は、荒唐無稽な空想上のアメリカという〈外なる王国〉である。しかしそれと同時に、(中略)〔ドロシー〕のエディプス的な問題や家族問題が探られているので、〈内なる王国〉であるとも言える」〔J・グリスウォルド 1992, 47-48〕と述べている。つまり、家を求める孤児ドロシーの形象こそ、英国という親を失ったのち、国家アイデンティティを模索する共和国アメリカの状況を表すというのだ。

「旅」をジェンダー化する

忘れてならないのは、『オズ』がアメリカ東部富裕層出身の白人の男性作家によって書かれたことであり、男性登場人物である「かかし・木こり・ライオ

ン・オズの魔法使い」も、問題を抱えていることだ。しかも、この本のタイトルが『エメラルドの街 The Emerald City』に始まり、二転三転して『すばらしいオズの魔法使い The Wonderful Wizard of Oz』に落ちついたことから［Hearn 2000, xxxviii-xxxix］、オズの魔法使いを初めとする男性登場人物に焦点をあてるべきだと、私は考える。

したがって本書で私は、家を求める少女ドロシーを近代的家父長的共和国の女性ヒーローとするよりも、各登場人物の抱える問題をジェンダーの観点からとらえ直し、彼らの旅が『オズ』出版当時のアメリカの社会・文化的状況をいかに反映しているかを明らかにしてみたい。

さて、登場人物の問題をジェンダーの観点から見ると、図で明らかなように、『オズ』には二種類の旅がある。一つは、ドロシーの家を求める旅であり、カンザスの農場を出発点とし、オズでの冒険を経てカンザスの家を終着点とする。ドロシーは、19世紀から20世紀への転換期のアメリカ社会で今なお支配的なイデオロギー、「分離の領域」〔「男は外、女は内」という言葉で集約的に表現される、性にもとづく役割の領域分け〕の規範にしたがって、家を求めて旅する。

もう一つの旅は、かかし・木こり・ライオンら男性の旅であり、男たちが最終的には社会の指導者となるために必要な資質を求める旅である。彼らの旅の基点は、それぞれドロシーとの出会いにあり、旅の終着点は、各自がそれぞれの社会で支配者におさまるときである。

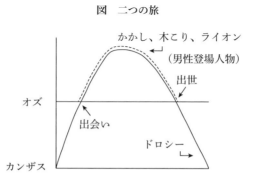

図　二つの旅

ちなみに、彼らがどのように指導者の地位におさまったかを見てみよう。かかしはエメラルドの街の支配者となった。人びとは、「世界中のどこにも、詰め物をした人間によりおさめられている街などないのだから」［Baum 1900, 153-154］と支配者のかかしを誇りに思う。また、かかしの方も、トウモロコシ畑の棒にささっていた自分が美しい街の支配者となったことに満足する。臆病なライオンは、巨大な蜘蛛の怪物を退治することで、森の動物に王として迎えられる。最後に、ブリキの木こりは、かつてバラバラにされた身体をなおしてくれた親切なブリキ職人の住む、ウィンキー人の国で支配者におさまる。

　ところで、男性登場人物の自己実現の旅と、ドロシーの家を求める旅は、一部が重なっているため、しばしば混同して論じられてきた。しかし、二つの旅は、厳密には別個の軌道を描いており、かかしを初めとする男たちの旅が自発的な旅であるのに対して、ドロシーの旅立ちは竜巻による偶発的なものである。にもかかわらず、『オズ』における探求の旅がドロシーのものただ一つしかない、と一般に信じられているのは、1939年の映画版『オズ』の影響によるものだと思われる。

　映画版『オズ』は、ドロシーが虹の彼方にある夢の国を求めてカンザスを逃げだしたと暗示する。ドロシーは、近所の犬嫌いのミス・ガルチがペットのトトを駆逐しようとしていると養母エムおばさんに訴えるのだが、「おまえは、いつもなんでもないことで波風をたてている。（中略）居場所をみつけて面倒を起こさないようにしておくれ！」と言って、とりあってもらえない。そこでドロシーは、「面倒の起きないどこか別のところ。トト、そんな場所があると思う？　きっとあるに違いないわ」［Langley 1989, 39］と空をあおぎ、あの有名になった「虹の彼方に"Over the Rainbow"」を歌う。だが、原作にこの場面は書かれていない。

　　どこか、虹の彼方の空高く、
　　むかし、子守歌で聞いた国がある。
　　どこか、虹の彼方の空は青い。
　　夢をあきらめないで、本当に叶えられるから。
　　いつか星にお願いをすると、

はるか雲のうえで目がさめる。
悩みがレモンドロップのように溶けるところ、
煙突のてっぺんよりずっと高いところ、
そこに私は行くでしょう。

どこか、虹の彼方に、青い鳥が飛ぶ、
鳥は虹の彼方に飛んでゆく。
それなのに、どうして、どうして私は飛べないの。[ibid., 39-40; 吉田純子訳]

　エドガー・イップ・ハーバーグ Edgar Yip Harburg の作詞とハロルド・アーレン Harold Arlen の作曲によるこの歌は、ドロシーの逃避願望をうまく表現している。
　そして、ドロシーのこの願望に応えるかのように、彼女の姓ゲイル（「大風」の意）と親和力をもつ竜巻が彼女の脱出を助ける。作家サルマン・ラシュディ Salman Rushdie は、映画でドロシーが「虹の彼方に」を歌う場面を解釈して、「彼女がここで言わんとし、純真さという元型で表しているのは、人間の〈脱出〉願望であり、少なくともそれと拮抗する定着願望と同じくらいに力強い願望である」［Rushdie 1992, 23］と述べている。
　また、脱出効果を高めるために、テクニカラーの最新技術も効果をあげている。竜巻に運ばれながら灰色のカンザスをあとにしたドロシーが、ドアや窓を通過儀礼的にくぐり抜けたのち、極彩色のオズの国に到着する場面の画像は、観客に強烈な印象を与える。だが、原作『オズ』には、ドロシーがカンザスを脱出する必然性は書きこまれていない。

ドロシーの旅の意義

　原作『オズ』の冒頭2ページでは、カンザス州での様子の描写に、灰色という語が10回使われている。そのうち8回は、乾燥して荒涼とした大平原の風景やドロシーの養父母の疲れて生気のない表情の描写に使われている。残りの2回は、ドロシーとトトの描写にあてられているが、灰色ではないという

意味あいで使われている。

　また、ドロシーが特にカンザスの生活に不適応を示しているという描写はない。彼女は、ひたすら無邪気で、よく笑う快活な少女として描かれる。ドロシーは、灰色の表情をし「干からびて」しまった開拓農民の養父母にとって、幸せの体現者、無垢なるもの、希望の存在として対比的に描かれている。

　しかも、ドロシーの分別、プラス思考ぶりはきわだっており、特に家ごと竜巻に飛ばされる場面では、心配をやめ、「これから何が起こるのかを見てみよう」[Baum 1900, 4] とさえ思う。ではボームは、「ゆりかごの赤ん坊」[ibid., 4] のごとき無邪気さと、おとな顔負けの分別を合わせもつ申し分のない少女を、なぜ探究の旅に送りだしたのか。

　これに対するおおかたの答えは、ドロシーの旅の目的が、オズに到着早々に東の魔女から奪った、銀の靴の潜在的な魔力に気づくことにある、というものである。ドロシーの旅の終わりに、南の魔女のグリンダが言う、「あなたは、〔銀の靴〕の魔力を知っていたら、この国にきた最初の日に、エムおばさんのところに帰れたでしょうに」[ibid., 185] と。

　しかし、男性には、「知恵」「心」「勇気」という資質が与えられているというのに、彼女が魔女から奪ったものが、彼女本来の価値と言えるのだろうか。そのうえ、銀の靴は、ドロシーが旅の出発点であるカンザスの家から持参したもの（本来のもの）ではないし、彼女の帰宅時に銀の靴はなくなっていた。

　以上のことから私は、作者ボームがドロシーに与えた任務は、むしろ、「かかし・木こり・ライオン・オズの魔法使い」ら男性登場人物との出会いにある、と考える。ドロシーは、それぞれ問題を抱えた男性たちと出会い、彼らの問題解決の一翼を担わせられるために、はるばるオズの国へと旅をさせられた。したがってこの物語は、本当は彼らを主人公とする男たちの物語なのだ。言いかえれば、この物語は、近代化の中心勢力の白人男性たちが、不安にかられて語るアメリカの物語でもある。

かかしの自信喪失

　かかしは、ドロシーが黄色い煉瓦の道を歩きはじめて出会う、最初の旅の仲

間である。トウモロコシ畑で彼は、身体の自由を奪われていた棒からドロシーに解放されて、開口一番、「ごらんのとおり、ぼくには藁が詰まっているので、脳みそがこれっぽっちもないのです」［ibid., 23］と嘆く。だが、ドロシーはかかしを思慮深いとは思っても、問題があるとは考えず、かかしの嘆願に、次のように冷静な応対をする。

　「もしぼくがエメラルドの街にあなたといっしょにいけば、偉大なオズがぼくに脳みそをくださるでしょうか」とかかしはたずねた。
　「わからないわ」とドロシーは答える。「でも、そうしたいのなら、私といっしょにいってもかまわないわ。もしオズが脳みそをくださらないとしても、今のあなたより悪くはならないでしょう。」［ibid., 23］

　実は、脳みその問題は、かかしの自信喪失に由来する。彼は、トウモロコシ畑でカラスたちにかかしであることを見やぶられ馬鹿にされたあげく、畑を荒らされるという精神的外傷(トラウマ)を負った。愚かであるがゆえ、一人前に務めを果たせなかったという、男としてのかかしの自信喪失。そこには、アメリカの農夫たちの状況が読みとれる。
　端的に言えば、19世紀後半から世紀転換期にかけてのアメリカで、開拓農民をめぐる状況は大きく変化した。それまで大平原地帯への開拓農民の移住はおだやかな速度で進んできたが、19世紀後半になると、大陸横断鉄道の伸張とあいまって開拓地への移住者が激増した。ことに1880年代の土地ブームで、開拓者たちが土地を求めて殺到し、なかでもカンザス州では、過度の土地開発が進んだ。だが、1887年の旱魃は、カンザス西部の農作物に深刻な打撃を与えた。しかも翌年には、土地ブームのあとにきたデフレが、運わるく農家の経済的苦境に追いうちをかけた。
　作者ボームには、開拓農民の具体的な状況を熟知できる事情があった。彼は、州に昇格する直前のサウスダコタの辺境の町アバディーンに移り住み、1890年から1年余り、週刊誌『アバディーン・サタディ・パイオニア The Aberdeen Saturday Pioneer』の編集長として記事を書いていた。とくに、「我らが大家夫人 "Our Landlady"」と題するコラムでは、架空の女家主のビルキンズ

夫人とその下宿人たちとの時事的な対話という形で、ボームは、旱魃、先住アメリカ人スー、鉄道、女権運動などについて書いていた。

ブリキ仮面の男の悩み

ドロシーの次なる旅の仲間は、森のなかで錆びついて動けなくなっていたブリキの木こりである。苦境に陥った木こりに、ドロシーが話しかける。

「あなた、うなった？」とドロシーはきいた。
「ええ、そうです。」ブリキの男は言った、「一年以上もうなっているのに、だれも聞きつけて、助けにきてくれなかったのです。」［ibid., 34］

ブリキの木こりは、錆びつくという恐怖体験を1年以上ものあいだ味わったのである。

このブリキ男は、もとは人間だったし、婚約中の美しい恋人もいた。だが、二人のあいだを裂くために雇われた東の魔女が木こりの斧に呪いをかけたことから、彼は、斧をふるう度に手をすべらせて、手や足など身体の一部を次々と失っていった。そしてそのつど、彼の身体は、ブリキ職人の作るブリキの身体で補われ、ついには、完全なるメタリックの身体（機械）となってしまった。木こりは、涙を流すと体の関節がさびついて動けなくなる恐れから、片時も油差しを手放せないでいた。

ところが彼は、奇妙なことに、生身の身体の喪失を悔やむどころか、メタリックな身体を誇らしく思っている。木こりは言う、「ぼくの体が日の光にきらきらと輝いたので、誇らしい気持ちになり、斧が手からすべってもかまわないと思うようになりました。どうせぼくのは、斧では切れない体ですから」［ibid., 40］。そして、彼は、涙を流すほどの感情があるにもかかわらず、恋人を愛する心を失ったという喪失感に強迫的にとらわれている。

実は、この木こりの個人史にも、アメリカの開拓史の一部が織りこまれている。森の奥で斧をふるうブリキの木こりは、森林地帯での開拓者を連想させる。社会学者マーク・ガーゾン Mark Gerzon は次のように述べている。「あら

ゆる種類の男たちが西に向かった。農夫に猟師、冒険家にはみ出し者、牧師に教師、兵士に炭鉱夫。にもかかわらず、一つの男のタイプだけが国民的英雄となった。一つのタイプだけが文化的元型となって、男の心に消えることなく残った」[Gerzon 1982, 19]。つまり、独立独歩で、勇猛果敢に大地を征服する「辺境開拓者(フロンティアズマン)」という一つのタイプだけが残った。実在の人物ダニエル・ブーン Daniel Boon（1734-1820年）やデイヴィッド・クロケット David Crockett（1786-1836年）をめぐるほら話(トールテール)的な伝説の存在は、それを物語っている。

だが、世紀転換期の白人社会では、産業化、都市化の波にあらわれて労働環境が急変したために、昔ながらの辺境開拓者の男らしさ（manhood）ではたちゆかなくなった。木こりが東の魔女の呪文によって、次々と生身の身体を失う話は、独立独歩の辺境開拓者の男らしさの変化を連想させる。開拓農民は、しだいに東部の産業資本に馴化され、賃金をかせぐために機械的労働に従事する一家の稼ぎ手の男らしさへと変容していった。職場が家庭から分離する産業化のこの時期に、男たちは戦場と化した競争社会で、感情を切りはなして働く男らしさを形成していく。彼らは、人間らしい感情をブリキの仮面の下に隠して、働く機械と化すことで、男の世界で生き残る術を見いだした。

期待の重圧に苦しむライオン

ドロシーの三人目の旅の仲間、臆病なライオンは、自分には百獣の王たるにふさわしい勇気がない、という悩みを抱えている。

>「どうしてあなたは臆病なの」と、ドロシーはたずねた。（中略）
>「それがよくわからないのです」と、ライオンは答えた。「たぶん、生まれつきそうなんでしょう。森のほかの動物は、当然のように、ぼくが勇敢なはずだと期待しています。ライオンは、どこでも百獣の王と考えられていますからね。」[ibid., 44-46]

彼の悩みも、低い自己評価から生じている。だが、この告白をした次の章で、ライオンは、次々と遭遇する困難に勇敢にも立ち向かい、その勇敢さを立

証する。

　19世紀末に白人男性が経験した社会的変化について、社会学者アンソニー・E・ロタンド Anthony E. Rotundo は、次のように述べる。1870年から1910年のあいだに、産業化により無産の給与所得者（事実上はホワイト・カラーの勤労者）の数が8倍に増加し、都市部ではこれらの勤労者を管理する官僚的秩序が形成され、それが彼らの精神面に、とくに男らしさ（manhood）に多大の影響を及ぼした。

　ロタンドによれば、「19世紀の中流階層の男性は、真の男とは、筋のとおらない権威や単なる地位にけっして頭をさげない独立独歩の人物であると信じていた。ところが、市場に現れた新しい構造の職場や職種は、そのような男らしさの観念を受けつけなかった」[Rotundo 1993, 249-250]。

　しかも、19世紀末に、男社会の実業界に女性が進出し始めたことも、白人中流階層の男性が脅威を感ずる原因となった。「男たちは権力と優位性を保持してはいたが、男にふさわしい特権という感覚を持てなくなった。（中略）男たちから見た主観的な現実は、自分たちの職場がかつてと同じ意味での、強い男らしさを失ったということだった」[ibid., 250]。

　こうした職場環境の変化にくわえて、19世紀後半には、男性性の女性化が文化的な問題となったことも見逃せない。この現象は、すでに述べた「分離の領域」の習俗が、近代化のなかでより徹底したために生じた。ロタンドによれば、

> 　この考え方にしたがって、社会領域が二つの活動範囲——家庭と世の中——に分けられた。家庭は、女の領域であるため、女という性に「自然な」敬虔さ、純真さが充満していた。（中略）家庭のもつ善良で敬虔な環境において、女たちは、夫や息子たちの徳性を育み、精神的な回復を与えた。男たちは、「世の中」で多くの時間を過ごすため、道義心や精神力を強めてもらう必要があった。[ibid., 22-23]

　すなわち、少年に限って言えば、彼らは家庭という女の領域で母親により育てられるために、女性的な価値を刷りこまれて成長した。ロタンドによれば、

「19世紀末の男たちは、頑健な男性的タイプと穏和な女性的タイプに、自分たちを分け始めた」[ibid., 265]。そして、20世紀までに、タフで自信家の男と温和で内省的な男という二つの文化的タイプは、社会や日常生活で揶揄的に男らしさを表現するときによく使われるメタファーとなった。そればかりか、男性的な男らしさと女性的な男らしさは、相矛盾する文化的タイプとして、男性一個人の内面においても葛藤しながら共存していた。

ボームもこのような内的葛藤を抱えて成長したであろうことは、東部の教養ある白人家庭で育った彼の少年時代からうかがい知れる。彼は、病弱のため学校に通えず、家庭教師に教育され、読書と空想にひたりながら、孤独を楽しむタイプの少年だった。しかし、12歳のとき、軍隊的規律、競争を教育理念にかかげる全寮制の男子校ピークスキル学院に入学するが、「真の男らしい性格」作りをめざす学院の教育を嫌い、2年後には退学している[Carpenter & Shirley 1991, 15-16]。

ペテンの暴露を恐れるオズ

ドロシーは、エメラルドの街に近づくにつれて、オズの魔法使いに関する二つの情報を入手する。第1は、「オズは、力のある、恐るべき大魔法使い」であり、彼が万人の願いを叶える能力の持ち主であるという情報。第2は、この魔法使いの外見が見る人ごとに異なり、実像が謎に包まれているという情報。ボームは、この謎の人物への読者の関心、期待感を巧妙にかきたてる。

オズの国の住民はドロシーに、「オズさまに会わねばならない」と異口同音に言う。ところがドロシーは、この人物が偉大でも恐ろしくもなく、ただの平凡な男でペテン師であることを暴く。そのうえ、この男がペテン行為の発覚を恐れて、ひたすら城中に閉じこもり、孤独な生活をよぎなくされていることも明らかとなる。オズいわく。

　「わしはこんなペテン師の生活に疲れた。この城から出ていけば、わしが魔法使いではないことは、たちまち人びとに知れわたってしまう。そうしたら、今までよくもだましてくれたといって、わしに腹を立てるだろ

う。だから、わしは、一日中、部屋に閉じこもっていなくてはならない。」
［Baum 1900, 148-149］

　そういうわけで、ドロシーの暴露行為がオズに救済をもたらし、彼は、ペテン師の生活に終止符をうち、気球にのって故郷の町に帰る。
　この意味で、オズのペテン性は、エメラルドの街と深くかかわっている。彼が実像以上の人物を装い、自分にはない無限の力を誇示するのは、「緑の楽園」という街の幻想を維持するためである。また、緑の眼鏡を装着させるのも、その戦略の一つである。ただし、彼がまったくのペテン師というわけではなく、城門扉には、燦然と輝く本物のエメラルドが埋めこまれており、かかしのペンキで描いた目でさえまぶしく感じたほどだった。街の住民は実際に「だれもが幸せで、満足しており、富栄えているようにみえた」［ibid., 83］。
　したがって、彼の自画像は、次のように矛盾したものとなってしまった。「わしは偉大で恐るべきオズである」［ibid., 133］。「わしはペテン師だ」［ibid., 133］。「わしは、実はいい人間なんだ。確かに、ひどい魔法使いではあるけれど」［ibid., 139］。では、エメラルドの街のどこに、このような自画像を生みだす要因があるのだろうか。
　エメラルドの街は、1893年にシカゴで開催されたコロンブス世界博覧会[*3]の会場「白亜の街」を連想させる。おりしもボームは、1891年にシカゴに移住し、『イヴニング・ポスト』誌の記者となった。当時のシカゴは、人口でニューヨークにつぐ全米第2の都市であり、中西部の経済・産業発展の象徴であった。
　歴史家エミリー・ローゼンバーグ Emily Rosenberg は、アメリカンドリーム促進の初期にシカゴで開催されたコロンブス世界博覧会が、共和国の領土拡張政策の象徴的な祭典だったと主張する［Rosenberg 1982, 3-13］。アメリカの信奉する「国際主義精神とそれに付随するアメリカ主導型の進歩」がこの博覧会のテーマとなっていた、とローゼンバークは述べている［ibid., 9］。ゼネラルエレクトリック社が会場に建てた電光を放つ巨大なエジソンタワーに象徴されるように、博覧会の展示物は「技術の魔法」［ibid., 5］を誇示し、各国のブースは、ポリネシア風のダンス、ラップランド人の村、中国演劇など［J・グリスウォ

ド 1992, 35]、帝国主義的な国際性を濃厚に見せていた。

　この祭典が目くらましにすぎないのは、同年に金融大恐慌が起こり、国内の農民や労働者が苦境にあえいでいたこと、この3年前の1890年には、サウスダコタ州のウーンデッドニーで先住アメリカ人の大量虐殺があったこと、5年後の1898年にアメリカがハワイを併合し、また、米西戦争でスペインを破り、プエルトリコ、グアム、フィリピンを属領にしていたことから明らかである。

　なかでもフィリピンに関してアメリカは、植民地主義や帝国主義支配への非難を回避するために、共和国の一部ではなく、関税法を適用する保護領として位置づけ統治した。つまり、一方では、領土拡張の野望を満足させながら、フィリピンからの砂糖やタバコなどの生産物は輸入品あつかいして関税をかけたのである。歴史家モリソンは、「〈植民地主義〉や〈帝国主義〉の実験において、アメリカのフィリピンにおける統治ほど輝かしい成果を収めた例は他にあまりなかった」と述べている［モリソン 1965, 254］。

　こうして、国の内外では、キリスト教の宣教や個人の自由の喧伝という文明化の陰で、共和国による民族的・人種的他者の植民化が進行していたのである。それは、共和国アメリカが帝国主義的に見えないようにするという意味で、「ペテン」行為だった。ちょうどペテン師オズが緑色の眼鏡を住民に装着させて、自分の魔力を信じさせようとしたように。

ボームの立ち位置

　ボームは、大半の進歩派リベラリスト・アメリカ人と同じく、共和国の近代化を受けいれていた。だが、その近代化が生みだした産業化、都市化の弊害は、近代化の中心的担い手である白人男性の生き方を大きく変えることとなった。また、国の内外で、他者の植民化という近代化の影が一段と濃厚になりつつあった。

　おりしもそれを象徴するかのような事件が起きた。それは、1890年に辺境の町アバディーンの近く、ウーンデッドニーにおいて、白人の辺境開拓民を防護するという大義名分をたてて、白人が先住アメリカ人のスーを大量殺戮し

た事件である。ジャーナリストのボームは、「我らが大家夫人」と題する1891年1月3日版のコラムにおいて、白人と交流のあったスーの指導者シッティング・ブルの死を悼みながらも、「フロンティア開拓者たちの安全は、なによりもこのインディアンの残党を全て抹殺することで確かなものとなる。(中略) 私たちの安全は、ただ一つ、〔敵対的〕インディアンの皆殺しにかかっている」〔Baum 1996, 147〕と述べている。ボームは、この事件が白人の生存のためには避けがたい事件であり、指導者シッティング・ブルに反逆して白人に殺されたスーの一部の人びとには憐憫を感じない、と当時の住民の懸念を反映した意見を書きしるしている。

このように、ボームの思考は明らかに、白人対他者(先住民)という近代的二項対立の概念に拘束されていた。ボームは、近代化の影がもたらす不安を感じとっていたに違いないが、近代的思考の枠を超えられなかった。そうして、近代化の影に捉えられたボームは、矛盾と不安に満ちたオズの国の男性登場人物を描いてしまった。そこで、ボームは、不安に揺れる男たちに自信を回復させるために、分別がありながら、楽天的で無垢な子どもという希望のアイコン、ドロシーを登場させ、オズの国に送りこんだのである。

注

1 初版は *The Wonderful Wizard of Oz* というタイトルで出版され、1903年に *The New Wizard of Oz* と改題され、さらに作者の没後、1939年の映画化を機に、現在の *The Wizard of Oz* に改題・出版された。本章の訳は、以下のテキストからの吉田訳である。〔*The Wizard of Oz*. 1900. London: Penguin, 2008.〕

2 archetype ユングの概念で、集合的無意識の内容。宗教や神話、そして幻覚や妄想といった精神病的体験のなかに時代や文化を超えた普遍的なイメージが認められることから、ユングは人間の精神世界のなかに祖先から受け継いだものがあるとして元型を考えた。ユングによれば、「元型は人の心理的機能の生物学的な秩序である」という。〔『心理学辞典』有斐閣、1999年〕

3 The World's Columbian Exposition コロンブス記念世界博覧会。「1893年コロンブスのアメリカ大陸到達400年を記念してChicago市で開催された；科学の進歩とその工業への応用を主要テーマとする。」〔研究社 *Online Dictionary*, 2004年〕

第2章
文明・野性の境界線上の少年たち

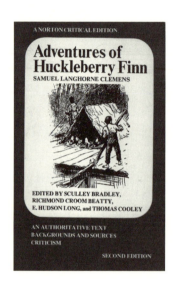

インジャン・ジョーが自由な外界の光と陽気に、
あたかも最後の最後まで
憧れの眼差しを送り続けたかのように、
顔を扉のすきまにすり寄せて、
地面に横たわり死んでいた。
トムは憐れみの心をかき起されたが、
それでも大きな安堵感と安心感をおぼえた。
──『トム・ソーヤーの冒険』より──

セルフ・メイド・マンのトウェイン

　純真・無垢・孤高のヒーローといわれるアメリカのアダムを標榜するアメリカが成長・発展すると、どうして汚れを帯びた帝国主義的な国になるのか。このような疑問をいだくきっかけとなったのは、マーク・トウェイン Mark Twain（本名サミュエル・ラングホーン・クレメンズ Samuel Langhome Clemens）の『トム・ソーヤーの冒険 The Adventures of Tom Sawyer』(1876) [*1]（以下『トム・ソーヤー』と記す）と『ハックルベリー・フィンの冒険 Adventures of Huckleberry Finn』(1884) [*2]（以下『ハックルベリー・フィン』と記す）で、少年トムとハックルベリーの対社会的態度に違いが見られることである。そこで、トムとハックに体現される男らしさを、作品の背景となった1840年、50年代当時のアメリカ社会と関連させながら取りあげ、その差異を考えてみたい。

　トウェインは、『トム・ソーヤー』と『ハックルベリー・フィン』で、悪童のトムやハックを描き、国民的作家として国内外で人気を博してきた。アメリカ文学者渡辺利雄は、トウェインが愛されたのは作品の魅力だけでなく、彼が「セルフ・メイド・マン」と呼ばれるアメリカ人的特性を備えていたからではないかと言う。ミズーリ州フロリダの貧しい開拓者の家に生まれたトウェインは、「家柄も、学歴ももたず、自らの努力と幸運によって逆境の中から身を起こし、独学によって生まれもった自己の才能をフルに発揮して社会的に頭角を現す人間」［渡辺 1999, 5］だった。しかし、彼のセルフ・メイド・マンの特性は二つの側面をもち、逆境のなかで勤勉に運命を切りひらく側面と、社会的に成功して上層階層に参入し、みずからの成功を誇示する側面とが見られる、とも言われる。第2の側面は、裕福な炭鉱主の令嬢オリヴィア・ラングドンとの結婚、コネティカット州ハートフォードの豪邸の新築などのできごとに典型的に見られる。

　『トム・ソーヤー』は、ミシシッピー河畔セント・ピーターズバーグという、南北戦争前の田舎町を舞台として、トム少年の冒険に満ちた日々を描く。孤児のトムは、ポリーおばさんの世話と躾を疎ましく思いながらも、ハックら仲間の少年たちと海賊ごっこに興じ、自由を謳歌する悪童ぶりを発揮する。墓場でのインジャン・ジョーによる医師殺害事件の目撃、目撃者として裁判の証

人台に立ち、無実の男を救って町の英雄となるエピソード、判事の娘ベッキーと山の洞窟で迷子になり、インジャンと出くわすエピソードを織りまぜながら、12歳前後の少年の日常を描く。

グッド・バッド・ボーイ

　文芸批評家レスリー・A・フィードラー Leslie A. Fieldler は、トムに代表される少年イメージを「グッド・バッド・ボーイ」と命名する。

　　　グッド・バッド・ボーイは（中略）アメリカ人の自分自身についてのイメージである。初めは粗野で手に負えぬ存在だが、創造主によって正しいものについての本能的な勘を与えられる。セックスの面では、どんな純真な処女にも負けぬほど純粋で、常に乱暴者であるが、従順でしかも力強く、正しい女によって矯正されるのである。［フィードラー 1960, 294］

　この点で、トム・ソーヤーは、間違いなく「グッド・バッド・ボーイ」である。さらにフィードラーによれば、「グッド・グッド・ボーイ」である弟のシッド・ソーヤーは、母親がわりの女性が「彼に望んでいるふりをしていることをやる」のに対して、トムの方は、彼女が「本当に彼にやって欲しいと思っていることをやる」［同書, 294］、と言うのである。だが二人は、一見異なるタイプに見えても、しょせんポリーおばさんらの「女の領域」の枠内におさまる。にもかかわらず、トムの方がアメリカ人男性の自己イメージとして好まれたのは、女の領域に取りこまれすぎて軟弱な男にならないよう悪童ぶりを発揮し、しかも文明化された男らしさを身につけており、将来は、社会で出世の階段を昇るだろうと予測されるからである。だが、トムのグッド・バッド・ボーイと背中あわせに、非文明世界に片足をおいて立つのは、「バッド・バッド・ボーイ」のハックである。

共同体における監視と処罰

　トムとハックの差異を、社会システムの観点から眺めてみよう。文学批評家ニール・キャンベル Neil Campbell は、教会、学校、サッチャー判事、ポリーおばさんらがセント・ピーターズバーグの社会で少年たちの成長を見守り、監視することに注目して、町の人びとのあいだに、哲学者ミシェル・フーコー Michel Foucault 流の「懲罰的言説」機能が作動していると考える。フーコーは『監獄の誕生 Surveiller et Punir』（1975）において、監視と処罰を効率化したベンサムの一望式監視装置(パノプティコン)が、ヨーロッパの近代化の過程で社会システムに取りいれられ、ついには個人の精神に内面化された結果、社会の規範に「従順な身体」を成功裡に作りあげたと主張する。

　キャンベルは、この一望式監視装置にもとづく監視と処罰の理論を用いて、セント・ピーターズバーグの社会で近代的男らしさがいかに効率的に形成されるかを論ずる。「『トム・ソーヤー』のこの共同体は、一連の規則と規範によりおさめられており、その中心には〈監視役〉の判事がいる」［Campbell 1994, 128］。つまり、少年たちは、教会での説教、学校での教育を通じてこの社会の規範を内面化させられ、判事やおばさんにより逸脱行動をとらないよう監視され矯正されている。

　活力旺盛なトムは、悪童の生活（規範からの逸脱）にあこがれ、海賊ごっこに興ずる。だが、しょせんグッド・バッド・ボーイにすぎないトムは、「規範の限界を知っており、けっして本当にその境界線を超えることはない」［ibid., 130］。トムは社会で価値ある男とは何かを知っており、最終的にはこの男らしさの規範を受けいれているからだ。その証拠に、彼の逸脱は「ごっこ」遊びの世界に限られている。

　では、1840年、50年代の近代社会セント・ピーターズバーグの境界の外には何があるのか。キリスト教信仰や学校教育の規範から逸脱した者、すなわち犯罪者、社会の落伍者、そして非白人の人生がある。要するに、非文明人なる者がいる。『トム・ソーヤー』において文明の他者を体現するのはインジャン・ジョーである。

　キャンベルは言う。共同体の周縁に住むインジャンは、「インディアンとし

て犯罪者として二重の意味で周縁的であり、しかもトウェインにとって本当の意味で、違反へのかぎりない可能性の典型であり、共同体や法律の外で生きる破戒的精神を表している」[*ibid.*, 132]。

境界線

　トムが文明／非文明の境界線上で、「人殺しの混血児」インジャン・ジョーとニアミスした三つの場面を見てみよう。インジャンの医師殺害を目撃する墓場、インジャンが大金の箱をもっているのを目撃する化物小屋、そして、彼とはち合わせしそうになる山の洞窟の場面である。墓場では１メートルたらず先、化物小屋では２階の床をへだてて３、４メートル下、洞窟では１８メートルほど先に、インジャンの身体が立っている。

　トムは文明の逸脱者とのニアミスののち、勇気をふるって殺人事件の証人台に立って町の英雄となり、さらに大金獲得の情報を入手する。そして、最後に竜退治の英雄よろしく、「王女」ベッキー・サッチャーを救出し大金を手にいれ悪党を葬りさり、町の英雄の栄誉を勝ちとる。

　三度目のニアミスののち、インジャン・ジョーは、洞窟に閉じこめられ非業の最期を遂げる。そして、この場面にも、この近代社会が逸脱者にとる態度が鮮明に映しだされている。

　　　洞窟の扉の錠がとかれると、あわれな光景がその場の薄明かりに見えてきた。インジャン・ジョーが自由な外界の光と陽気に、あたかも最後の最後まであこがれのまなざしを送りつづけたかのように、顔を扉のすきまにすりよせて、地面に横たわり死んでいた。（中略）トムはあわれみの心をかき起されたが、それでも大きな安堵感と安心感をおぼえた。（中略）インジャン・ジョーは洞窟の入口近くに埋葬された。人びとは舟やほろ馬車で四方７マイルの町々から、あらゆる村、あらゆる農場から見物に押しかけた。彼らは子ども連れで、いろいろな食べ物を持参してやってきた。そして、彼らは、この埋葬式を見て、ほとんど絞首刑見物同然の満足な時間をすごしたと、内心をうちあけた。[Twain 1876, 199, 201]

インジャンは、サッチャー判事が施錠した扉の前で、自由な外界の光と陽気に焦がれながら悶死した。

ここで注目すべきは、監視人の判事が文明社会との境界の扉を、インジャンに突破されないように、用心深くも、鉄の板で被い三重の錠をおろしたことである。この扉は、文化人類学者メアリ・ダグラス Mary Douglas が「格子（グリッド）」と呼ぶ、個人を社会的に類別する秩序の力（分類作用）を表す〔ダグラス 1970, 116-117〕。セント・ピーターズバーグという「グループ」〔個人が他人の要求に圧力的に同調させられる場〕の監視人の判事は、このグループを代表してインジャンの排除という分類作用をおこなった。

インジャンは、この排除に抵抗して、男性性を表す大きなナイフ（鞘つきの猟刀）で扉の下をけずりこんだ。しかし、「頑強な素材にナイフは刃が立たず、損害を被ったのはナイフの方だった」〔Twain 1876, 200〕とテキストが告げるとおり、ジョーの男らしさは境界たる扉の防護の前で自滅させられた。

この場面に象徴的に見られるように、先住民や逸脱者に対するアメリカ近代社会の態度は、白人社会の規範の格子を通過できないインディアンは死すべし、「よいインディアンは死んだインディアンだ」というものである。さらに、セント・ピーターズバーグの社会は、この見方を強調するかのようなインジャンの埋葬式を執りおこなった。葬式は、死刑執行も同然の見せ物となった。そして、近代社会に適合しない粗暴な男らしさを体現するインジャンのうす汚れた身体は、人びとへのさらしものとして処罰された。

一方、トムは、ごっこ遊びのなかで無法者を演ずることはあっても、現実の無法者と接触するとき、けっして一線を越えず近代社会の枠内にとどまる。現にこの場面でのトムは、「憐れみの心をかき起されたが、それでも大きな安堵感と安心感をおぼえた」と胸をなでおろす。その結果、グッド・バッド・ボーイのトムが手にする報賞は、次に引用するように、アメリカ社会の中心勢力への参入を約束された輝かしい未来である。「サッチャー判事の願いは、トムがいつの日にか偉い弁護士か軍人になることだった。トムが国立士官学校に入学し、その後、国内随一の法科大学で学べるよう面倒をみるつもりだ、と言った」〔*ibid.*, 213〕。

トムは、社会の法を遵守し、野蛮を排し、社会の規範に従順な男性像に自

己同化するのをよしとする。キャンベルによると、トムは「〈父親〉、〈法〉、〈金〉、〈権力〉である判事、すなわち、共同体でもっとも支配的価値を体現する人物」に服従する［Campbell 1994, 137］。トムは、富と権力への野心をひめた、勤勉と節約をモットーとする白人プロテスタント的な価値観を、みずからの男らしさに取りこむ。だから、『ハックルベリー・フィン』に再登場するトムが法と権威への違反者とはならず、ごっこ遊びのなかでのみ悪童ぶりを示すのは、当然の流れと言えよう。

このように南北戦争前の時代に設定された『トム・ソーヤー』は、劇的変化を遂げる戦後のアメリカ社会を生きた、中年男マーク・トウェインの視座から書かれ、少年時代をノスタルジックに再生することで、アメリカの物語の神話的ヒーロー、トム・ソーヤーを生みだすことに成功した。

しかし、トムをアメリカ神話のヒーロー像の陽画(ポジ)とするなら、19世紀後半のアメリカ社会で生きるトウェインは、その陰画(ネガ)を無視できなかった。この時期を揶揄的に「金めっき時代」と名づけた彼が、これを意識しないはずはなかったからだ。文明化という明白なる天命を遂行する共和国アメリカでは、土地投機にちまなこになる投機家(ブーマー)や、手段を選ばず金もうけに奔走する詐欺師たちが跋扈(ばっこ)する一方、アメリカ政府が文明社会内外の人種的他者の問題にますます頭を悩ませる状況が生じていた。

逸脱する身体

ともすれば陰に隠れがちなアメリカの物語の第2のわき筋を、顕在化して語る人物が必要だった。境界線の両側を自在に往来できるハックルベリー・フィンこそ、この人物である。

『トム・ソーヤー』でのハックの描写を見てみよう。彼は、浮浪児で、町の大酒飲みの息子であり、町の母親たちに心底嫌われ恐れられていた。それは彼がなまけもの、無法者で、粗野で素行が悪いからだけではなく、子どもたちが彼を崇拝し、彼のようになりたいと願っていたからである［Twain 1876, 42］。ボロ着のハックは、顔を洗わせられたり、晴れ着をきせられたり、学校や教会に行かされたりしない。文明社会の躾や規範による拘束をまぬがれた日

常生活を送るハックは、町の子どもたちの羨望のまとである。ダグラスが身体を文化により作られたと考え、「身体的規制は社会的規制の一つの表現」［ダグラス 1970, 139］であると主張するように、ハックの身体描写には、社会規範からの逸脱ぶりが表れている。

『トム・ソーヤー』のほぼ10年後、1884年にイギリスで、1885年にアメリカで発表された『ハックルベリー・フィン』では、社会の半逸脱者ハックが語り手となる。彼は、今やみずからの声で語り、トムの手下としてではなく、父親の暴力を逃れるという切羽つまった必要から、逃亡奴隷のジムと筏にのってミシシッピー河を下る。しかもハックは、彼を監視・矯正するセント・ピーターズバーグの町、とりわけダグラス未亡人による文明化の拘束からも逃れて旅をする。途中で下船した河畔の町々では、白人男性の暴力、殺人、詐欺事件を数々目撃する。結末部で、ハックが救出しようとしたジムは、ミス・ワトソンによってすでに奴隷の身分から解かれていたことが分かり、ハックは、再び迫りくる文明化の拘束の手を逃れて、インディアン準州に「ずらかる」決意をするところで物語は終わる。

この本で悪党を演ずるのは、インジャンではなく白人男性であり、反対に社会の掟の違反者・逃亡奴隷のジムがハックの旅の同伴者となる。トムが社会の境界を超えなかったのに対して、ハックは人種的他者とともに境界を超えて逃亡する。とくにその頂点となるのは、ハックが「よし、そんなら地獄へ落ちてやる」［Twain 1884, 169］と言って、奴隷所有者のミス・ワトソンにジムの居所を知らせる手紙を破く場面である。この直前にハックは、ジムと自分の旅をふりかえり、ジムがいつも親切に穏やかにハックに接し並なみならぬ愛情をかけてくれたことを思いだしている。彼はジムを受けいれて、社会の掟を破るのだ。しかも、彼は境界の向こう側から、ミシシッピー河畔の社会がいかに白人男性の暴力、腐敗、堕落に満ちているかを、あからさまに語る。この意味で、ハックとジムの逸脱的、反社会的コミュニティは、河畔の白人の社会とも、ハックがのちに訪れるフェルプス農場というアメリカ的な場とも大きく異なる。そこで、漂流する筏上でどのような男らしさが提示されているのかを、文学批評家 J・D・スタール J. D. Stahl の『王子と乞食』論を手がかりに考えてみたい。

スタールによれば、『ハックルベリー・フィン』の執筆中断の時期に書かれたマーク・トウェインの『王子と乞食 The Prince and the Pauper』(1881) には、父・息子関係の表象が豊かにみられ、とりわけ主人公エドワードと騎士マイルズ・ヘンドンとの「父・息子」的関係はその頂点をなすものである。スタールは、父親的人物マイルズがエドワードを心身両面にわたって愛情深く世話をする描写に、マイルズの「女性的」資質を見出し、トウェインが新しい「父・息子」関係の描出に成功したと主張する。成功したのは、16世紀イギリスに舞台設定されているからではないか、とスタールは考える。「ヨーロッパに舞台を設定したおかげで、トウェインは、社会でのダイナミックな可能性として、父・息子関係を自由に描くことができた」[Stahl 1994, 69]。言いかえれば、19世紀後半のアメリカ社会から時間的にも空間的にも距離のある16世紀のイギリスという舞台設定を、トウェインが理想の男らしさを実現するための「ファンタジー領域」として使った、と言うのである [ibid., 71-73]。

　ところが、『ハックルベリー・フィン』でのハックは、スタールの言うように、結果的には新しい父・息子関係に到達することも、近代社会の枠にとらわれない新しい男性性を獲得することもできなかった。とは言え、筏の上でのみ、逃亡黒人奴隷という二重の意味で境界外の人物ジムとのあいだで、新しい父・息子関係が成立している。ハックがグレンジャーフォード大佐のもとから逃げ帰ってきたとき、筏を次のように評価する。「やっぱり、筏ほどいいところはないと、俺たち〔ジムとハック〕は話しあった。ほかのところは窮屈で息苦しいけど、筏はそんなことはないと。筏の上は、どえらく自由で、気楽で、気持ちがいいんだ」[Twain 1884, 96]。「筏ほどいいところはない」とは、字義どおりには「筏に匹敵する家はない」を意味し、ハックはたった今逃げてきた白人社会の堅苦しい礼儀作法、不条理な殺りくをまぬがれた「家」で、ジムとの父・息子関係を享受する。

　こうして、筏の上でハックは、愛情深く親切に世話をする女性的側面をもつ黒人ジムの男らしさを受けいれた。筏の共同体は、スタール流に解釈すれば、新しい人間関係を模索するいわばファンタジー領域なのだ。のちに公爵や王様が筏に乗りこんでくると、ハックは彼らのペテンぶりに腹をたてるよりも、「筏の上で何はさておき大切なことは、だれもが満ち足りて、機嫌よくし、他

人に親切にすることだ。(中略)俺たちがやつらを王様だとか公爵だとか呼ぶように言われても、この一家の平和を守れるのなら、俺は別に反対しない」〔*ibid.,* 102〕と言って、筏の上で黒人、犯罪者をふくめた「家族」が穏やかな人間関係を維持できるようにと願う。

　ハックが犠牲を払ってでも維持しようとした寛大で安逸な男の生き方は、まもなくトムの再登場ののち、フェルプス農場での少年のごっこ遊びに退行する。そこでは、ハックがトムを装い、トムがシッドを演じ、少年たちはサリーおばさん、ポリーおばさんらの女の領域に再び取りこまれ、心配の種となり監視の対象となってしまう。今やハックは、グッド・バッド・ボーイを演じ、数々の暴力事件のなかを生き延びてきたハックとは別人となる。

　また、ジムも小屋に閉じこめられ、彼の自由の獲得は、正当な人権獲得要求の結果ではなく、ミス・ワトソンの恩情にすがったものとなる。つまり、農場は、セント・ピーターズバーグと同じく境界内の近代社会を表し、その意味で、筏の上の共同体とは対照をなす。そして、この対照的社会こそ、WASP男性を中心勢力とするアメリカ社会が、ジムやインジャンらを搾取、排除のすえ到達した社会だった。そこで、このような状況を生みだした、人種的他者をめぐる当時の政治的背景への目くばりも必要となるだろう。

他者の同化と隔離

　先住アメリカ人をめぐる状況は、『ハックルベリー・フィン』が執筆されていたあいだに、悪化の傾向にあった。というのは、白人開拓者が大平原地帯開発に進出する一方で、先住民を保留地に囲いこむ政策が集中的に実行されたために、先住民と白人とのあいだに戦闘と殺戮がくり返されたからである。歴史家メアリー・ベス・ノートン Mary Beth Norton は、次のように述べている。

　　1880年代には、アパッチ族やスー族その他の保留地で白人と先住民の暴力衝突が起こった。その結果、白人たちはアメリカ先住民の「文明化」、すなわち、白人の価値観をかれらに受け入れさせ、その部族組織を破壊し、かれらをこの国に統合する政策により積極的に取り組むようになっ

た。［ノートン『南北戦争から20世紀へ』211］

　先住民の文明化は、1887年に採択されたドーズ個別土地保有法に典型的に表れている。ドーズ法には、先住民の共同体的な部族土地所有を解体し、個々の家族に土地をもたせる狙いがあった。ノートンは、ドーズ法下の先住民政策が三つの狙いをもっていたと言う。

1．先住民に土地を所有させて彼らに責任感をもたせ、キリスト教的倫理の勤勉さを学ばせること。
2．先住民の子どもを「野蛮」な生活環境から分離して、寄宿学校に入れ「文明化」すること。
3．白人キリスト教徒に呼びかけ、先住民のキリスト教への改宗を促進すること。

　こうしたインディアン政策の多くは成功しなかった。その理由を、歴史家サムエル・モリソン Samuel Morison は、次のように説明する。

　　社会改良の「夢想家（ドゥ・グッダー）」たちは、西部のインディアンが、習慣的にも遺伝的にも、農耕民族ではなく狩猟民族であること、インディアンの土地所有の観念は私有制ではなく共有制であること、そして自作農民になることは彼らの望みとはまったく逆であること、などの事実を見落としていたのである。［モリソン 1965, 128-129］

　このように、ドーズ法による先住民同化政策がある一方で、黒人に対しては、真逆の方向をたどるかのごとく黒人隔離政策が段階的に進められていた。南北戦争前から浸透していた人種分離の慣習を法制化した人種隔離法が、1870年代から1880年代にかけて確立していった。「分離すれども平等」の原則をもつジムクロウ法と呼ばれる人種隔離法は、公共施設、学校、居住地区など、生活のあらゆる場で黒人を隔離し、差別し続けた。トウェインが『ハックルベリー・フィン』を発表した時期は、ジムクロウ法がまさに地固めをしてい

る時期だったのだ。

ハックの批判精神

　フェルプス農場でトムが主導する奴隷解放ごっこに、話を戻そう。注目すべきは、ジムを解放するゲームの直前と直後に、ハックがトムを評価する言葉である。とくにハックはゲームの直前に、次のように考える。

> 　ここにいるのは、立派で、育ちが良くて、評判も良い少年だった。また、評判の良い家族もいた。（中略）ところが彼は、プライドも正義も感情もなく身を落としてこんな仕事〔ジムを奴隷の暮らしから盗み出すこと〕に手を出して、世間で、自分と家族の恥をさらしていた。おれにはさっぱり分からなかった。[Twain 1884, 184]

　そして、奴隷ジムの解放が単なるごっこ遊びであり、しかも、ジムはミス・ワトソンによってすでに解放されていたと分かったとき、ハックは、次のように言う。「それじゃほんとうにトムは、わざわざあんなに苦労をして、自由になっている黒んぼを解放するような面倒くさいことをしたのだ！育ちのいいトムがいったい全体どうして黒んぼを自由にする手助けができるのか、おれは、その話を聞くその時まで、さっぱり分からなかった」[ibid., 227]。言いかえれば、育ちのいいトムが真面目にジムを解放するのは、ハックの理解を超えるが、ジムの解放がごっこ遊びの枠内でなされるのなら理解できる、と言うのだ。
　これと同様に、グレンジャーフォード大佐のような紳士が「宿恨」にとらわれて殺戮を行い、王様と公爵と自称する男たちがペテン行為をはたらくのも、ハックの理解を越えていた。それまでハックは、白人男性の行状を語りながら、結果的にその欺瞞性を暴露してきたのだが、今や遊び仲間のトムの欺瞞性をも暴くこととなった。半逸脱者ハックは、今まで片足をおいていた、近代社会に生きる白人男性の欺瞞をことごとく暴いてしまった。こののち、彼の選択肢は、もう片足をおく文明の「外」に向かうことしか残されていない。

文明の外に「ずらかる light out」

　かくして、ハックはインディアン準州に「他に先んじてずらかる」わけだが、果たしてそこで、近代社会への同化強制や類別作用(グリッド)からの自由を手にいれられるのだろうか。文学批評家ロイ・ハーヴェイ・ピアス Roy Harvey Pearce は、ハックが登場人物をふくめた文明人たちみんなに先んじて、「文明化されていない自由」をインディアン準州に求めたことに注目する。トウェインは、ハックの出奔先の準州がまもなくオクラホマ州に昇格し、白人開拓者や土地投機家が殺到することをある程度予知していたのではないか、とピアスは言うのだ [Pearce 1963, 253-256]。

　実際のところ、西部の開拓者や土地投機家のなかには、他に先んじてインディアン準州に乗りだして行った者も少なくなかった。それならば、ハックの「ずらかり」は、より良い生活、自由を求める開拓者や投機家の移住と根本的に違うのだろうか。さらに、白人ハックの自由とインディアンの自由は、葛藤しないのだろうか。また、そこで得るハックの自由は、やがて押しよせてくる文明社会の波に再び呑みこまれ、抑圧されるのではないだろうか。

　そもそも、文明社会から荒野に逃れるという発想自体が、近代的な二項対立的思考にとらわれたものではないだろうか。別の言い方をすれば、文明社会に疲れた白人の心を癒し、自由への渇望を満たすために、インディアンの「野性」が存在するという発想は、白人中心的な発想ではないだろうか。いずれにしろ、「もし男たちが自己抑制の欲求から解放されたければ、〈準州にずらかる〉必要がある」とキンメルの指摘するように、逃げるハックの姿には、男性性の不安にかられて逃亡の行動パターンをくり返す、アメリカの逃げる男の原型が重なる [Kimmel 1997, 59]。トムやハックの人種的他者との関係、それにより形成させる彼らの男らしさにプロト・タイプ的に存在した問題や疑問は、その後の児童文学や思春期文学でも、執拗に反復されてきた。

注

1 本書の引用は、次のテキストを吉田が訳した。Mark Twain. *The Adventures of Tom Sawyer*. 1876. New York: Bantam Books, 1981.
2 本書の引用は、次のテキストを吉田が訳した。Mark Twain. *Adventures of Huckleberry Finn*. 1876-1883. New York: W.W. Norton, 1997. この作品は、イギリスで1884年に出版され、アメリカでは1885年に出版された。Norton版は、1885年のアメリカ版に基づく。

第3章
猿に育てられたイギリスの貴公子

「あなたはいったいどうしてあんなジャングルに住むことになったのですか」
「ぼくはあそこで生まれたのです」と、ターザンは静かに答えた。
「母は類人猿でした。ぼくは自分の父がだれか知らないのです」
　　　――『類猿人ターザン』より――

「アメリカの神話」は続く

　ハックは、文明社会の男らしさにとりこまれる危機を察知して、グッド・バッド・ボーイのトムを残し、とりあえず文明の手がまだのびていないインディアン準州に「ずらかる light out」ことにした。そのあとで、『オズ』の男たちも、同じような危機意識から、文明国ではない架空の国オズで男らしさの回復をはかり、性アイデンティティを獲得した。幸いにも、彼らの自信の回復は、応分の社会的地位を得るという現実的な報賞をもたらした。

　その後、彼らの企てを受けついだ若者として、エドガー・ライス・バロウズ Edgar Rice Burroughs のターザンをとりあげてみよう。26冊にも及ぶ「ターザン」シリーズ第1作『類猿人ターザン *Tarzan of the Apes*』は、最初、『オール・ストーリー・マガジン』誌に1912年に発表され、1914年に単行本として出版された。以下でストーリーを追ってみよう。

　イギリスの貴族のグレイストーク卿ジョン・クレイトンと妻アリスは、アフリカに赴任する航海途上で水夫の反乱に遭い、アフリカの海岸に置き去りにされる。彼らの一人息子ターザンは、この地で誕生するが、両親の死後、類人猿の養母カラに育てられ、ジャングルで成長する。

　思春期を迎えるころ、彼は、初めて人間や文明の品々に出会い、みずからのアイデンティティに悩みはじめる。やがて、ジャングルでの生存競争で次々と勝利をおさめ、ジャングルの王者となる。だが、密林で出会った白人アメリカ人のジェーン・ポーターを愛するようになったターザンは、フランスでの生活を経て、ジェーンを追ってアメリカのウィスコンシンにやってくる。彼は、グレイストーク卿の一人息子であることが証明されたにもかかわらず、相続権を主張せず、一方、ジェーンは、彼の従兄弟のグレイストーク卿と婚約する。

　批評家E・F・ベイラー E. F. Beiler は、この作品が「エロティシズムと力のファンタジー」であり、無防備な状態で過酷な環境に投げだされた負け犬の少年が、みずからの男らしさを示して権力の頂点を極め、ジャングルでギブソンガール[*1]タイプの娘を手にいれる話だと評している［Beiler 1982, 63］。しかし、『類猿人ターザン』がこののち、延々とシリーズを生みだしたばかりか、ディズニー映画を含めおびただしい数の翻案作品のターザン映画、新聞の連載

マンガのターザン物語を生みだしてきたその影響力の大きさを考えると、単にエロティシズムと力だけを売り物にしたファンタジー作品として片づけがたいものがある。

イギリス人貴族の血筋であるターザンが、これほどまでにアメリカ人を魅了し、「アメリカの物語」のヒーローとなったのは、皮肉なことである。以下では、『類猿人ターザン』を、社会と文化の文脈において詳しく分析しながら、ターザンというアメリカン・ヒーローの男らしさがどのようなものか見てみたい。

『類猿人ターザン』のジェンダー

ターザンの父親、ジョン・クレイトンは、新婚3ヶ月でイギリス領アフリカの新しい役職に任命され、新妻アリスをともなって任地におもむく。男としてのクレイトンは、次のように叙述されている。「クレイトンは数多くの戦場で歴史的勝利をおさめたすぐれた武将をおもわせるようなタイプのイギリス人で、精神的にも肉体的にも道徳的にも、強くたくましい男だった」［バロウズ 1914, 12］。また、彼は、航海中に水夫の反乱事件に遭い、残酷な殺戮の光景を目撃するが、このとき、内心はともかく、まるでクリケットの試合を観戦するかのように、冷静にパイプをふかしながらその様子を眺めている。さらに、アフリカの見知らぬ海岸に置き去りにされたときは、人類の祖先が原始時代にジャングルで生き延びたのだから、自分たちもできるはずだと、妻を説得する。このように、非常事態に直面しても、彼は感情を抑制し平静を装い、追いつめられれば、ジャングルで生き延びるために、みずからのうちに闘争心をかきたてる強さをもつ人物である。

一方、妻のアリスは、ヴィクトリア朝の理想的な女性の典型として描かれている。彼女は、ジャングルで生き残ろうとはげます夫ジョンの言葉に、「勇敢な原始時代の女性になるように、原始時代のよき妻になるために、最善をつくすわ」［同書, 36］と答えたものの、原始的な生活に耐えきれない。

彼女は、類人猿に襲撃された夫を助けようして銃をとったとき、人生で最大の危機に直面する。「彼女は日ごろ銃器をこわがって、決して手をふれなかっ

た。しかしいまは、子を守るために恐怖を忘れた雌ライオンのように、狂暴な類人猿に向って突進してきた」[同書, 43]。こうして、アリスは銃を発射して夫を窮地から救いだすが、この直後正気を失い、ロンドンの家に帰りついたという妄想のなかに逃げこんだまま、ジャングルの小屋でターザンを出産する。彼女は、ターザンが1歳のころに亡くなるが、ついに現実の世界に戻ることはなかった。

　アリスのはかない人生は、何を意味するのだろうか。それは、彼女の半生の軌跡に暗示されている。彼女は、クレイトンの新妻として、はるばる危険な旅をして、文明の外部であるアフリカに連れてこられたが、その地で彼女がなし得たのは、発狂という自己犠牲を払って夫を救出し、自己喪失のままターザンを1歳まで育てあげたことである。

　また、見逃してならないのは、アリスの自己喪失が、銃の発砲という男の領域への侵犯行為ののちに起こったことである。こういうわけで、アリスは、ヴィクトリア朝イギリスの理想的女らしさを表す「家庭の中の天使」を演じきって、短い人生を閉じる。彼女の天使ぶりは次のように描写されている。

> 彼女は男の子を産んでから一年間生きていたが、二度と小屋の外へ出なかったし、自分がイギリスにいるのではないことにも、最後までまったく気づかなかった。（中略）かわいい息子を持っていることに喜びと幸福感を抱いていたし、それと夫の終始変わらぬ思いやりが、彼女の短い人生の最も幸福な一年にした。[同書, 45　傍点は筆者]

　言いかえれば、彼女は、文明の外部にいるという現実を拒否し、原始の女としてではなく家庭の中の天使として、妄想のイギリスのなかで、夫と子どものために献身的な人生を送ったのである。

野性を母とする少年

　さて、『類猿人ターザン』の独自性は、パートナーに原始の女たれと願う父親クレイトンの意志が、息子ターザンに継承される点にある。天使アリスの没

後まもなく、クレイトンは丸太小屋で類人猿の襲撃に遭い殺される。このとき、類人猿の族長の妻カラは、ゆりかごの赤ん坊ターザンと最近死んだばかりの我が子の亡骸とをとりかえ、こののち、ターザンを成人するまで我が子として育てる。
　このとりかえっ子事件には、ターザンからみれば、天使の母親にかわり原始の女のカラが母親となったという意味がある。父親クレイトンは、文明の外部で生き延びるためには、原始時代の野性こそ必要と考えたが、息子ターザンは、奇しくも父親の願いを成就する。
　では、なぜ野生動物を母とする設定がなされたのかと言えば、作品のそこかしこに見られるダーウィンの進化論の影響がその答えとなるだろう［グリスウォルド 1992, 127-128］。とくに類人猿がとり行うダムダムの祭りの説明文には、その影響が顕著に見られる。

　　われわれの毛深い獰猛な祖先たちは人間の発祥のずっと以前から何万年もの間、深いジャングルの奥の明るい熱帯の月の光の下で、土製の太鼓の音に合わせてダムダム祭りの踊りを踊ってきたのだ。それらの太鼓は、われわれの先祖が木の枝をゆすぶって最初の集会場のやわらかな芝草の上に軽々と飛び降りた遠い太古の夜そのままに、今日でも残っているのである。［バロウズ 1914, 89］

　さらに、ターザンの前半生には、太古の時代から現代文明に至るまでの、人類の進化が圧縮され表現されている。ターザンが自分の生まれた丸太小屋を訪れて、みずからのルーツに出会う10歳のころから、自己教育を通じて心身ともに強健な若者に成長して、ついに森の王者となる18歳のころまでの目覚ましい成長ぶりは、進化する人類のひな型を表している。彼が誕生の地で父親の形見のナイフや児童書、入門書、辞書といった文明の品々にふれ、独学を重ねる様子が描かれる。

　　父の建てた小屋の中のテーブルの上にあぐらをかき、小麦色に日焼けした、肌のなめらかな素裸の上体を、たくましいしなやかな手に載せた本の

上にかがめ、長い黒いふさふさした髪の毛を形のいい頭から明敏な目のあ
たりに垂らした原始の少年ターザン——それはそのまま、ペーソスと希
　　・・
望に満ちた一幅の絵だった。無知の暗闇から知識の光を模索する原始人の
・・・・・・・
寓意的な姿であった。［同書, 83　傍点は筆者］

　思春期のターザンが「進化・発達」する様子を、いま少し詳細に見てみよ
う。10 歳のころ、小屋で見つけたアルファベット絵本で、A がアーチャー（弓
を射る人）、B がボーイ（男の子）というように、初めてアルファベットの文字
に出会う。さらに、12 歳で鉛筆をみつけて習字の練習を始め、17 歳のころに
は児童書の読み書きができるまでに発達する。こうして、文字を獲得したター
ザンは、自分が他の類人猿とは異なる種であることを自覚するようになる。そ
して、思春期の少年の心理発達のハイライトをなす父親とのエディプス的闘
争を、彼は 13 歳のとき経験する。養母カラを救うため、それまで敵対してい
た類人猿の義父チュブラットを、実父の遺品の狩猟用ナイフで刺殺した。それ
は、奇しくも類人猿のダムダム祭りの日に起こった。

　　　　　　　　　　　　　　　　ママ
　　チュブラットの死体が地面に転げると、ターザンは 10 数年来の敵の首
　を片足で踏みつけ、りりしく若々しい顔をぐっと後ろへそらして、中空の
　満月をふり仰ぎ、彼の部族のすさまじい威嚇的な雄叫びをあげた。（中略）
　「おれはターザンだ」［同書, 96］

　こうして彼は、思春期のエディプス的な葛藤の危機を通過し、「ターザン」
（類人猿の言葉で「白い肌」の意）としてアイデンティティを確立する。
　こののち、ターザンは、雌ライオンのサボーを倒すことに執念を燃やすのだ
が、それは、裸体をサボーの毛皮で覆いたい、との衣服への欲望に起因してい
る。イギリス人としての彼は、人間が動物とは違い衣服を着ていることを絵本
から学んでいた。その一方で、窮屈で奇妙な衣服をつけず裸で暮らしたいとい
う欲求も抱いている。
　こうして、成長期の最終段階にいるターザンは、文明と野性が奇妙に混交し
た筆致で描かれる。すなわち、彼は、長年の独学独習のかいあって、「母国語

第 3 章　猿に育てられたイギリスの貴公子　57

を読み書きできながら話すことのできない、18歳のイギリスの小公子ターザン」[同書, 107] であり、類人猿の王カーチャクを父の形見のナイフで刺し殺し、類人猿の王者となったイギリス人貴公子である。この意味で、「少年グレイストーク卿は類人猿の王座についた」[同書, 140] という一文ほど、ターザンのハイブリッド性を表す言葉はない。なるほど、ターザンは、アメリカ文学者亀井俊介の主張するように、フェニモア・クーパー Fenimore Cooper の『パイオニアたち *The Pioneers*』(1823) に登場する神話的人物ナッティ・バンポーのような、「高貴な自然人」の系列の人物であるに違いない [亀井 1976, 250]。

ターザンの文明人としての男らしさは、その後も言語による構築が続けられる。彼は、英語でジェーンにラヴ・レターを書き、ジェーンの英文の日記を盗み読みする。また、フランス人のダルノー中尉から、「文明の最たる言語」フランス語を話しことばとして学び、フランス語をとおして英語の話しことばを習得する。また、言語とともに、文明的なふるまいも身につける。だが、彼の野性の分身は、これらの教育・文明化によって失われることはない。なにしろ、類人猿のカラが母親なのだから。

男の闘争本能

ターザン少年の男らしさのなかで、このように文明と野性が葛藤しながら共存するのは、この作品の魅力に違いない。しかし、二項対立から生じる同様な特徴は、トムやハックのなかにも見られることを思い起こしてもらいたい。トムやハックは、文明の拘束と野性の自由のあいだを往来しながら、アメリカの物語のヒーロー役を務めた。さらに、『オズ』の男たちも、人間ならざる身体に閉じこめられた文明の不安を扱いかね悶々としている。いずれも表象の仕方に違いこそあれ、これらアメリカの物語のヒーローたちは、みずからの男らしさの二重基準に強い不安をおぼえている。

20世紀に流布する男らしさの概念は、19世紀後半に白人中流階層の男性のあいだに生じた新しい価値観やこだわりを反映している、という説がある。そのころ、男らしさの価値は、精神よりも肉体の強さに比重がおかれ、男性性の原始的源泉に新たな関心が向けられるようになった。社会学者アンソニー・

E・ロタンドが「情熱的男らしさ passionate manhood」と呼ぶこの種の男らしさは、それ以前の伝統的タイプが精神的強靱さに重きをおいたのとは対照的に、「強い身体に強い心が宿る」という考えをとおり越して、頑強な肉体こそ頑強な精神そのものであるという、肉体中心主義の考え方に立っていた。
　しかも、進化論の影響下で、「男性の〈動物的本能〉が肯定的に捉えられ、男性は進んで自分たちを〈原始人〉にたとえた」［Rotundo 1993, 227］。そして、男性は自然のなかで身体を鍛え、原始的な闘争本能に目覚めれば、強い肉体すなわち強い精神を得られる、といった考えが流布する。この種の「男らしさ」は、20世紀に入っても影響力が衰えるどころか、男性たちの心を呪縛していった。
　こうした新しい男性性が誕生する背景には、19世紀後半から世紀転換期にかけて、「男性性の危機」［Kimmel 1987a, 123,143］や「男性性の不安」［Rotando 1993, 247-257］）があった。端的に言えば、急激な社会変化に対応しきれない、古いタイプの男らしさを体現する男性たちのあいだで不安が生じ、当時の若者を軟弱になったと批判する声が拡大していったのである。
　歴史家フレデリック・ターナー Frederick Turner による1893年のフロンティア消滅宣言が象徴するように、開拓者に体現されてきた独立独歩で精神的強靱さを旨とする男らしさが、しだいに社会で居場所を失い、それとともに、急速な産業化が男たちと仕事の関係をも変えていった。また、都市部での活力に満ちた移民の増加や、第一次女性運動と女性の職場進出も、白人男性の性アイデンティティを脅かしていた。
　このような男性性の不安を克服しようとする努力は、大統領セオドア・ローズヴェルト Theodore Roosevelt（1901-09年在任）の言動に顕著に表れている。歴史家ノートンによれば、

　　〔ローズヴェルトは、〕大統領という威厳のある風貌に欠けていた。彼は5フィート9インチあったが、背が低く見えた。また、極度の近視で、金縁の眼鏡がなくてはどうしようもなかった。（略）青年期はぜんそくで苦しんだ。しかし、生涯を通じて彼は、自分の肉体的限界を克服し、彼や同時代人が言うところの男らしさなるものを発揮したいという妄想のよう

なものに駆り立てられた。［ノートン 1994,『アメリカ社会と第一次世界大戦』133］

　ローズヴェルトは、男たるもの人生を闘争の場と考え、奮闘の努力を惜しむな、と機会あるごとに説いた。そして、彼は「戦争」という語を「奮闘」と同義語に用い、闘争の場である人生で勝ちぬいてこそ、まことの男らしさを証明できると主張した。「この国は戦争を必要としている。（中略）戦争かそれに類する仕事で果敢な業績をあげた男こそ、国家から最高の栄誉を受けるに値する」［qtd. in Rotundo 1993, 235］。

　「テディ」の愛称で親しまれたローズヴェルトのこうした主張を受容する社会の背景には、若い男性の女性化の潮流を食いとめるために、若者を戦争状態において、奮闘、闘争させようとする意図が見えかくれする。こうして戦った若者は、「すばらしい極めつけの勝利を勝ちとる」［qtd. in Gerzon 1982, 51］はずだった。

　また、ローズヴェルトの言説では、男性個人の奮闘が国家アメリカの奮闘という意味に拡大解釈された。共和国アメリカの男性性の頑強さは、個々の男性の頑張りにかかっていたからである。ローズヴェルトいわく、

　　　奮闘することが正しいと言うのなら、国の内外を問わず、道徳的にも肉体的にも、奮闘から尻ごみしてはいけない。奮闘が確かに正しいと思えるのは、奮闘して初めて、困難と危険をともなう努力をして初めて、まことに偉大な国家となる目標をついには獲得するからである。［Roosevelt 1905, 21］

　歴史家セアラ・ワッツ Sarah Watts は、こうしたローズヴェルトの言説を歴史的文脈において分析し、鋭い心理的肖像を浮きぼりにする。「彼は、文明化を推進するためのアメリカの役割、すなわち男の物語を作りだすことに個人的に責任を感じていた。しかも、みずからをその物語のヒーロー役に任じたのだ」［Watts 2003, 26］。

　さて、肉体的な奮闘を通じて、すばらしい極めつけの勝利を勝ちとった若者

ターザンは、勝者にふさわしい身だしなみに気をくばり始めた。彼は、ムボンガの部落の黒人の衣類を奪い、人間らしい身繕いを整える。こうして彼は、原始人の化身であるとともに、「広い肩の上の気品のある凛々しい面構えや、美しく澄んだ目の中で燃える生命と理知の火は、太古の森に棲んでいた野生的で好戦的なかれの祖先の崇拝した半人半神の象徴であった」［バロウズ 1914, 154］と描写されている。

　のちに、ターザンの従兄弟のウィリアム・セシル・クレイトンがターザンに出会ったとき、彼の目にターザンは、「すばぬけた肉体と巨大な力の持ち主」［バロウズ 1914, 178］と映った。ターザンと同じ名字をもつセシル・クレイトンが彼を「森の神」［同書, 192］と呼ぶとき、いわば文明人の分身が、野性人の分身の男性性を賞揚するのである。なにしろ原始の森で、そのスタミナ、機略縦横さ、野生動物や自然の知識を駆使して、猛獣や「蛮族」の黒人を相手に一人で奮闘する様子は、まさしく神業なのだから。

春季発動期のターザン

　だが、若者の成長過程にダーウィンの進化論を接合した思春期の概念は、バロウズのオリジナルな考えではない。むしろこうしたターザン像は、19世紀末から20世紀初頭にかけて、アメリカ社会で誕生しつつあった思春期の若者観——思春期の若者は身体的な変化や成熟にもとづいて社会的に規定されるという考え——の影響を受けている。

　思春期の概念づくりにもっとも貢献したのは、なんといっても心理学者G・スタンレー・ホールである。彼は、ダーウィンの反復説［固体発生（一個人の心身の成長）が系統発生（人類の進化プロセス）を短縮したかたちで反復するという説］を思春期の若者の成長過程にとりこむとともに［Hall 1904, 1-2］、春季発動のある思春期を第2の誕生と考える。また、それは、遠い祖先の遺伝子が発現して、若者が情熱や欲望のエネルギーでかき乱されるが、進化によって得た自制心や抑制力によって遺伝の力を鎮める時期でもある、と考えた［ibid., 308］。

　したがって、赤ん坊のターザンがとりかえっ子としてカラに連れさられた次

の章で、ターザンが10歳の少年として登場するのは偶然ではない。著者バロウズは、猿人から人間へと著しい変化を見せる、前思春期から思春期にかけての少年（ターザン）に、間違いなく関心を示している。言いかえれば、進化論的に成長を遂げる思春期の若者こそ、バロウズの一番のテーマだったのだ。

　ホールは、思春期の子どもが春機発動期という人生の激変期に、自由を制限されると囚われの動物みたいに本能的反抗をするのだから、自由な遊びを保証してやるべきだと考える。

　　春機発動期の少年少女にとって、とくに春になると戸外は気持ちよさそうに見える。彼らは、森や野原のことを思うと教室に閉じこもるのが辛くなり、自分たちが囚われの動物のように思えるのである。彼らは、野性的な生活の絶対的自由に強くあこがれ、とくに著しい場合には、原始人の状態を再現しようとする盲目的な本能にしたがい、裸足になり、帽子、衣服をしばしば脱ぎすてる。〔Hall 1904, 348 傍点は筆者〕

　少年の心身を鍛えるために戸外活動を推奨するホールの提案は、青少年育成の関係者から熱い支持を受けた。ヴィクトリア朝期の社会改良家、少年の各種クラブ、YMCA、少年裁判所、隣保館（セツルメント）のクラブ、ボーイスカウト等の関係者は、ホールの思春期の概念を受けいれ、すべての階層の少年たちがチームスポーツ、軍事訓練、市民教育に参加できるよう、広範な活動を展開していた。
　この時期、忘れてならないのは、ターザン・シリーズの人気の背後に、YMCAやボーイスカウト運動があったことである。これらの活動は、若者のあいだで盛んになり始めたばかりだったが、いわゆる男の活気の回復を提唱するマスキュリニストたちも、青少年育成の運動にかかわっていた。アメリカのボーイスカウト（BSA）は、『類猿人ターザン』の出版に先立つ1910年に設立されていた。
　この運動は、もとはイギリスの軍人ロバート・ベーデン＝パウエルにより1908年にイギリスで設立され、彼のボーア戦争の体験にもとづく軍事訓練が活動に組みこまれていた。アメリカでボーイスカウトが設立された当初は、ナチュラリストのアーネスト・トンプソン・シートンもチーフ・スカウトとして

参加し、YMCA、赤十字、遊び場協会、公立学校体育連盟など、青少年の育成にかかわる団体が理事会を構成していた。つまり、ボーイスカウトは、軍事訓練的要素と、自然のなかで原始的な生活を体験させるナチュラリスト的要素が混在したものだった。しかし、1915年のシートンとBSAとの決別に見られるように、BSAは戸外活動そのものを目ざすよりも、本来の軍事的発想にならい、少年の心身の強靭さを高めるために、戸外活動を利用する方針をとった。

　ボーイスカウトの発祥の地、イギリスでは、第一次世界大戦が勃発すると、ボーイスカウトで軍事の後方支援に近い訓練を受けた若者が勇んで前線におもむき、また銃後で、「兵士の年齢相当である15歳‐17歳のスカウトには、スカウト防衛隊（中略）が組織された。彼らには軍事教練と射撃術の訓練が施された」[田中 1995, 63-64]。だが、『類猿人ターザン』の発表当時のアメリカでは、ウッドロー・ウィルソン Woodrow Wilson 大統領（1913-21年在任）が中立主義の立場から、第一次世界大戦に参戦せず、18歳人口は、1917年の参戦まで平和な日常をすごしていた。

　しかし一方で、アメリカの少年たちが、変化のめまぐるしい近代社会で生存競争に生き残るために、文化的な意味で戦闘訓練を受けていたことを見逃してはならない。それは、野球やフットボールなどのチームスポーツを通じての、疑似戦闘の訓練だった。社会学者キンメルは、アメリカにおける野球が男らしさの再活性化に果たした役割について述べている。

> 〔男性性の活性化〕がはっきりと見られるのは、試合をするにしても観戦するにしても、人気急上昇中の野球をおいてほかになかった。野球は、世紀転換期に、男性性を立てなおすための重要な機構の一つになったのだ。
> [Kimmel 1990, 59]

　野球選手はみずからの男らしさを証明するために、業績を目に見えるかたちで観衆に披露する。また、プレイヤーが安全なホーム（家庭）からフィールド（戦場）に出撃し、敵の攻撃を切りぬけて安全なホームに帰還するというゲームの特徴は、男たちに生存競争の精神を教えるばかりか、奮闘の人生に山あり

谷ありといった人生哲学をも説いている［Rotundo 1993, 244］。

原始の女ジェーン

　アフリカを一度も訪問したことのないバロウズは、事実に即さない人種的偏見に満ちたアフリカを描いた。たとえば、ターザンが初めて目にした人間は「酋長」ムボンガのひきいる黒人の兵士であるが、彼らは鼻輪をつけ、入れ墨をした人喰い人種で、「黄色い歯並みは鋭くとがり、大きな唇が異様に突出して、かれらの容貌の野蛮で残酷な感じを強めていた」［バロウズ 1914, 108］と描写されている。こののち、ターザンと黒人との関係は、最悪のものになる。ムボンガの息子クロンガがカラを殺したため、ターザンは復讐心からクロンガを殺す。それ以降、彼らは、ターザンからたびたび毒矢を失敬される愚かな黒人として、あるいはフランス人のダルノー中尉を虐待する「蛮族」として描かれる。とくに後者の場面での、ターザンの眺める黒人像は、類型的な描写の繰りかえしである。

　　　色を塗ったくった獣のような顔、ばかでかい口にでれっと垂れた唇、鋭く並んだ黄色い歯、ぎょろぎょろした悪魔の目玉、ぎらぎら光る裸、無気味な槍……たしかにこんな奇怪な人間が地球上に存在するはずがないから、これは夢にちがいない。［同書, 271］

　このように人種的偏見に満ちた描写であっても、バロウズにはアフリカを描く彼なりの必要性があった。彼は、人種主義の白人男性にとっての「アフリカの夢」を、グリスウォルドの言うように、「全くどこにもない土地、心理的束縛のない自由の地帯、〈暗黒大陸〉」［グリスウォルド 1992, 135］を作りだしたかったに違いない。バロウズの同時代人ボームが、不安感で弱体化した男らしさの回復を、文明国ならざる架空の国オズにおいてはかったように、バロウズも、文明の外部の「暗黒大陸」をファンタジー領域として設定して、原始的源泉から生命の水を汲みだそうとしたのである。
　バロウズは、「森の神」という高貴なる自然人の完璧な男性性を作りあげる

ために、白人男性にとつての文明の他者を最大限活用した。黒人は残酷で、野蛮で、邪悪でなければならなかった。類人猿カラは、文明の小賢しさのない、野生動物のもつまぎれもない愛と気づかいでもってターザンを男に育てあげたのである。そして、高貴なる自然人の総仕上げに、文明の中心からやってきた白人娘ジェーンを、原始の森で原始の女に仕立てあげねばならなかった。

ジェーンは、類人猿ターコズの凶手からターザンに救出されたとき、「女のために戦って女を勝ち取ったその原始の男〔ターザン〕に両手をさしのべながら駆けよった」〔同書, 243〕。数十世紀の文明と文化のヴェールが彼女の視界からふっ飛んでいる今、彼女は野人ターザンにふさわしい原始の女となる。とはいえ、彼女は、ターザンの庇護なしには生きていけない無力な生き物として、彼のたくましい腕にすがりながら、原始の森を移動する。

> やがてかれは木の上を飛び渡りはじめた。ジェーンはいつのまにかなんの不安も感じなくなっている自分に気づいて、なぜだろうといぶかった。このもの凄く力強い野生の男の腕に抱かれて、未開の密林の奥へ奥へと運ばれ、どんな運命が待っているのかも知れないのに、彼女は若い生涯の中でこれほど深い安堵の気持になったのははじめてだった。〔同書, 252〕

ターザンは、ようやく父親ジョン・クレイトンの夢を実現した。彼は、自分の腕にすがりながら、自分の強さ、たくましさ、肉体美を賞揚してやまない原始の女をついに手にいれた。「〔ジェーン〕の上にあるその顔は、たとえようもなく美しかった。肉欲的な、あるいは堕落した感情に汚されない、たくましい男性美の典型であった」〔同書, 253〕、と作者バロウズはジェーンから見たターザンを描く。

ターザンは、文明の手の届かない原始の森「エデンの園」のアダムとして、ジェーンを魅了し、ジェーンは文明の理性を脱ぎ捨てて彼のパートナー原始の女となる。このとき、ジェーンは、完璧な肉体美＝強靱な精神をもつターザンとのペアリングで、彼の引き立て役にまわった。

19世紀末から20世紀初頭にかけて流布した新しい女性像のニューウーマン（ギブソンガールとも呼ばれた）は、まさしくこのような女性を表していた。自転

車に乗りブルマーをはいて運動をする活動的な女性イメージに代表される、健康的な魅力、独立心旺盛、強い意志力、旺盛な生活欲をもったニューウーマンは、対等な男女関係を前提とする友愛結婚の配偶者として、白人中流階層の男たちにもてはやされた［Schreider 1993, 148; エヴァンズ 1997, 234］。だが、結局のところニューウーマンも、近代的な結婚制度に回収されて、良妻賢母となって家族に貢献することになる。

　第一次フェミニズム運動の晩年にあたるこの時期、アメリカでは、婦人参政権を求める動きがあったにもかかわらず、実際は、1920年まで選挙権の獲得を待たねばならず、しかも獲得後に、フェミニズム運動は急速に衰退していった。ニューウーマンが家庭の中の天使と違うとすれば、自己犠牲を旨とする天使が、覇気をなくした男性たちにとって足手まといとなったのに対して、彼女たちは、男性の野性的側面を認識・受容し、男性性のパワーアップに貢献する点である。

　だが、みずからの夢と声をもたぬ彼女らの人生のシナリオは、空疎だった。その空疎ぶりは、ジェーン・ポーターが作品中で常に誰かの女として描かれているのを見れば明らかである。彼女は、最初、セシル・クレイトンの恋人として登場し、次に類人猿ターコズに陵辱されるところを、ターザンに救出され彼の女となる。そして、アメリカに帰国後、父親の借金返済のためキャンラーの女になろうとし、そののち、ターザンに心を動かすも、再度、セシル・クレイトンの女となる。彼女が男の手から手へと移されるとき、彼女の胸に去来するのは、男たちの力（腕力、財力、地位の力など）であり、キンメルのいうように、ジェーンは、男同士の関係において、男同士のランク付けをするのに使われる「通貨 currency」[*2]でもある［Kimmel 1996, 7］。

夢追い男バロウズ

　ところで、批評家たちの指摘のとおり、『類猿人ターザン』を著したバロウズは、『オズ』の著者ボームと多少の年齢がありながらも、同じ時代を生き、いくつかの共通点をもつ。二人とも、白人中流階層の出身で、父親の事業を手伝うがうまくいかず、都会と西部の辺境とのあいだを往来しながら、自分に

あった職業を求めて転職を繰りかえす。彼らが後世に名を残すのは、いずれも空想物語の作家に天職を見出してのちである。しかも、映画技術の発達期に出版された人気作品は、映画版としても後世に残ることになる。

とくに注目すべきは、子ども時代のバロウズが、ボームと同じように、健康問題から一貫した学校教育を受けていないことである。バロウズは、15歳から16歳にかけて、新しく州になったアイダホの牧場に滞在した。伝記作家アーウィン・ポージス Irwin Porges によれば、

> エド〔バロウズ〕は、1891年のアイダホでの短期滞在期間に、自由でちょっぴり楽しい冒険生活を送り、その後もこのときのことが忘れられなくなる。そして、落ち着きのなさ、男としての自己表現への欲求は消えることなく、彼の未来の行動に強い影響を与えた。〔Porges 1975, 23　傍点は筆者〕

15歳から22歳のバロウズは、文字どおり「落ち着きのない」人生を送った。彼は、アイダホから帰郷後、学業に戻るが長つづきせず、ミシガン士官学校に入学し、18歳でそこを卒業した。そして、ウェストポイント士官学校を受験するが失敗。しかたなく母校のミシガン士官学校で司令官の助手職についたが、間もなく退職した。次に、軍に入隊し、アリゾナ準州のフォート・グラントのキャンプで二等兵として軍務についた。しかし、赴任まもなく赤痢に感染し、10ヶ月後、健康状態を理由に除隊した。21歳で、アイダホの牧場に戻ったころ、米西戦争が勃発して、ローズヴェルト大統領の率いる「義勇騎兵隊〔ラフライダーズ〕」に志願したが、これにも失敗した。また、カウボーイの仕事にも違和感を感じて、故郷のシカゴに舞い戻った。

バロウズのこのような経歴を見れば、彼が文明の外部で味わった野性的エネルギーをみずからの男らしさに取りこんで、肉体的にも精神的にも強い男のアイデンティティを求めていたことが分かる。バロウズは、思春期の自分が求めて得られなかった男らしい男の夢を、『類猿人ターザン』のなかに実現した。

しかし、一個人の夢を表した『類猿人ターザン』が、アメリカの物語となるためには、アメリカ社会の制度に組みこまれた男らしさの神話が強力に作動し

なくてはならない。それまでの男らしさの神話を改訂した「情熱的な男らしさ」は、20世紀初頭、大統領の演説のなかに、学校教育や社会教育のなかに、メディアの情報のなかに組みこまれ、制度化されていった。

　『類猿人ターザン』の人気ぶりをみれば、当時、白人の多くの若者が、活力あふれる肉体美の男性像を、意識的、無意識的を問わず、いかに求めていたかがわかる。このアメリカの物語が遠いアフリカを舞台にした絵空事で、途方もない話であればあるだけ、思春期の少年たちはその枠組みに安心して、楽しみながらアメリカのアダムにわが身を重ねることができたのであろう。

注

1　ギブソンガール〈米国の挿画家 Charles D. Gibson が *Life* 誌などに描いた1890年代米国女性〉［研究社 Online Dictionary 2004］。19世紀末アメリカに出現したニューウーマンの一つのタイプで、「新鮮で活発なギブソンガールは、長いスカートをはいてテニス、ゴルフをし、自転車に乗った」［エヴァンズ1997, 147］。

2　キンメルは、「アメリカの男性が自分たちの〈男らしさ〉をはかる場合、女性との関係においてではなく、男同士の関係においてそれをする。〈男らしさ〉とは、おおむね男のつき合いのなかでのパフォーマンスなのだ。（中略）女そのものは、男が他の男とのランク付けのレベルをあげるために使う一種の通貨としてしばしば使われる」［Kimmel 1996, 7］と述べている。

第4章

影を殺した少年

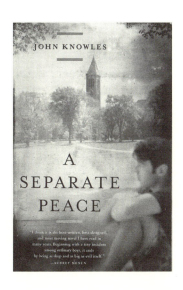

フィニアスを除く誰もがとてつもない犠牲のもとに、
あのマジノ・ラインを築いた。
戦線の向こう側にいると思われる敵と戦うために。
だが、この敵は、そういうふうには攻撃してこなかった。
たとえ攻撃してきたとしても、
またこの敵がほんとうに敵であるとしても。
——『ともだち』より——

50年代――〈皮肉〉の時代

　ジョン・ノールズ John Knowles の処女作で、1960 年「ウィリアム・フォークナー財団」賞を受賞した『ともだち *A Separate Peace*』(原題 は「切り離された平和」の意) (1959) は、出版後 10 年以上にわたって、アメリカの教育界で文学研究にひんぱんに取りあげられ、多くの思春期の若者たちに読まれてきた。この作品が出版以来、900 万冊を上回る売りあげを示したことからも、そのベストセラーぶりがうかがえよう。

　『ともだち』がアメリカ文化論の観点から興味深いのは、J・D・サリンジャー J. D. Salinger の『キャッチャー・イン・ザ・ライ *The Catcher in the Rye*』(1952)、ニコラス・レイ Nicholas Ray の監督映画『理由なき反抗 *Rebel Without a Cause*』(1955) の人気にみられるように、「思春期の若者」に大衆の関心が集まった 1950 年代に出版されたことである。当時のアメリカで、思春期や、子ども時代の終わりへの関心は、文学、映画のみならず、国際政治、社会問題にまで及ぶイノセンスの終焉についての言説を生みだしていた。『ともだち』は文学としてこの言説に参加し、『キャッチャー・イン・ザ・ライ』に続き、成人文学と児童文学とのあいだの無人地帯で多くのヤングアダルトの読者を獲得した。

　社会学者アーリン・スコルニック Arlene Skolnick は、1940 年代後半から 60 年代初めまでを「50 年代」と呼び、この時期はアメリカの勢力が頂点に達したにもかかわらず、アメリカ人がいまだかつてないほど、国外の敵と国内の謀反に脅威を感じた皮肉の時代であると主張する [Skolnick 1990, 50-51]。この点、物語が 1942 年から 1957 年までの時間枠をもつ『ともだち』は、まさに 50 年代の作品であると言える。

　さらに、アメリカ研究者本間長世は、1950 年代の知識人がアメリカの政治と文化を論ずる「評論の基調には、〈皮肉〉とか、〈逆説〉とか、〈不安〉といった屈折した概念に頼った議論が多かったのではないか」[本間 1990, 8]、と言う。そこでこの章では、50 年代を特徴づける「不安」「皮肉」「逆説」というキーワードを手がかりに、この作品をアメリカの社会・文化的文脈において、少年の男性性獲得の物語という観点から読み解いてみよう。

「平和の園」再訪

　『ともだち』は、この小説の語り手で主人公であるジーン・フォレスターが、15年ぶりにニューハンプシャー州の母校デヴォン校を再訪する場面で始まる。ジーンは、キャンパスを歩きながら、15年前の1942年の夏を回想する。この男子高校（プレップスクール）では、生徒たちは第二次世界大戦下とはいえ、戦争からは隔離された状態で平和を満喫していた（原題の「切り離された平和」はここから来ている）。

　ところがジーンの内面では、親友フィニーことフィニアスとのあいだに、ひそかな心の葛藤が進行していた。ジーンは、フィニーがスポーツ万能で人間的魅力に満ちていることに嫉妬し、日常の平穏な交友関係とはうらはらに、不安を掻きたてるフィニーの存在をめぐって、第二次世界大戦ならぬもう一つの「戦争」を戦っていた。第二次世界大戦を経た15年後の今、ジーンは、再び不安の現場に立ちもどり、みずからの精神的成長と心的外傷からの回復を確認しようとする。

　まずジーンは、キャンパス内を流れるデヴォン川上流の岸辺で大枝をひろげる木を探しだす。その木は、少年らが大枝から力の限り遠くへジャンプして着水し、勇気をためす「きもだめし」の木であった。

　　　ぼくの記憶のなかでは、その木は、川の土手を見おろす一本の先の尖った巨大な釘のように突っ立って、大砲のように恐ろしく、豆の茎のように背が高かった。（中略）そこに立っているその木は、ぼくにとってあの大男たち、ぼくらが幼年時代に想像した巨人たちに似ているように思われた。［ノールズ 1959, 13　傍点は筆者］

　「大砲のように恐ろしく」「大男たちに似た」と男性イメージで表現されるこの巨木[*1]、軍事訓練にプログラムされている大枝からのジャンプは、ジーンにとって男らしさの不安を喚起させる。

　だが、フィニーだけはこの木を恐れず、「夏期講習スーパー自殺クラブ」［同書, 40］なるものを設立して、皆の先頭をきってジャンプする。一方、ジーン

はいやいやながらスーパー自殺クラブにでかけていった。このころの彼には、この木が飛びこみの恐怖以上に何を意味するのか、理解できなかった。

あるとき、ジーンとフィニーが二人並んでこの木から飛びこもうとしたとき、ジーンは無意識に枝をゆすってフィニーを転落させ、重傷を負わせてしまった。この木は、思いがけない行動をとってしまった、ジーンの胸中にわだかまる不安を表象する。

そしてジーンのもう一つの再訪先、第一学舎は、フィニアス転落事故の真相が友人の面前で究明された「審判の場」である。フィニーは、親友の心の闇の暴露に耐えきれずこの場を逃げだし、学舎の階段で足を踏みはずし転落する。このとき骨折した足の手術後、フィニーは失意のまま亡くなる。この場は、ジーンに罪の意識を喚起する。ジーンは、こののち、内なる敵と戦い、やがては召集されて第二次世界大戦で戦うことになる。

ジーンのデヴォン校再訪は、1942年に平和の園で起きた事件と、そのとき彼の心を捉えていた不安と罪の意識を、1957年の彼の視点から見直すという、物語の二重の枠組みを作りだしている。32歳のジーンが、17歳のジーンの物語を語りながら、少年の内面の緻密な描写をとおして読者を主人公に向きあわせる一方で、分別ある成人男性ジーンの語りが、登場人物やできごとを解釈しなおす。

だが、21世紀に入った現時点からこの作品を読めば、1957年に見直されたジーンの自画像自体も、その後の社会・文化的変動を経た男性性概念に照らして、さらなる見直しが必要となる。

デヴォンの森の「アダム」

北方のカナダの広大な自然とつながるデヴォンの森は、WASP（白人・アングロサクソン・プロテスタント）のアメリカ人が、ヨーロッパと決別して入植した新天地アメリカの自然、「エデンの園」を連想させる。そしてこの森で、「のんびりした平和のエッセンス」[同書, 28]として、ひとときの平和を享受するフィニーは、エデンの園のアダムである。

フィニーの非凡さは、彼がデヴォン校の水泳記録を破ったエピソードに表れ

ている。彼は、それまで数々の球技でスポーツ選手の名誉をほしいままにしてきたが、ある日、とつぜんプールに飛びこんで泳ぎだし、未公認ではあるが水泳記録を更新する。だが、フィニーは、これを公式記録にする手続きを拒み、しかも誰にも口外しないようジーンに口止めし、記録を破ったことだけで満足する。ジーンは、「きみは素晴らしすぎてほんとうとは思えない」［同書, 56］と賛辞をおくりながらも、内心では大きなショックを受ける。

　フィニーは、頑強な肉体に健やかな精神をやどす男性像の体現者であり、愛校心に満ちたリベラリストである。スポーツマン・フィニーは、輝かしい勝利と名誉を常に欲しいままにして、この世に敗者がいるなどとは思いいたらず、また軍事訓練のための飛びこみに恐怖を感じることもない。彼は、勝者の視点でしか物事を見られない。

　日ごろ、ジーンは、いやいやフィニーに追従するが、彼とのサイクリング旅行ののち、数学のテストで失敗したことをきっかけに、フィニーを憎悪し始める。彼が遠出に誘ったのは、自分から試験勉強の時間を奪って試験に失敗させるためだった、とジーンは誤解する。

　そして、フィニーが並んでジャンプしようとジーンを誘ったあと、事件が起きた。まずフィニーが大枝のさきに進み、ジーンもそのあとに続き、大枝に立ったときである。

　　　それからぼくの両膝が曲がり、ぼくは大枝を上下に揺すった。フィニーはバランスを失って、顔を振り向け、極度の関心を示して一瞬ぼくを見た。それから彼は横に倒れ、下のほうの小さな枝のあいだを突き抜けて、土手に打ちあたり、胸の悪くなるような異常などさっという音を立てた。
　　　［同書, 79］

　ジーンが大枝を揺らしたために、フィニーは岸に落下して、その片脚がみじんに砕ける。彼は、医者から「スポーツはおしまいだ」と宣告され、一生スポーツのできない身体となる。つまり、転落事故は、いかなるスポーツでも勝ち続けてきたフィニーの男らしさをも、みじんに砕いてしまった。

　これまで見てきたフィニー像は、「きみは素晴らしすぎてほんとうとは思え

ない」とのジーンの言葉どおり、スポーツ万能のリベラリストという理想の男性像と考えられる。ターザン流の肉体中心主義的な男らしさにリベラリズムの加味された男性の理想像が、1940年代を生きる白人中流階層出身の少年フィニーの体に顕現している、とも考えられる。

　ところが、フィニーを転落させたのち、ジーンが一人だけでジャンプするのは意味深長である。この時点で、ルームメイトとして親友として、常に一心同体的に行動をともにしてきた二人が分離し、別人生を歩み始める。さらに奇妙なことに、大枝転落事件ののち、一人で部屋に閉じこもっていたジーンは、「自分が何者かさえ忘れようとして」、フィニーのピンクのシャツを身につける。

　　　ぼくはフィニアスだった。本物そっくりのフィニアスだった。（中略）このことがなぜぼくに強い安堵感を与えたのかぼくには全くわからなかったが、フィニーの勝利の表象であるシャツを着てそこに立つと、ぼくはもう二度とぼく自身の性格から生ずる混乱のなかをよろめき歩くことはあるまい、と思われた。［同書, 82］

　ジーンは、フィニーの拘束を逃れてやっとひとりきりになれたものの、自分のアイデンティティに不安をおぼえ、ピンクのシャツを着てフィニーに同化しようとする。彼から分離したジーンは、その後、迷い、後悔、苦痛を経験しながら、独自の男らしさの模索を続ける。

幸運なる転落

　アメリカの物語の主人公アダムは、「幸運なる転落 fortunate fall」と呼ばれる試練を経験するのが定番である。ルーイスの見出したアダム像は、転落の後、成長過程の儀式的な試練を経て、未知の複雑な世界に希望の第一歩を踏みだすことになっている。つまり、希望につながる転落なので、幸運なる転落と呼ばれる。ということから、読者は、フィニー自身がこの試練から這いあがるか、ジーンがフィニーとは別人生を歩み、独自の男らしさを獲得してゆくのか、と

いう期待を抱くことになる。

　二人の別人生を追ってみよう。その後のジーンは、フィニーとは違ったタイプの生徒と交流して、粗暴で退廃的側面を見せる。ボート部の部長クワッケンブッシュと殴りあって、デヴォン川下流のナグアムセット川に転落したり、フィニーに代わり親しくつき合いだした、押しの強い性格のブリンカーと、地下牢のような喫煙室に出入りしたりする。「ねばねばした塩水」のナグアムセット川への転落は、汚濁への洗礼を意味し、「気分を爽快にするシャワー」のごとき清流デヴォン川で、フィニーと遊んだ日々とは対照的なできごとである。また、喫煙室では、ジーンは、ふだんの純真無垢な表情をひっこめ、犯罪者のような顔つきに変貌する。

　その一方で、フィニーからはロマンチックな戦う男のイメージが消え、平和や無垢（イノセント）なイメージだけが残るようになる。たとえば彼は、転落事故のことでジーンを責めるどころか、親友を疑ったことを詫びるしまつである。フィニーの無垢な心にふれたジーンは、良心の呵責にさいなまれ、その後、ついに、「ぼくがあの枝を揺らしたんだ。（略）きみが落ちるようにぼくはわざと揺らしたんだ」[同書, 93]と告白をする。だが、フィニーは、親友の裏切りを頑として認めようとしない。ジーンは、それ以上彼を傷つけるのを恐れて、罪の告白を撤回せざるを得なくなる。

　こうしてジーンは、平和のエッセンスであるフィニーの無垢を守らねばならない、と考えるようになる。フィニーに悪意、裏切り、罪と向き合わせてはならない、フィニーを平和の領域に囲いこまねばならないと。そして、フィニーみずからも、平和の幻想のなかに逃げこみ、アメリカが大戦で戦っているというのはうそで、年寄連中の戯言にすぎない、と言う。

　それを象徴するできごとが起こる。戦争を連想させる絶望感、無気力感がたちこめる冬空の下、フィニーが突如としてウィンター・カーニヴァルを開催する。それは、雪のなかの陽気でふざけたスポーツの祭典だった。賞品の英訳版『イーリアス』、聖火の点火などが平和の祭典、オリンピックを連想させる。カーニヴァルの陽気が最高潮に達したころ、フィニーはテーブルの上にあがり、片脚で跳びはね回転しながらおどけたダンスを始める。雪の校庭で、若者たちはつかの間の自由と平和に酔いしれる。

第4章　影を殺した少年

ジーンは、「これは平和を表わす彼の舞踏術だった」［同書, 187］と言う。彼らは「1943年の灰色の侵入物から裂き取った自由」、自分たちで「作りあげた逃亡」、「つかの間の、幻のような、特別の単独講和」［同書, 188］の喜びを享受する。フィニーは荒野に続くデヴォンの森で、純真無垢の化身となり、ネヴァ・ネヴァ・ランドに住むピーター・パンのごとき存在となる。

少年が男になるとき

フィニーの「切り離された平和」の崩壊は、皮肉にも、平和の祭典が佳境に入ったころに、レーパーからの不吉な電報によってもたらされる。レーパーは、ビーバーのダムを探して山野を彷徨するナチュラリストで、スポーツマンタイプでないゆえに少年たちのからかいの的だったが、意外にも、徴兵をまたず志願兵として出征していた。ジーンがレーパーの自宅を訪ねてみると、精神に異常をきたして強制送還された弱々しい彼の姿があった。

「今や世界中が精神病院」［同書, 159］というフィニーの言葉は、レーパーの発狂によって現実のものとなった。転落前のフィニーの男らしさから肉体的強靭さを除けばレーパーになる。自然をこよなく愛するレーパーは、フィニーの代役(ダブル)なのだ。フィニーは、今までかたくなに戦争の事実を否定してきたが、レーパーの発狂の知らせをきいて、平和の幻想を砕かれる。

いったん平和の幻想が破れ、フィニーのアイデンティティが崩壊し始めると、彼の存在が消滅するまで、さほど時間はかからない。崩壊は、ジーンの罪を審問する第一学舎で始まった。この建物の戸口には「少年たちはここにきて男になる」［同書, 230］を意味するラテン語が刻まれている。この審問では、レーパーが転落事故の証人としてジーンの罪を暴露する。だがフィニーは、審問の場を逃げだす。彼は、分身も同然のジーンの悪意や罪を認めれば、自己の同一性が脅かされると察知したのだ。その直後、彼の第2の転落が起こる。彼は大理石の階段で転落し、再び脚を骨折する。

彼は脚の手術中の事故が原因でついに死亡する。スポーツマン・フィニーにとって、脚こそ彼の男性性の中心的シンボルだったはずであるのに、その脚の手術中に命を失うのは意味深長である。ところが、ジーンにとって、たびたび

アイデンティティを混同していたフィニーの死は、自分自身の死でもあった。埋葬式に参列するジーンは、「この埋葬式はぼく自身のだという気持ちからはぼくはのがれられなかった」［同書, 269］と感じて、自分の「埋葬式」を冷静に見守る。

アメリカのアダムであるフィニーの死によって、その代役(ダブル)のジーンは、みずからの男らしさを獲得することになる。その後、ジーンは、第一学舎の「少年たちはここにきて男になる」とのラテン語のとおり、平和で汚れのない少年(イノセント)時代に別れを告げ、大人の男として第二次世界大戦に出征する。ここまでが、1957年に15年前の自分を回顧したジーンの自画像である。

イノセンスの終わり

それでは、ジーンが佇んでいる1950年代を21世紀の現在から見直してみよう。1959年に発表された『ともだち』は、確かに50年代の政治的、文化的ムードを反映している。本間長世が指摘するように、50年代のアメリカでは、神学者ラインホルド・ニーバー Reinhold Niebuhr や文芸批評家レスリー・フィードラーらによって、「イノセンスの終わり」が宣言されていた［本間 1969, 14-17］。彼らがイノセンスの終わりを宗教や文学の分野をこえ、当時の社会・文化的文脈のなかで展開せざるを得なかったのは注目にあたいする。

ニーバーは、ニューイングランドのピューリタン（カルヴァン派プロテスタント）が、ヨーロッパの腐敗、悪徳と決別して、みずからを選ばれた汚れなき国民、「アメリカ版イスラエル民族」［ニーバー 1952, 41］と考えたときに、「アメリカのけがれのなさ」という幻想が始まったと言う。その後、この無垢(イノセンス)の幻想は、フランス啓蒙思想の合理主義の影響を受けたジェファソン主義的イノセンスの幻想により強化され、西部開拓史のなかで生き続けた。さらに外交関係においては、経済力という見えにくい力を行使して国を発展させ、戦争や侵略という直接的な罪の汚辱からイノセンスを防護してきた。だが、ニーバーは、第二次世界大戦がアメリカのイノセンスの幻想に打撃を与えたと主張する。

われわれは第二次大戦を経て、地上最大の強国として現われた。（中略）

かくして「けがれなき」一国家は、遂にその歴史の皮肉なクライマックスに到達するのである。アメリカは、物質的戦争の道徳的矛盾を完全に具体化しまた象徴する、最終的な武器の管理者となっていたのである。［同書, 58］

　別の言い方をすれば、大戦後のアメリカは、原子爆弾の管理という公然たる究極の権力を掌中におさめたのだから、伝統的な孤立主義者がとってきた、アメリカが汚れなき国(イノセント)であるという幻想を捨てねばならなくなったのである。
　ニーバーは、アメリカの発展を若者の成長にたとえるレトリックを用いて、超大国となったアメリカの責任を説く。いわく、子どもであったアメリカが、第二次世界大戦後に陥った皮肉な状況に対処するためには、大人の責任を引きうけねばならない。核兵器の抑止力による平和の維持という皮肉な状況に対処するには、アメリカが子ども時代を終えて責任ある権力を行使する以外に方法はない、と。
　責任あるリベラリズムを説いたのは、フィードラーも同じだった。彼は、赤狩りの時代のスパイ容疑事件を裁くヒス裁判*2を取りあげ、アメリカ国民のイノセンスの終わりを宣言する。フィードラーは、リベラリストがヒスの無実(イノセンス)を信じ彼を擁護するのを批判する一方で、リベラリストも共産主義者も「左」であるから善であり悪を阻止できる、との幻想は通用しないと主張する。ヒス事件がイノセンスの時代（リベラリズムの時代）の終焉を意味する、と。彼は、リベラリズムの原則論だけで悪に対抗できる保証にはならないし、「左派」「進歩的」「社会主義者」という言葉に権力の乱用を防ぐ魔法はかかっていない、と手厳しくフランクリン・D・ローズヴェルトを代表とする「ニューディーラー」のリベラリストを批判する。そして、フィードラーは、イノセンスの終焉を迎えた時代にアメリカのとるべき方向として、イノセントなリベラリズムから責任あるリベラリズムへの移行を提言する。［Fiedler 1955, 24］
　このように、1950年代のニーバーやフィードラーの主張に共通するのは、伝統的な孤立主義のとってきたイノセンスと平和の共存が、第二次世界大戦後のアメリカでは不可能になりつつある、との認識だった。

内なる他者との遭遇

　マクロな観点からの『ともだち』の読み直しを、さらに続けよう。フィードラーやニーバーがイノセンスの終わりを宣言せざるを得なかったのは、アメリカの国家アイデンティティに亀裂が生じていたからだ、と私は考える。フィードラーの言葉を借りれば、第二次世界大戦後のアメリカでは、「悪を行う者が他者（〈彼ら〉）とは限らない。〈我々〉であるかもしれない」と感じさせる状況があった。「赤狩り」というパラノイア現象がそれである。1950年代に入って、共産主義国ソ連のスパイがアメリカ国防省の中枢にいるとの疑惑が、いきなり人びとの関心を捉えた。

　この反共ヒステリーを個人の政治的闘争に利用した上院議員ジョゼフ・マッカーシー Joseph McCarthy は、このパラノイア（彼の名をとってマッカーシズムと呼ばれた）の象徴的人物である[*3]。しかも、同年の1950年に、ヒス裁判の判決ばかりか、クラウス・フックスやローゼンバーグ夫妻らがスパイ容疑で逮捕され、毛沢東による中華人民共和国の樹立、ソ連による最初の核実験の成功、マッカラン法とよばれる国家安全保障法の成立など、アメリカの国内外の敵に関連した事件がたて続けに起こったことにも注意を払うべきである。

　だが、歴史家たちによれば、反共ヒステリーは、50年代にとつぜん始まったわけではなく、1921年に有罪判決を出したサッコとヴァンゼッティ事件[*4]に代表される、第一次世界大戦後のアメリカの政治的風土にあった「赤の恐怖(レッドスケア)」の再燃したものである。

　ところが、1920年代の赤の恐怖にせよ、50年代の赤狩りにせよ、アメリカ国内にいる他者が必ずしも共産主義者であるとは限らなかった。被疑者を「アナーキスト」「アカ」呼ばわりし有罪宣告を下すためには、中心勢力を占めるWASPに脅威を与えるだけの異質性をもっておれば十分だった。言いかえれば、マッカーシズムは、WASPの内部（「我々」）のなかから異端者（「彼ら」または「他者」）を偏執狂的に摘発したのだ。

　社会学者マイケル・キンメル Michael Kimmel によれば、マッカーシーの「魔女狩り」の対象は、「〈ピンク pinks〉〈不良 punks〉〈性的倒錯者 perverts〉」［Kimmel 1996, 237］だった。「ピンク」は、左翼がかった人（リベラリストを含

む）や同性愛者を意味する。とりわけ当時の伝統的規範がやっきになって「封じ込め」をしたのは、ジェンダー不適応（gender failure）の代表と見なされた、同性愛者と共産主義者であった［*ibid.*, 236-237］。

さて、『ともだち』では、ピンクに言及する二つの場面が描かれている。一つは、ジーンが濃いピンクのシャツを着たフィニーを、「ピンク！それじゃまるでホモだ！」［ノールズ 1959, 29］と呼ぶ場面である。フィニーは、ピンクのシャツを「ぼくの表象」［同書, 28］と言う。そして、もう一つは、先に引用した、大枝墜落事件後、ジーンがフィニーのピンクのシャツを着て、みずからのアイデンティティの混乱をおさめようとする場面である。

50年代アメリカの文脈において作品を読めば、ピンクを表象するフィニーは、リベラリストか、同性愛者ということになる。『ともだち』では、寝食をともにする親友ジーンとフィニーの親密な関係が描かれる。たとえば、自転車旅行で二人が浜辺で一夜を過ごしたり、美しく日焼けした互いの肌の美しさを愛でたり、褒め合ったりするエピソードに、二人の親密ぶりが描写されている。批評家エリック・L・トリブネラ Eric L. Tribunella は、ジーンとフィニーとの親密性のなかに、ホモエロティックな関係性を読みとる。とくに、フィニーから一緒にジャンプしようと誘われたとき、ジーンは、ホモフォビア的なパニックに陥ったのだと考える［Tribunella 2003, 85］。別の言い方をすれば、フィニアスと一体化してジャンプしようと誘われたジーンは、同性愛の感情をもつ自分に気づき、ホモフォビア的に反発して、フィニーを落下させたのである。

ちょうどアメリカ社会がスパイの裁判を通じて、国内の敵や他者の存在に過敏に反応していたように、フィニーとジーンも、第一学舎での審判を通じて、ナチズムという外敵ではなく内なる敵と直面しなければならなかった。フィニーは審判の場で、無罪（イノセント）ではない他者・ジーンが自分たち共通の人格に存在することを、苦汁をもって認めさせられる。それは、フィニーの自己同一性の崩壊、死を意味する。

フィニーの死を通過したジーンは、戦争を生みだすものが「人間の心のうちに潜む何か無知なもの」［ノールズ 1959, 279　傍点は筆者］と考え、真の敵は戦線の向こう側にいるのではなく、自分のなかにいると考える。しかし、1957

年時点でのジーンにとっての問題は、WASPの男らしさを脅かす他者が誰なのか、彼にはよく見えていないことだった。その誰かがゲイであるのか、人種的他者であるのか、移民であるのか、女性であるのか、ジーンにはよく見えていなかった。

ジーンはやがて第二次世界大戦に徴兵されて、そこで恐怖なしに戦うことができたと言う。また、「ぼくはだれも殺さなかった。激しい敵愾心も起こさなかった」［同書, 282］と言う。だが、彼は戦場で一兵士として戦って、本当に誰も殺さなかったのか、敵に強い憎悪を抱かず戦場で戦うとは一体どういうことなのか、という疑問が残る。

姿の見えない敵

その答えは、デヴォン校再訪を総括するジーンの言葉に見出される。

> 彼らはみな——フィニアスを除いてはみな、戦線の向こう側に見えると思われるこの敵に反抗するために、莫大な犠牲を払って、自分のためにこのマジノ線を構築した。しかし、この敵はそういうふうに攻撃してきたのではなかった。かりにこの敵がほんとうに攻撃してきたとしてもだ。たとえこの敵がほんとうに敵であるとしてもだ。［同書, 284　傍点は筆者］

このように、彼の敵の実体は、あいまいで、敵に襲われたかどうかすら定かではない。敵との関係があいまいであり、敵の正体が見えないからこそ、誰も殺さず、敵を憎まなかったと言えるのではないだろうか。

そこで、敵とのあいまいな関係を、1950年代アメリカの社会と文化の文脈において眺めてみよう。ジーンの敵があいまいなのは、スコルニック言うところの「50年代に表現されることなく煮えたぎっていた不満」［Skolnick 1990, 51］を相手にしているからではないだろうか。50年代の左派リベラル社会批評家たちのあいだでは、アメリカ人が同質的で豊かな社会を作りあげているとの通念が浸透していた。彼らには、民主社会主義作家マイケル・ハリントンMichael Harringtonが「もう一つのアメリカ」と呼ぶ何百万もの貧困なアメリ

カ人が見えていなかった［ハリントン 1993, 1-3］。しかも、もう一つのアメリカのなかには、多くの人種的マイノリティ、性的マイノリティ（女性、同性愛者など）、その他様々な意味で異質な人びとや社会的な逸脱者も含まれていた。

　これらの人びとは社会的に見えないばかりか、声も奪われていた。彼らはいわば「表現されることなく煮えたぎっていた不満」として、反共主義と経済成長への信念という点でコンセンサスのムードに達したアメリカの白人社会のなかで、「アメリカをあるがままの姿で、無批判に、疑問ももたずに承認する」［ノートン、『大恐慌から超大国へ』271］という体制順応主義に押しつぶされそうになりながら生きていた。

　こうした見えない他者を抑圧し、切りすてるアメリカ社会で、異質な人びとの告発と切りすてをもっともヒステリックに敢行したのが、マッカーシーズムの魔女狩りだった。忘れてならないのは、当時、マッカーシーにより告発された国内の共産主義者のほとんどは、パラノイアから生じた幻影であって、異質な人びとにすぎなかったことだ。告発者とその同調者にとって、異質な人びとは受容すべき隣人ではなく、排除し戦うべき敵だった。つまり、他者は告発者の幻想であることが多く、しかも包括的(インクルーシヴ)に他者を捉える視点がまだ未成熟だったのだ。

　なかでも、他者へのパラノイアを外交上でもっとも端的に表したのが、朝鮮戦争だった。当時の冷戦の精神構造のなかで、アメリカは、ソ連が北朝鮮を軍事的に援助をしていると確信し、1950年に北朝鮮（朝鮮民主主義人民共和国）と開戦した。そしてアメリカは、ソ連が朝鮮戦争を始めたという説には不可解な疑問を残したまま[*5]、ソ連の身代わりとしての北朝鮮と戦ったのである。国内に吹きあれていた反共ヒステリーが、1950年に勃発した朝鮮戦争と連動していたことは間違いないし、この戦争が以前にもましてマッカーシズムを煽ったのも疑いのないことである[*6]。

　反共主義と体制順応主義のムードのなかで、平穏を保つかに見えた1950年代のアメリカ社会は、歴史家や社会学者によれば、実は激動の1960年代に向けて、中心勢力への造反が水面下で始動しつつある複雑な時代だった［Skolnick 1990, 51］。そのいくつかを例に取りあげてみよう。

　1954年に全国黒人向上協会は、公教育における人種隔離政策の廃止を最高

裁で争い勝利した。そして 1955 年には、アラバマ州モントゴメリーで、アフリカ系アメリカ人のパークス・ローザ夫人が黒人隔離の慣行に抗議して、路線バス乗車のボイコット運動を始めた。アフリカ系の人びとは、一年近くも町をあげてのボイコット運動のすえ、アラバマ州の人種隔離法を違憲とする最高裁の判決を得て勝利をおさめた。このようなアフリカ系市民の公民権運動は、WASP を中核とする体制順応主義への挑戦であった。白人のアメリカ国民は自己のアイデンティティに、黒人という他者の存在を突きつけられたのである。

　さらに、先住アメリカ人も、見えない人びととして貧困ラインの生活で苦闘する他者だった。1954 年から 1960 年のあいだ、連邦政府は先住アメリカ人の 61 部族への補助給付金をうち切った。この政策下で、多くの先住民が居留地をでて、都市部の貧困層に流入していった。空前の経済繁栄のかげで、先住アメリカ人は、白人の富とは無縁の悲惨な生活をしいられた。

　また、声を奪われた人びとのなかには、人口の半分を占める性的マイノリティ、女性の存在があったことも忘れてはならない。中心勢力の男性にとって、最大の他者である女性は、50 年代の「国家的な脳前頭葉切除手術」＊7 をほどこされた結果、良き妻、良き母親となってアメリカの経済発展に貢献すべく、郊外住宅に囚われて心身ともに搾取されていたことが、のちにフェミニストにより告発された。ベティ・フリーダン Betty Friedan は、第二次フェミニズム運動の起爆剤となった著書『新しい女性の創造 The Feminine Mystique』(1963) で、多くの専業主婦が「得体のしれない悩み」に苦しんでいると主張した［フリーダン 1963, 13-19］。50 年代当時、主婦たちは、悩みの原因を特定できず、権利主張の声を発することもできなかった。それゆえ、彼女らの他者性は社会的には見えず、体制順応的な男性の自己像を脅かすまでには至らなかった。

不安・皮肉・逆説の男性性

　フィニーとの決裂が決定的となったころ、ジーンの眺めたキャンパスの風景は象徴的である。彼が体育館を見ると、その背後に別の体育館があるように思

える。彼はこの「二重の幻影」に出くわし、世界と自分を見つめなおす。夜間照明に照らしだされた体育館は、日ごろ出入りしている体育館であると同時に、今まで見たこともないまったく異質な何かを中心に宿しているようである。

さらに、池や周囲の木立についても、同じような「二重の幻影」現象が起こる。彼は風景が多重な意味をもち、リアルで生き生きとしているように見える一方で、自分が夢、幽霊、虚構のように思える。フィニーというアイデンティティの核をなくした喪失感は、次のようにジーンの自己意識をも変えていた。

> そこにあるほかのすべての建物とそこにいるすべての人たちが強い現実性をもち、猛烈に生き生きとして、完全に意味深いのに、ぼくだけがただひとり夢であり、何ものにもほんとうに手や足を触れたことのない虚構のものであるように思われた。［同書, 259］

自己を夢のような、幽霊のような虚構と認識するとき、人は自分を攻撃する敵の顔を見定めることはむずかしい。いや、攻撃されたかどうかさえ、疑わしくなる。この作品の発表当時、アメリカの中心勢力では、ハリー・S・トルーマン Harry S. Truman 大統領以来の共産主義の封じ込めが実践課題（アジェンダ）であり、敵が封じこめ網のなかにいるとの信念が優勢だった。だがこの同じ時期に、前述のとおり、他者を排除し、敵対する態度を疑問視する60年代の大変動は、水面下で着々と進行していた。

『ともだち』の主人公ジーンが1942年から43年に、親友フィニーとの関係を通じて獲得した男らしさは、不安、皮肉、逆説に満ちたものだった。それは、内なる悪という他者を見つめ、戦う内省的性格を見せる一方で、いったん戦場にでると憎悪や恐怖を感じずに敵と戦える戦士の側面をもっていた。つまり、内なる敵とも外なる敵とも果敢に戦うことができる。それにもかかわらず、敵が本当にいるかどうか、今ひとつ確信がもてないでいる。そして何よりも、彼自身の実在性も怪しくなり始める。

こうした不安、皮肉、逆説に満ちた男性性を、1960年代の大変動を経た今日のポスト・モダンの観点から眺めれば、ジーンとフィニーとの葛藤、ジー

ンの性アイデンティティの獲得は、男としての帝国アメリカが国家アイデンティティの大幅な見直しを迫られる時代の、まさに前夜の物語なのだ。言いかえれば、ジーンの男性アイデンティティ獲得は、中心勢力WASPの「単一の男性性」（masculinity）が、不安、皮肉、逆説をともないながら、多様なエスニック・グループや異なる性アイデンティティを許容する、「複数の男性性」（masculinities）へとダイナミックな変化を遂げる前夜のできごとである。

注

1　ジェームズ・エリス James Ellis は、この木をキリスト教のエデンの園の木と解釈し、アダムの無垢の喪失と重ねあわせる。一方、ピーター・ウルフ Peter Wolfe は、エリスのキリスト教的解釈だけでは不十分とし、大地に根を下ろす木を有機的なものの表象と解し、人生の現実の諸相を表すと考える。私は、著者ノールズが「木」に与えた表現、メタファーを尊重して、ジーンの「男性性と関係のある不安（fear）」と解することにした。

2　ヒス裁判は、連邦議会下院非米活動委員会によって取りあげられたチェンバーズ Whittaker Chambers の告発に始まる。すなわち、もと国務省役人のアルジャー・ヒス Alger Hiss が国家極秘文書をソ連に渡したという訴状である。1950年にヒスは、スパイ行為の罪（国家反逆罪）ではなく偽証罪のかどで、有罪を宣告された。［ノートン、『大恐慌から超大国へ』247-248］

3　当時のジャーナリスト、評論家、現代の歴史家は、マッカーシーがマッカーシズムを始めたのではなく、時代の波に乗っただけであるとの意見で一致している。以下参照。リチャード・H・ロービア Richard H. Rovere,『マッカーシズム Senator Joe McCarthy』。Fiedler 1952, 3-24. ノートン、『大恐慌から超大国へ』244-50. Heale 1990, 145-166.

4　サッコとヴァンゼッティ事件は、第一次世界大戦後のレッドスケアのなかでも、もっとも悪名高いヒステリーの爆発事件とされている。1921年に「ニコラ・サッコとバートロメオ・ヴァンゼッティという二人の無政府主義者の移民が、マサチューセッツ州サウス・ブレイントリーで起きた強盗事件で、警備員と会計係を殺害したかどで有罪を宣告されたのである。サッコとヴァンゼッティに本当に罪があるとすれば、それはかれらの政治的信条とかれらがイタリア人であるという事実だったとしか思えない。なぜなら、かれらがその強盗事件に関与したという証拠はまったくなかったからだ。（中略）この二人のイタリア移民は、1927年8月に処刑された。二人の死は、アメリカ合衆国

は思想・信条の自由を育てる国だと信じる人たちを震え上がらせた。」（ノートン、『アメリカ社会と第一次世界大戦』297）

5　歴史家ノートンらは、ソ連が戦争を始めたことに関する疑問として、次のように述べている。「国連の安全保障理事会が南朝鮮の支援を決定したとき、ソ連の代表は国連が中華人民共和国に代表権を認めていないことに抗議して欠席していた。もしソ連が朝鮮での戦争を誘発したのだとしたら、その代表が出席して南朝鮮への支援に拒否権を発動しなかったというのは、なんとも理解しがたいことだった。（中略）さらにもっと不可解な疑問がある。なぜソ連はひとたび戦闘が勃発するや北朝鮮にあまりたいした援助をしなかったのか？」［ノートン、『大恐慌から超大国へ』252-253］。また、国際政治学者西川吉光も、フルシチョフの談話で言及されたスターリンの北朝鮮への態度を取り上げ、ソ連当局が当時北朝鮮の戦争開始にはきわめて慎重だった、との説を支持している。［西川 1998, 206-208］

6　ヒール Heale は、「朝鮮戦争は、反共主義のコンセンサスを強化し、マッカーシズムというレッドスケアの長期化の一翼を担った」［Heale 1990, 155］と言う。

7　「国家的な脳前頭葉切除手術」とは、『ニューヨーク・タイムズ』でリチャード・リンジマンが 50 年代を形容して言った言葉［qtd. in ノートン、『アメリカ社会と第一次世界大戦』272］。

第Ⅱ部

「ゲド戦記」シリーズ
　『影との闘い』(1968)
　『こわれた腕輪』(1972)
　『さいはての島へ』(1973)
　『帰還』(1990)
　『アースシーの風』(2001)

『チョコレート・ウォー』(1974)
　『ぼくはチーズ』(1977)
　『もう一つの家族』(1988) etc.

第5章

〈ゲド戦記〉の男らしさの見直し

　アレンは大賢人のイチイの木の杖を下に置いてきたのに気がついた。アレンは杖をとりにもどろうとした。が、ゲドが彼を止めて、言った。「レバンネン、杖にかまうな。わしは死の川のあの源で、魔法はすべて使い果たした。
　だから、もう、魔法使いではないんだ。」
　　　　――『さいはての島へ』より――

はじめに――「ゲド戦記」シリーズについて

　アーシュラ・K・ル＝グウィン Ursula K. Le Guin の多島海を舞台とするファンタジー作品「ゲド戦記 Earthsea」5 部作ほど、アメリカ社会で変化する男性性を映しだす作品はないだろう。「ゲド戦記」5 部作とは、第 1 巻『影との戦い *A Wizard of Earthsea*』(1968)、第 2 巻『こわれた腕輪 *Tombs of Atuan*』(1972)、第 3 巻『さいはての島へ *The Farthest Shore*』(1973)、第 4 巻『帰還 *Tehanu*』(1990) と第 5 巻『アースシーの風 *The Other Wind*』(2002) を指す。

　ル＝グウィンは、4 作目書きあげたのち、第 1 巻『影との戦い』の執筆当時をふり返り、大半の 30-40 歳代白人女性と同じく彼女自身も、本書の序章で述べたような、「男らしさの神話」の呪縛下にあったと率直に認めている［ル＝グイン 1993, 151］。異性愛の中流階層白人男性（Straight Middle-Class White Males）に基づくこの神話では、男たちは力強く、攻撃的でなおかつ理性的な言動をとることを期待され、家庭生活においては大黒柱として男らしさを発揮せねばならなかった。

　本章では、「ゲド戦記」シリーズを 1950、1960 年代から 2000 年頃までのアメリカの社会・文化的文脈において、男らしさという観点から読み解いてみよう。

男性性の影との戦い

　ファンタジー作品第 1 巻『影との戦い』で、魔術の才能に恵まれたハイタカ（真の名前はゲド）は、魔法使いの養成学校ローク学院での修業時代に、功名心をおさえきれず、みずからの力を証明しようとして、影を呼びだしてしまう。影には名前がなく、その正体は捉えどころがない。ゲドの住むファンタジー世界・アースシーでは、名は体を表し、真の名前を知ることはそのものの実体を知り、制御することを意味する。したがって、影の名前を知らないゲドは、影の制御もできず、実存的な不安にさいなまれながら、影に追われてアースシー世界を彷徨する。そして、影からの逃亡生活でとり返しのつかない過ちを犯したゲドは、魔法使いの恩師オジオンから、影から逃げるのではなく、追

う側にまわらねばならないと諭される。そこで彼は、影を地の果てまで追いつめ、ついに影と対峙する。影と彼が互いに「ゲド」と呼びあい、二人は一つに合わさる。こうして、ゲドは、統合された人格へと成長する。

　ゲドと影との関係には、彼の性アイデンティティが密接にかかわっているので、影をジェンダーとの関わりで見てみよう。この影は、男らしさの否定的な属性を表している。影の支配下にある男性は、権力欲にとらわれ、人間らしい感情を抑圧して他人とは武装中立状態にあり、自然を搾取し自然界の均衡を破る。また、みずからの男らしさの属性に女性的なるものを受容しない。それでいて、現実の女性に女性らしさを要求し、それを我が物とする。このような男らしさを一枚のコインにたとえてみよう。裏側には、否定的な男らしさのイメージが刻まれ、表側には、伝統的、積極的に評価されている男らしさのイメージが刻まれている。すなわち、表側の男の肖像は、向上心や野望にあふれ、過度の欲望や激情を制御し、みずからは自然に取りこまれず、それでいて自然を征服する性格をもつ男性の顔になるだろう。さらに、表側の男らしさは、女性性との関連で言えば、性にそって引かれた役割の分離線を遵守し、生む・育てる・世話をするなどの機能は女性に依存し、その一方で、みずからの内から閉めだした属性を女性に求める。女は優しく、愛らしく、か弱くなくてはならない、と。

　少年時代、まじない師の叔母から魔術を学んだゲドは、霧を呼びだす術を使って、白人少数派のカルガド人の襲撃から村を守った。この事件をきっかけに、魔法使いオジオンのもとで修業を始める。ゲドは、いわば才能が開花し始めたこの時期に、影と初めて出会う。しかも、彼の男らしさのモデルが、暴力的な実父から寡黙で温厚な代理の父親・オジオンに変わったとき、影が姿を現すのは興味深い。

　ゲドが初めて影を呼びだすきっかけは、こうである。彼は、領主ル・アルビの娘に死霊を呼びだすようそそのかされ、娘の歓心を買いたい一心から、また、「力のあるところを見せつけてやらなくては」［ル＝グィン 1968, 39］との功名心から、オジオンの『知恵の書』を読み解き、死霊を呼びだそうとする。

　　寒かった。ふと肩ごしにふり返ると、閉まっているドアのかたわらに、

何かがうずくまっていた。闇よりもさらに濃い、どろどろと形の定まらない暗黒の影のかたまりだった。かたまりは彼の方に手をのばし、何ごとか彼にささやきかけてきた。だが、ゲドの知らないことばだった。〔同書, 40〕

　このとき、彼が呼びだしたのは、影の前兆、あるいは影の影のようなものだった。
　以後それは、しだいに濃度と密度を増し本物の影となって、ゲドの人生につきまとう。この影については、しばしばユング心理学的な解釈がほどこされる。つまり、影はゲドの人格の否定的側面を指し、彼が意識的に受容しないかぎり、実存的な不安として彼につきまとう、というものである。このように、影をゲドの心理に限定して解釈することもできるが、文化論的には次のような読み方もできる。
　ゲドの抱える男としての不安は、1950年代のアメリカ社会ですでに見え隠れしていた。社会学者スコルニック Skolnick によれば、第二次世界大戦後のベビーブーム期、マイホーム主義の風潮のなかで、多くの若い男性は一家の大黒柱として働く一方で、家庭にとりこまれて「軟弱で骨抜きになる」のを恐れてもいた〔Skolnick 1991, 71, 111〕。映画『理由なき反抗』(1955)の主人公ジムが、父親を小馬鹿にする態度にその典型例が見られる。そのとき、父親は、スーツの上から妻のエプロンをつけ、台所の床を掃除していた。
　ゲドも、オジオンをあざ笑い反抗する。禅僧を想わせるオジオンは、質素な生活のなかで自然界の均衡を尊重し、大魔法使いであるのに魔術を使いたがらず、受け身に生きている。そうしたオジオンの姿に、ゲドはいらだちと混乱の感情を隠せず、次のように言う。

　　　この偉大な魔法使いのどこが偉大で、何が魔法なのか、〔ゲド〕には、ますます、わからなくなっていた。それというのも、雨が降ったのにオジオンは雨よけの呪文ひとつ唱えようとしなかったからだ。(中略) オジオンときたら、雨は雨雲の気の向くままに降らせて、自分は葉のしげったモミの木を見つけて、雨やどり。〔ル＝グウィン 1968, 33〕

力を使い惜しみするオジオンの男らしくない生き方をあざ笑うかのように、ゲドは高度の魔術に挑戦したいと願う。そこで、彼は野心にかられて、魔法使いの養成学校・ロ-ク学院への進学を決意する。このように、野望と緊張感を体中にみなぎらせたゲドは、男の不安を心の内奥に秘めたまま、「黒影号 Shadow」という船に乗ってロ-ク学院へと向かう。しかも、ロ-ク学院の門をくぐるゲドのあとを、あの影の影がひそかに追ってゆく。
　だが、真の影が放たれるのは、ゲドが修業中の魔法使いヒスイと対決するときである。あるとき、野望と権力欲の強いヒスイは、「大魔法使いの力の極地を示す」[同書, 88] 術を使って死霊を呼びだせるか、とゲドに挑みかかる。ゲドは、力を誇示したいとの誘惑に負け、伝説の麗人エルファーラン姫の死霊を呼びだしてしまう。
　文学批評家ペリー・ノーデルマン Perry Nodelman は、文学研究者イヴ・セジウィック Eve Sedgewick の「ホモソーシャル」論を援用して、高度な魔術を競いあうゲドとヒスイとのあいだに、「ホモソーシャル（異性愛的な男同士の絆）の欲望」が介在すると指摘する。二人がエルファーラン姫という媒体を通じて、「互いに二人の絆を深め、権力の上下関係を確定する」[Nodelman 1995, 191]、と言うのだ。ゲドとヒスイは、文化人類学的な「男同士の女性の交換」[Levi Strauss 1969, 115]、あるいは「男同士の絆を揺るぎないものにするために、女性を交換可能なおそらく象徴的な財として使用」している [セジウィク 1985, 38]。言い換えれば、女性は男同士の交易における「貨幣」の役割を担わされているのである [同書, 187]。
　では、作者ル＝グウィンは、ゲドやヒスイの男らしさとエルファーラン姫の女らしさの関係性をどのように考えているのだろうか。

　　　男が力を競い合う世界には、男と女の相互依存は成り立ちません。（中略）男らしさは男が女からはなれ、ひとり立ちすることで獲得され、また世間の認証が得られることになっています。（中略）この世界の女たちは人間ではありません。彼女たちは美しい、賛美に満ちた魔法をかけられて、非人間化されています。魔法は逆から見れば呪いでもあります。[ル＝グィン 1993, 151]

言いかえれば、みずからの男性性からいわゆる女性的といわれる要素を閉めだした男性は、その補完作用として、現実の女性に過剰なまでに女らしさを求める。それは、女性の側からみれば、女が女らしさの神話に呪縛され、美しい人形として客体化されて、その果てに人間性を剥奪されて生きることに他ならない。
　本書の第3章でも述べたように、「分離の領域」と呼ばれる、性による役割の棲み分けは、近代的男らしさが成立するための必要条件であり、近代アメリカ社会の規範として受容されてきた。その結果、この時代の伝統的男らしさには、いわゆる女らしい属性が見あたらない。社会学者ロタンドによれば、女性は家庭のなかで、いわゆる女らしい属性（養育力・愛情・親密さ・感情の豊かさ）を発揮するよう期待され、男性は外の世界で、いわゆる男らしい属性（攻撃性・貪欲さ・野心・競争心・利己主義）を発揮するよう期待された［Rotundo 1993, 22-25］。だからこそ、典型的な女らしさを体現する女性は、男の交易において貨幣となる。
　エルファーラン姫の霊を呼びだす場面に話を戻せば、ゲドとヒスイは、女性美の極致を表す伝説の麗人を呼びだすことで、みずからの男らしさの欠損部分を補完し、男としての成熟度の向上をはかる。麗人エルファーランの呼びだしは、いわば彼らの権力欲、自己顕示欲のショーケースである。ところが、死霊の呼びだしという禁じ手を使ったゲドは、心身に深手の傷を負って高い代価を支払うこととなった。

アメリカを覆う影

　「ゲド戦記」シリーズの第1巻『影との戦い』が出版された1968年は、WASP（白人・アングロサクソン・プロテスタント）の男らしさの権威失墜という意味で、多事多難な一年だった。アメリカ国内で激化する反戦運動にもかかわらず、1月には、それまでで最大規模の米軍兵がヴェトナムに派遣された。4月に、公民権運動の黒人指導者マーティン・ルーサー・キング・ジュニア牧師が暗殺され、この事件が都市部での連鎖的暴動の引き金をひいた。さらに、6月には、ジョン・F・ケネディ第35代大統領の実弟で、元司法長官のロバー

ト・フランシス・ケネディ上院議員が、民主党の大統領候補指名選のキャンペーン中に暗殺された。9月には、フェミニズム運動の一派がアトランティクシティーでのミスアメリカのパレードに反対運動を展開し、マスメディアがこの事件を広く報道した。「ブラジャー焼き払いパーフォーマンス」（ブラジャー焼きは誤報）で有名な事件である。

　このファンタジー小説を社会・文化的文脈において読めば、アメリカ社会のこの喧(かまびす)しい社会・文化的状況下で、ゲドは影を放ったのだ。オジオンの忠告で、ゲドは、守勢から攻勢に転じたあと、あちこちから水の漏るおんぼろ船を操り、沈没封じの魔法をなんどもかけ直しながら影を追跡する。彼の死にものぐるいの旅には、男の権威の失墜を食い止めようとする、1968年当時のアメリカの男性権威の狼狽ぶりが表れてはいないだろうか。国家アメリカも、国内外でその男性性の影と格闘していたのである。

　さらに、ゲドの冒険の旅（いわゆるオデュッセイア）は、J・D・サリンジャーの『キャッチャー・イン・ザ・ライ』の主人公ホールデン・コーフィールドの彷徨（オデュッセイア）を想起させる。ホールデンは、インチキな男性性に幻滅し、精神的に衰弱し傷つき、放校処分にあって冬のニューヨークを彷徨するのだが[*1]、名づけようのない不安に捉えられたゲドは、もう一人のホールデンでもある。ホールデンは、不潔でうわべだけの男性性をインチキと呼んで、同級生のアックリーやストラドレイターに投影し、彼らを嫌悪する。ちょうどゲドがみずからの影を他人に投影して闘うように。不安につき動かされてこのような行動パターンをとる男性について、社会学者キンメルは言う。「アメリカの男たちは、自分たちの力が、強さが、富が、業績が足りないのではないかという不安に捉えられている。（中略）アメリカの男は、自分を抑制しようとしたり、不安を他のものに投影したり、また重圧感に耐えがたくなると、逃走をはかるのだ」[Kimmel 1996, 8-9]。ゲドは、紛れもなくホールデンの兄弟である。

　結末近くで、ゲドが影に近づくと、影はしだいに姿を変えてゆく。

　　はじめのうちこそ、形をなしていなかったが、近づくにつれ、その影は次第に人間の形をとりだした。灰色で、不気味な姿をしていた。それは一見老人を思わせ、ゲドも、ふとかじ屋の父の面影を見たように思ったが、

よく見れば、年寄りではなく、若者だった。それはほかでもないあのヒスイだった。(中略) ヒスイの顔は消え (中略) 目の前の影がその形を変え始めた。それは大きな、薄い翼をひろげるように左右にわかれてひろがり、はげしくのたうち、ふくらみ、そして再びしぼんだ。一瞬その中に、スカイアーの白い顔が見えた。(中略) それは小さく縮んで黒くなり、砂の上に四つん這いになって、こちらに向かっていた。短い足には爪が光っていた。顔はゲドの方に向けられていたが、そこには目も口も耳もなかった。
［ル＝グィン 1968, 266-268］

　ゲドが影のなかに見たのは、古い男らしさを体現する実父やヒスイ、影に肉体を食いつぶされたオスキル人船乗りのスカイアーの顔だった。彼らの顔に表された忌むべきものこそ、ゲドが自己イメージから排除し抑圧してきた影に他ならない。ゲドは、最後にのっぺらぼうになってしまった顔を正視し、その男を「ゲド」と呼ぶ。こうして彼は、みずからのうちに影を認めて初めて、不安を克服する。ゲドの兄弟であるホールデンが、インチキなものとは対決せず、アイデンティティの危機に瀕して、妹フィービーの慰めや「誰かさんが誰かさんをライ麦畑でつかまえたら」[*2]という歌に表象される無垢の世界に逃げたのとは対照的な結末である。

女性性と触れあう

　シリーズ第2巻『こわれた腕輪』で、ゲドは、伝説の魔法使いエレス・アクベの壊れた腕輪の半分を求めて白人カルカド人の聖地アチュアン島の墓所に侵入し、地下の迷宮に閉じこめられるが、大宝庫で腕輪の半分を見出す。彼は、墓所を支配する大巫女アルハ（真の名前はテナー）に、島の外にある広大で自由で光に満ちた世界への脱出を説得する。テナーは、紆余曲折の葛藤劇ののちに、今や一つとなった腕輪をはめて、暗黒の世界をあとにし、このとき、アチュアンの墓所は崩壊する。
　作者ル＝グウィンも認めているように、この作品は、少女テナーの成長物語である［ル＝グィン 1980, 49］。だが、その一方で、ゲドが女性性への恐怖心

を克服して成熟する、男の物語としても読める。彼は、思春期の少女テナーと対等な人間関係を築き、彼女がアルハからテナーに生まれかわる第2の誕生現場で、産婆／立会人の役割を果たす。人間としての二人の成熟は、再び合わさり一つとなったエレス・アクベの腕輪や、手をたずさえてアチュアン島を脱出する彼らの姿に象徴されている。

　第1巻『影との戦い』では、テレノン神殿に逗留するゲドが、石に閉じこめられた女の力「地にひそむ太古の精霊たち」に脅威を感じて、逃げだすというエピソードがあった。ところが、第2巻『こわれた腕輪』でも、彼は、同じ力の支配下にある女の世界・アチュアンの墓所に侵入する。第1巻で未解決だった女性性との対峙という課題に、彼は第2巻で再挑戦することになる。

　そして、主人公ゲドが子宮（ウーム womb）を連想させる墓所（トゥーム tomb）の地下にひろがる迷路に閉じこめられると、潜在的な恐怖は現実のものとなる。なぜなら、迷宮では彼の魔力が低下し、魔法使いのアイテムである杖（男性性の象徴）も、暗闇でほの暗い光しか放てなくなるからである。そればかりか、ゲドは大巫女テナーによって食料と水をあてがわれるだけの囚われ人となってしまう。つまり、彼はそれまでの冒険心、活動力の旺盛な主体から、一転して女に養われるがまま、無力な客体に転落する。

対話による男らしさの再構築

　アチュアンの墓所・女の領域に侵入して、大巫女アルハ（真の名テナー）と対峙したゲドは、どのようなプロセスを経て、男らしさの不安を克服するのだろうか。ゲドとテナーの関係性において興味深いのは、彼らが地下の暗闇のなかでも、墓所脱出後の陽光のなかでも、たえず対話していることである。アチュアンの大巫女、ロークの大魔法使いとしてそれぞれの権力の頂点に立ち、世界観の異なる二人は、いつ瓦解するともしれない関係性のなかで、異なる声をぶつけあう。ロシアの文芸批評家ミハイル・バフチン Mikhail Bakhtin は、著書『ドフトエフスキーの詩学』において、ドフトエフスキー小説の対話的テキスト性を指摘し、「それぞれに独立して互いに融け合うことのないあまたの声と意識、それぞれがれっきとした価値を持つ声たちによる真のポリフォ

ニー」［バフチン 1963, 15］の存在を明らかにした。バフチンの対話理論は、ゲドが男らしさを再構築するプロセスにも援用できる。

　第2巻『こわれた腕輪』においては、ポリフォニー（多声）的な声は、ゲドとテナーに限定されるものではなく、巫女のサーやコシル、宦官のマナン、巫女見習いのペンセの声としても響いている。しかし、ゲドの男らしさに女性性を取りこむためには、テナーとの対話がより重要と考えられる。しかも、二人の関係性に揺らぎが見えるときに対話が活発化するのは、注目にあたいする。たとえば、テナーが墓所の支配原理である「太古の精霊」の報復を恐れ動揺すると、ゲドは、テナーの問いに答えるという形で、「太古の精霊」についての彼の考え方、アチュアンでの伝承とは異なる「エレス・アクベの腕輪」譚を物語る。

　二人の対話は、ハブナーに向かう舟のなかでも続けられる。白人カルカド人のテナーは、浅黒い肌のハード人ゲドを初めて陽光の下で眺めたとき、彼の容貌やふるまいに違和感を覚え、脱出したことを悔やみ、将来への不安を訴える。するとゲドは、涙する娘に内海で語り継がれてきた物語を語り始め、テナーもそれに応じて、アチュアンで語り継がれてきた物語をゲドに聞かせる。二人は、物語の交流を通じて、それぞれの側で今まで不完全な形で伝承されてきた物語をすり合わせて完全なものにする。「これで話は完全だ。まるで腕輪がひとつになるのを待ってたみたいだ」［ル＝グィン 1972, 217］とのゲドの言葉は、彼らの信頼関係が堅固になっただけでなく、まったく異なる声をもつ二人が、物語る行為を通じてそれぞれの側から主体性を構築してきたことを告げている。

　この場でゲドの語る言葉は、魔法の呪文である権力の言葉（ル＝グウィンは「父語」と呼ぶ）とは異質のものである。父語は二分法的な権力の言語であり、「主体ないし自己と客体ないし他者との間に溝を、空間を作る」［ル＝グィン 1989, 242］と、ル＝グウィンは考える。エルファーラン姫を呼びだし嵐を鎮める権力の言葉は、相手と対話しない。その場には、命ずる主体と命じられる客体があるだけである。一方、ル＝グウィンが母語と呼ぶ言葉は、「物語が語られる言葉」であって、人と人の絆を結び、反復的で女性的な言葉である［同書, 243-245］。

女性性を恐れていたゲドは、こうして、母語による物語の行為を通じて、バランスのとれた男らしさを再構築する。

ゲドが代役(ダブル)に出会う

　第1巻『影との戦い』で影との統合を果たし、第2巻『こわれた腕輪』で女性性と触れあったゲドの男らしさは、第3巻『さいはての島へ』においてさらなる試練に直面する。ロー ク島の大賢人として今や中年に達したゲドが、由緒ある家系モレド家の王子アレン（17歳）とともに、ゲドたちの住む世界アースシーの政治権力、魔力、その他もろもろのパワーの衰退の原因をつきとめようと、行く先の知れない旅に出るところから物語が始まる。アレンは、敬愛する大魔法使いゲドにつき従って、さまざまな困難に遭遇しながら、地の果てのセリダー島、さらに黄泉の国に辿りつく。
　ゲドとアレンがそこで知るのは、「生死両界の王」を自認する妖術師クモが、「この世が始まった時から閉じたままになっている扉を開けた」［ル゠グィン 1973, 289］ために、生死の境界に裂け目を作ってしまったことである。その傷口のために、アースシーであらゆる権威の衰退・失墜が起きている。我欲と権力欲に囚われた妖術師クモは、傲慢だった若いころのゲドを連想させる。クモは、セリダー島で竜に肉体を滅ぼされ、黄泉の国で死霊となってゲドたちの前に姿を現す。両界のあいだに開けた扉は、もはやクモの手でも閉じることができない。ゲドは、このままでは、やがて地上のすべての光と命が失われてしまう、と言う。真(まこと)の名をもたず、クモという通称で自己肥大症的に生きてきた妖術師のなれの果ては、みずからの悪事を正すことも、死ぬこともできずすすり泣く。
　そこで、ゲドは、「生涯をかけてみがいてきた技と勇猛果敢な精神すべてを動員して」［同書, 297］開いた扉を閉じ、不治と思える傷口を癒す。

　　「癒やされよ、一(いつ)になれ！」ゲドはりんりんとした声で言うと、杖を使って、岩の扉に火で何か模様を書き始めた。終わりを表す神聖文字の〈アグネン〉だった。（中略）文字が書かれると、岩はすきまなく、完全に

ひとつにつながった。扉は閉ざされた。[同書, 298]

そして、最後の力を振りしぼってゲドは、クモに何ごとかをささやき、その魂を囚われから解放する。その表情からは怒りも、憎しみも、悲しみも消えさり、クモは死の川をゆっくり下っていき姿を消す。こののち、「ゲドの顔からも杖からも、光はまったく失せ」[同書, 299]、体力・気力・魔法の力いっさいを失ったゲドは、アレンに負われて黄泉の国を出て「苦しみの山」を越え、セリダーに辿りつく。

このように、第3巻『さいはての島へ』は、ゲドがみずからの分身（代役〔ダブル〕）に出会い、その人生を精算する物語として読める。

新しい男の予兆

その一方で、王子アレンに焦点をあてれば、『さいはての島へ』は、何かにつけ臆病で、いつもびくびくしている少年アレンが［同書, 309-310］、行き先の定まらない旅に出て、さまざまな苦しみ、冒険を経験して成長して一人前の男となる、通過儀礼〔イニシエーション〕の物語として読める。

まず、アレンという名前が「剣」（男性性の象徴）を意味することから始めよう。彼は、王家の宝刀セリアドを父王から授けられていたが、それが「人の命を救うため以外はかつて一度も抜かれたことがなく、また抜かれえない」［同書, 57］剣であるため、普段は短剣を帯びている。

だが、この17歳の「娘っこみたいな若者」［同書, 134］は、危機に直面したとき、短剣さえうまく使いこなせず、自分の身さえ護れない。しかも、黄泉の国で宝刀を使う機会がついに巡ってきたときも、彼は、クモの死霊に切りかかるばかりで、とどめを刺すことができない。このように、アレンの男らしさは、伝統の重みをもつ偉大な剣とどこかちぐはぐな関係にある。ましてや、アレンの剣では、生死両界の裂け目（傷）を癒やすこともできない。傷口を閉じたのは、結局、アレンの剣ではなくゲドの杖である。

それでは、裂け目の修復という実践課題〔アジェンダ〕について、アレンはどのような役割を果たしたのだろうか。注目すべきは、ゲドが若者の不器用な戦いぶりには無

頓着で、むしろその純真さを評価することである。

　「そなたがわしの道案内だ。そなたは無垢だ。勇気もある。向こう見ずだ。忠誠心にも富む。だからこそ、わしの案内と頼むのだ。(中略)そなたの生身の人間としての恐怖がそなたを引っぱっていくその場所に、どうあっても行き着かなくては」〔同書, 202-203　傍点は筆者〕。

　アレン自身も行き先を知らないのに、どうして彼が道案内なのだろうか。
　行き先の定まらない旅に不安と恐怖を覚えるアレンは、道中何度も同じ悪夢に苦しめられ、彼を招く声を聞く。ゲドは悩むアレンに、「そなたは、今、まさに、事を為さんとして、さまざまな夢や幻想に満ち満ちた世界に立っている。〈おいで〉と呼ぶ声も聞こえようというものだ」〔同書, 226〕、と励ましの言葉をおくる。なぜなら、ゲドが必要とするのは、この世の悪にまみれず、純真な心をもつ若者の見るヴィジョンだからである。
　アレンは、すべての魔法の力を失ったゲドを背負うと、苦しみの山を越えて、黄泉の国からセリダー島の川辺に戻る。そこで、アレンは、心身の渇きを癒やしたのち、川を渡って男の世界への通過儀礼(イニシエーション)を完了する。こうして、「暗黒の地を生きて通過し、真昼の遠き岸辺に達した者がわたしのあとを継ぐであろう」〔同書, 35〕とのマハリオンの予言が成就する。旅の始めにゲドは、「死の入り口に立って、はじめて大人になるのよなあ」(268)、とアレンに言ったが、旅の終わりに、「わが連れなりし王よ、ハブナーの玉座につかれたあかつきには、永く、平和に世を治められますように！」〔同書, 314-315〕、と未熟だったアレンが王位に即くことを公に宣言し、彼の成長を承認する。

70年代アメリカ

　第3巻『さいはての島へ』が発表された1973年のアメリカは、国家アメリカの男性性に分裂や傷が生じている最中だった。パリでヴェトナム和平協定が調印され、終戦に向けて大きく動きだし、国内ではウォーターゲート事件の噂が駆けめぐっていた。アメリカは、初めて戦争で敗北し、国家の男性権威は失

墜していた。しかも、アメリカのヒーローであるべき大統領が盗聴事件を起こして辞職に追いこまれ、権威の失墜に追い打ちをかけた。

歴史学者ピーター・N・キャロル Peter N. Carroll は、ヴェトナム戦争末期の1971年に『ペンタゴン秘密文書 Pentagon Papers』が元情報顧問のダニエル・エルズバーグによって『ニューヨークタイムズ』に掲載されたことに触れている。「この秘密文書は、政府が外国政府や議会や、そしてアメリカ国民についてきた様々な嘘の長い歴史を明らかにしたものだった」［キャロル 1982, 35］。さらに、キャロルによれば、ヴェトナム戦争の「泥沼状態」は、単なる偶然や誤解の結果ではなく、常に国の政策を意図的に拡大してきた結果だった［同書, 35］。「国民にとっては、ベトナム人の焼けただれた肉体や公務員による手荒い扱いが、強い痛みを伴う不治の生傷を作ってしまっていた」［同書, 36］、とキャロルは言う。

これに追い打ちをかけたのがウォーターゲート事件だった。1972年6月、リチャード・ニクソン大統領再選活動の期間中に、ワシントンDCのウォーターゲートにあった民主党本部で盗聴のため侵入した5人の男が逮捕された。『ワシントンポスト』紙が盗聴・侵入の費用の出資元をニクソン大統領に特定する報道をしたことで、この事件は、大統領を辞任に追いこむ政治スキャンダルに発展した。

ニクソン大統領は、弾劾が確実となった1974年8月に、理想のヒーロー像に言及しながらみずからの辞任を発表した。キャロルによれば、ニクソンは、「闘技場で、塵と汗と血で顔を汚しながら、勇ましく闘い、それでも何度も失敗したり、目標を達成できなかったりする男について」語った［同書, 207］、と言う。ニクソンの理想のヒーロー像に、『さいはての島へ』のクモの姿が重ならないだろうか。肉体を殺されて死霊となったクモは、黄泉の国で、アレンの宝刀セリアドに何度も切りつけられ、脊椎を切り裂かれ、黒い血を吹き出すのだが、すでに死者であるクモの傷はすぐにまたふさがり、すっくと立ち上がる、という凄惨な闘いを繰りかえす。

70年代当時、アメリカはヴェトナム戦争で国論を二分され国家アイデンティティに生傷を負っただけでなく、国家のヒーローたる大統領の権威失墜による傷をも負ったのである。ニクソン大統領の後継者ジェラルド・フォード大統領

を経て、次期大統領のジミー・カーターが、「〈ウォーターゲートによって生じた国内の傷を癒す〉よう要請した」［同書, 208］、とキャロルは書いている。

　その一方、王子アレンに体現される新しい男性像は、70年代始めのアメリカ社会に十分な受け皿がなく、おそらくヒッピー的な男性像にしか居場所を見出せなかったのだろう。社会学者キンメルは、男らしさの神話に抗する動きのなかで、ヒッピーの若者の男らしさを取りあげて言う。

　　白人中流階層出身の若い男女が大半を占めるカウンターカルチャーは、安逸・安全な郊外生活の幻想に異議をとなえた。ある意味では、ヒッピーたちは、父親に反抗する息子たちのもう一つの姿を表していた。女性的な服をでれっと着た、長髪のヒッピーは、〈男らしさ〉の鑑だったクローンのような企業人間の生き方を拒否したのだ。「君は男の子、それとも女の子？」というポップスがあったが、郊外住宅族の親たちの嘆き言葉でもあった。［Kimmel 1996, 263］

　言い換えれば、アメリカ社会に登場した新しい男らしさは、まだ思春期の段階に入ったばかりであって、大人として認知されるためには、多くの議論とさまざまな男性運動を経なければならなかったのだ。この意味で、アレンに体現される男らしさは、いわゆる新しい男の到来を予期させる。キャロルは、ヴェトナム反戦運動の前線に立っていた若者たちが、「自分たちのイメージに合わせて、アメリカを再生しなければならないと感じていた」のではないか、と言う。「70年代を通じて、他の何百万人というアメリカ人たちがこの希望に満ちた夢を抱くようになったのだった」［キャロル 1982, 37］と。アレンに道案内を期待したゲドも、その一人であるに違いない。

再生する男らしさ

　シリーズ第4巻の『帰還』は、再び女性問題を前面に出してはいるが、黄泉の国で魔法の力を使い果たしたゲドの人生を、いかに再生するかという課題にも取り組んでいる。それは、第3巻『さいはての島へ』の結末部で、ゲドの言

葉にすでに予見されている。

> 「もう、力とはおさらばする時だ。古くなったおもちゃは捨てて、先へ行かなければ。故郷へ帰る時が来たのだ。テナーに会いたい。オジオンさまにもお会いしたい。(中略) あそこへ行けば、わしもついには学ぶだろう。行為も術も力もわしに教えてはくれないものを。わしがまったく知らずにきたものを。」［ル゠グィン 1973, 256］

ゲドは、竜のカレシンの背に運ばれて黄泉の国から生還し、彼の恩師で、父親的存在であるオジオンの家に到着する。ここで注目すべきは、ゲドが人生ゲームのふりだしに戻ってみると、そこがすでに女性空間となっていることである。オジオンの最期を看取ったテナーは、養女テルーとオジオンの家に滞在し続けていた。中年の寡婦となったもと大巫女のテナーは、子育てを終えた今、新たな人生を模索しつつある。彼女は、父親の虐待で心身に深い傷を負った少女テルーと、男性性の危機にみまわれたゲドの二人を看護する。

ところが、結末部近くで、テナーとゲドが妖術師の魔の手に陥ったとき、少女テルーは養父母を救出しようと父親である竜のカレシンを呼びだす。このとき、この少女こそ竜の娘・テハヌー（真の名前）であり、アースシー世界の運命の鍵をにぎる「ゴントの女」と呼ばれる竜人であることが判明する。テルーについて作者ル゠グィンは、エッセイで次のように述べている。

> レイプされ、殴られ、火にほうりこまれて、姿形を変えられ、片手のその機能を失い、目もみえなくなっています。が、この子どもはこれまでとはちがった意味で無垢といえます。これは無力が人格化されたものです。いっさいの権利を奪われ、人間性を奪われて、世界の枠の外にほうり出された子どもです。［ル゠グィン 1993, 153］

竜人テハヌーであるテルーは、男社会の周縁に押しやられ、搾取された女、子ども、竜（自然）である。言いかえれば、彼女はこの3点において、男社会の枠外に放りだされた文明の他者である。ゲドは、男社会の権力について次の

ように考えてきた。「ロークの魔法使いたちはみんな男だ。——その力も男の力ならば、その知識も男の知識だ。魔法と男性は同じひとつの岩を土台にしていて、力は本来男のものなんだよ」［ル＝グィン 1990, 301］。ところが、テルーと同居するようになったゲドは、男の力が作りだした醜悪なる現実、他者の苦しみと向きあわざるを得なくなる。

　当初、ゲドは、人生に絶望したまま、テルーにあからさまに嫌悪を示さないまでも、少女の窮状には無関心な態度をとる。ゲドは次のように言う。

> 「わたしにはわからない。（中略）なぜあなたがいやされないと知っていて、あの子をひきとったのか。なぜあの子の将来がわかっていて、あの子をひきとったのか。（中略）わたしたちは新しい時代に、邪なものと戦って勝ちとった戦利品をたずさえて入っていかなければならない。あなたはあのやけどした子どもをつれ。わたしはまったくなにひとつ持たずに。」
> ［同書, 114-115］

　こうして、ゲドは、火傷を負った少女テルーと自分とのあいだに、何のつながりも見出せず、むしろみずからの無力さに打ちひしがれている。そして、彼は、少年時代に山羊飼いをしていたゴント島の山に引きこもることで、子ども時代に退行してゆく。

　そして、人生の仕切り直し(リセット)を終えて、ようやく山から降りてきたとき、ゲドは、偶然にも、夜盗がテナーの住む家に押し入ろうとしているところに出くわす。彼は、魔法使いの杖ではなく、農具の熊手をとって戦い、テナーたちを危機から救出する。老境に入りかけた彼は、女性の救出というロマンスの定石を踏まえたうえで、テナーの愛を受けいれる。テナーいわく、「ゲド、どうかわたしのこと、怖がらないで。あなたは初めてあったときから男だった！　武器や女が人を男にするんじゃない。魔法や、どんな力でもない。本人よ。その人自身よ」［同書, 290］。こうして、ゲドは、ローク学院では学べなかったことを学ぶ。他人を愛し、慈しみ、養う行為をとおして、彼は、みずからの男らしさに女性的要素を受容し、ようやく心の痛手から立ち直る。

　本書の第6章「男らしさの〈宇宙〉をかき乱す」でも述べるが、80年代に

活発化した「神話解釈派男性運動 Mythopoetic Men's Movement」[*3] グループのなかで、ジョン・ラウアン John Rowan の『有角の神 The Horned God』(1987 未訳)は、フェミニズム的な啓蒙書である。この本は、ゲドが心理的に回復する道筋を知るうえで参考になる。ラウアンによれば、多くの男たちは、自分たちの男性性からいわゆる女性的な要素を排除したり、抑圧したりしてきた、と言う。そのため、彼らの男らしさの赤裸々な現実が暴露されると、女性的なものの欠如がなおさら、彼らの心の傷を悪化させる。だから、男が傷を癒したいのなら、排除・抑圧してきた女性的なものと和解しなくてはならない、とラウアンは考える。では、一介の山羊飼いから大魔法使いとなり、ロークの権力の頂点にまで昇りつめたゲドに、そのような治癒のプロセスが可能なのだろうか。

忘れてならないのは、そもそも「ゲド戦記」の始めから、ル＝グウィンが英雄物語のヒーローの男らしさに、文化多元主義（cultural pluralism 一つの文化がさまざまな人種や民族から構成されていることを強調する）の視点を加えてきたことである。ル＝グウィンいわく、

> 善玉はことごとくその肌の色を茶か黒にし、白人はことごとく悪玉にしました。（中略）私はこうやって頑なな人種差別に一撃を加えたいと思いました。（中略）主人公の肌の色を黒くしたことで、私は彼をヨーロッパの勇者の伝統の枠の外におくことになったからです。ヨーロッパの伝統の中では勇者たちは男であると同時に、常に白人です。［ル＝グィン 1993, 146］

ル＝グウィンが「ゲド戦記」シリーズの第1巻『影との戦い』で有色人種の英雄ゲドを描いたこと自体、アメリカの中心勢力の男性像に逆らってきた、と考えられる。であってみれば、彼女がゲドの男らしさを脱中心化するのは、多文化主義（multiculturalism）[*4] の隆盛をみていた1990年代にあって、当然の流れと言えるだろう。

ゲドは、女性の視点や文明の他者である竜の視点からみずからを省みて、男らしさの再構築を図ったのだが、第4巻『帰還』において、アメリカの物語そ

のものが崩壊しているわけではない。宗教社会学者ウォルター・デイヴィスが言うところの第1のわき筋は依然として健在であり、アースシー世界の平和を実現するとの使命が主人公の少女テルーに課せられているからである。

　ゲド個人の男性性の再構築は、とりあえず一段落したようである。だからと言って他の登場人物の男性性の見直しが完了したわけではない。見直しは、一度きりのものではない、ということだ。テナーの息子ヒバナは、皿洗いなど「女の仕事」だと言い放ち、家長だった父親そっくりの横柄な態度を示した。テナーは、ショックを受けて、「わたしはあの子を一人前の男になるよう育てなかった。失敗よ。育てそこなったの」[ル＝グィン 1990, 316]と嘆く。ヒバナのエピソードが暗に示すように、女性にとって平等で民主的な男らしさの概念構築は、いつの世も、不断の努力を必要とするようだ。

男の混成主体

　確かに、男らしさの再構築には時間がかかる。「ゲド戦記」シリーズ第5巻の『アースシーの風』では、前作『帰還』から15年の歳月が流れ、70歳代のゲドが再登場する。現在、一介の老人にすぎない彼の過去の偉業は、空疎な響きをともなって数えあげられる。「かつて竜とことばをかわし、エレス・アクベの腕輪を持ち帰り、死者の国を通過し、レバンネンが王位に即くまでアーキペラゴに君臨した男」[ル＝グィン 2002, 20]として、今やゲドは、畑仕事をし、山羊の柵囲いを修理し、客人に食事をふるまうなど、引退魔法使いの日々を送っている。一方、妻テナーと竜人の娘テハヌーは、ハブナー島の王宮に召しだされ、家を留守にしている。

　この作品でストーリーを先導するのは、もはやゲドではなく、片田舎のまじない師ハンノキである。彼は、魔術の才能を活かして修繕屋を生業とし、才能ある妻ユリを得て、夫婦で修繕屋の仕事を続けてきた。ハンノキは、ゲドとは違い、高度な魔術を操るのではなく、低級とみなされる「ものなおし」の呪文をかけて、うまく修理できたとき、素直に喜ぶような人物である。たとえば、緑色の水差しを修理するときの姿のように。

仕事をしながらハンノキはずっと、二語だけの単調な歌を低い声でうたいつづけていた。（中略）やがてハンノキの両手が水差しを離れ、花のつぼみが開くように、ぱっと開いた。と、そのオーク材のテーブルには、水差しが完全な姿で立っていた。水差しをながめるハンノキの顔は、静かなよろこびに輝いていた。［同書, 71-72］

　このように謙虚で平凡なまじない師が作品の冒頭に登場する。ハンノキは、はるばる多島海を旅してゴント島までゲドを訪ねてきた。というのも、黄泉の国の石垣（生と死の境界）が悪夢となって彼にとり憑き悩ませるので、黄泉の国から生還した伝説の大魔法使いに助けを求めにきたのだ。ハンノキがなぜ悪夢に悩まされるのかと言えば、愛する妻ユリを病で失い、彼女への愛着が断ち切れず悲嘆にくれているときに、夢のなかにユリが現れ、死の国からの救出を訴えてきたためである。彼は、妻への恋慕の情から、石垣越しに死者である妻の身体に触れキスさえした。

　ハンノキは死んだ妻に会いたくて、くずれた石垣のほうにおりていった。（中略）石垣に近づくと、その向こう側には影のような人びとがびっしりと集まって［きていた］。（中略）ハンノキが近づくと、誰もかれもが手をのばしてきて、「ハラ」とその真の名を呼び、「いっしょに連れてってくれ。自由にしてくれ。」と懇願した。［同書, 36-37］

　かつてアレンがシリーズ第3巻『さいはての島へ』で石垣の向こうから呼ぶ声に導かれて、黄泉の国に引きよせられていったように、ハンノキも死者の招く声に引きよせられる。ただし、アレンが「生身の人間としての恐怖」［ル゠グィン 1973, 203］に駆られて動いたのに対して、ハンノキは、愛の力に動かされている。しかも、作品の後半部でハンノキの身体は、まぼろしの森（この世）とあの世の石垣のそばの両方に同時に存在し、生と死の接続面（インターフェース）と化してしまう。ル゠グィンは、またもやニューヒーローを造りだした。ハンノキは、竜人テハヌーと同様、混成主体のニューヒーローとなって、「この世界につけてしまった傷」［ル゠グィン 2002, 235］の癒しという実践課題（アジェンダ）をめぐる、異

人種・異生物間の駆け引き、議論、実践行動に否応なく巻きこまれてゆく。

　このような混成主体が登場する文化的背景には、すでに述べたように、アメリカ社会での多文化主義（multiculturalism）の影響力が考えられる。1980年代後半から90年代にかけて勃興した多文化主義の運動は、アメリカ研究者古矢旬によれば、アメリカの普遍的価値（民主主義、自由、平等など）を相対化し、歴史的文脈において見直すなどして、さまざまな価値観の共立に道を開いた［古矢 2002, 196］。しかし、その一方で、コストを支払うことにもなった。たとえば、「過激で分断的なアフロ・セントリズム」［同書, 198］という、アフリカ系アメリカ人のイメージに典型的に見られるように、差異を強調するあまりの隔離、隔離ゆえの差別の固定化、民主的討論の衰退などを招いたりした［同書, 206-207］。

　ところが、差異や境界への意識が鋭くなると、それらを統合しようとする反作用も生まれる。アメリカ文学研究者巽孝之は、アメリカのアイデンティティ形成が、白人主体のるつぼから、多元主義的「サラダ・ボール」を経て、境界解体の隠喩であるサイボーグ的主体（混成主体）へとパラダイムシフトしてきたと指摘する［巽 1995, 254］。ハンノキは、石垣への道案内として、サイボーグではないが、一時的に生と死の混成主体を形成する。そして、境界解体が完了すると、生と一つになった死に身をゆだねて、この世の旅路を終える。

中心勢力ハード人の世界観を批判する

　しかし、シリーズ第5巻『アースシーの風』の読者がもっとも虚をつかれるのは、これまで主人公だったゲドやレバンネン王（王子アレン）らハード人の世界観が相対化され、批判されることだろう。有色人種多数派ハード人の世界観では、人が死ぬと黄泉の国に行くと信じられ、石垣を築いて「乾いた土地」と呼ばれる［ル゠グィン 2002, 39］死者の国を造り、境界線が破られれば補修に努めてきた。ところが、石垣の存在は、白人少数派カルガド人や西方の人（竜人）や竜からの批判にさらされることになった。彼らこそ、邪悪な異教徒として、アースシー世界の周縁に押しやられ、地の果てに封じこめられてきた存在である。カルガド人テナーは、ハード人の王レバンネンに次のように言う。

「わたしたちカルガド人は、あなたの民が死ぬとおもむくことになっているところに行かないのです。ハンノキの言う乾いた地には、死んでも私たちは行かないのです。〔カルガド人の〕王女も、わたしも、竜たちも」〔同書、190〕。さらに、テハヌーの姉で竜人のアイリアンは、「魔術や呪文の力でもって、わたしたちの世界の半分を盗みとって塀をめぐらし、生命や光から遠ざけて、そこで永遠に生きられるようにと謀った」〔同書、316〕と言って、生まれ変わりを信じないハード人の魔法使いをはげしく非難する。

　石垣の存在を疑問視する声は、死者たちのなかからもあがる。「乾いた土地」では、「死者たちがびっしりと影のように集まって」〔同書、37〕、「自由にしてくれ」と懇願する。詩人T・S・エリオット T. S. Eliot は、「死の夢の王国」あるいは「薄明の王国」で「うつろな男たち」が身を寄せ合って嘆いているという比喩的表現によって、文明の作り出した「荒地」を批判的に描出した〔エリオット 1917, 148-156〕。ハンノキの見た乾いた土地は、これを強く連想させる。死者の霊魂が石垣に押しよせてくるのは、生き返りたいからではない。「あの人たちが求めているのは生命ではありません。死なのです。ふたたび大地とひとつになること、大地の一部になることなんです」〔ル=グィン 2002, 318〕、とハンノキは死者たちの願いを代弁する。

　実のところ、ハンノキがこの体験を通じて得た死生観は、ゲドのそれと大きく違うわけではない。ゲドは、かつて黄泉の国への道中で、若いアレンに次のように語った。

　　「この世ではふたつのもの、相対立するふたつのものがひとつのものを作りあげているのだ。万物と影。光と闇。天の両極。そして、生は死から、死は生から生まれている。相対立しながら、両者はたがいに求め、たがいに生を与え合い、永遠によみがえり続けていく。すべてがそうだ。りんごの花も、星の光も……。生きてこそ死があり、死んでこそ、よみがえりもある。となると、死の訪れない生とは、いったいなんだ？」〔ル=グィン 1973, 224〕

「ゲド戦記」の舞台・アースシー世界では、生と死、光と闇の関係性に見ら

れるように、現象界の相対性を重んずるタオ（老子的世界観）が根底にある*5。第1巻『影との戦い』の巻頭句「ことばは沈黙に／光は闇に／生は死の中にこそあるものなれ」［ル＝グィン 1968］は、ル＝グィンのタオ理解の好例を示している。

　アースシー世界で、今何が問題なのかと言えば、二つのものを石垣によって、二項対立的に完全に分離してしまったことである。かつて妖術師クモが不死への欲望から両界のあいだに穴をあけたとき、ゲドとアレンは、生と死の均衡を回復し世界に秩序を取りもどすために穴を修復した。だが、カルガド人や竜人たちは、ゲドたちの行為をむしろ世界に破滅をもたらすものだと非難する。「わたしたちは世界を全きものにしようとして、こわしてしまったんだ」［ル＝グィン 2002, 345］とのゲドの言葉には、そうした自責の念が込められている。

　そういう意味でゲドは、自己矛盾的な物語の枠組みのなかで、ヒーロー役割を演じてきたことになる。均衡や調和を求める一方で、近代的二項対立の価値観に基づき、生と死、光と闇、人間と竜の境界を補強することで、男として業績の点数を稼ぎ、伝説の英雄として詩歌に詠われてきたのだから。生死両界の石垣を修復し、カルガド文化を代表するアチュアンの墓所を崩壊させ、セリダーの竜を西方に封じこめた彼の武勇伝は、それを示している。ゲドの抱える自己矛盾がどのように解決されたかと言えば、『帰還』においては、すでに述べたように、ヒーローの男らしさの見直しによって個人レベルでの解決がなされた。

　しかし、『アースシーの風』においては、批判の矛先は、ゲドの自己矛盾をこえて、物語の枠組みそのものに向けられている。アースシーの人間たちは、善と悪のあいだに線を引き、「名付けの術で西方の島々全部に魔法がおよぶようにしてしまった」［同書, 317］と非難される。言いかえれば、世界の隅々にハブナー・ロック連立型の正義と権力を浸透させるような「ゲド戦記」あるいは「アースシーの英雄物語」の枠組み自体が、ここに至って俎上に載せられている。今日風に言えば、イラン、イラク、エジプトなど、中東イスラム圏の人びとが、アメリカ型の民主主義（アメリカニズム）の押しつけに反発するのに似ている。「イランの物語」や「イラクの物語」も存在するのだから、アメリカ

の物語を持ちこむべきではない、という批判である。

　しかも、『影との戦い』でゲドの冒険物語を楽しんだ読者は、ゲドの英雄的偉業そのものが無意味だったと知って、さらに困惑する。彼が全力を投入した石垣の修復は、無意味なばかりか、世界に傷を負わせる行為でもあった、と。「ゲドの武勇伝」というアメリカの物語は、なぜにこれほどまでに厳しく断罪されるのだろうか。というより、作者ル＝グウィンは、みずからの創造世界の枠組みに、なぜ厳しい自己批判の目を向けるのか。彼女が時代の思潮に常に敏感に反応する作家であることを考えれば、『アースシーの風』を、出版された社会的文脈において眺める必要があるだろう。経済学者佐伯啓思は、「アメリカニズム」がアメリカ型の個人的な自由主義・民主主義・市場経済という理念が結合したものと規定したうえで、今日の世界におけるアメリカニズムの状況を次のように述べている。

　　　今日ほど「アメリカニズム」のイデオロギー性や限界があらわになりつつある時代もまたない、というべきである。つまり、一方で「アメリカニズム」の世界化が、まさに「グローバリズム」としばしば呼ばれる形で生じているのであり、他方で、まさにそのグローバリズムの最中で、あるいはグローバリズムによってアメリカニズムの限界があらわになりつつあるといってよい。［佐伯 2000, 284］

　佐伯によれば、グローバリズムとは、「国家という主権を経由しない超国家的な主体」を前提として、「もともとさまざまな問題や事項を一国や地域の枠を越えた地球規模のものとみなす立場」を指す［同書, 287］。アメリカは、ボーダレスな経済領域の活動をとおして、アメリカニズムのイデオロギーを、あらゆる風土、気候、土地、文化のなかに浸透させてきた。その過程でさまざまな問題も引き起こした。特定の社会の規範や「社会的エートス」を無視し、グローバル経済の恩恵に与れない民族のあいだに、民族主義や宗教的な原理主義を生みだした、と佐伯は主張し［同書, 323-327］、アメリカの国内外でのテロリズムと世界のアメリカ化との関係性を示唆している。

「アメリカの物語」の終わりの始まり

　これと並行した動きは、アースシーの世界でも起きている。ゲドがかつて西の海域に封じこめた竜たちは、ローク島（魔法の中心勢力）やハブナー島（王権政治の中心勢力）に異議申し立ての境界侵犯をしかけてきた。竜人のアイリアンが人間の女の姿になってロークを訪れたのは、権力欲の亡者となった大魔法使いのトリオンと対決し、滅ぼすためである。さらに、竜の群れは、ハブナーの近辺にも飛来し、森に火を放ち隣接の町を炎上させる。伝説の英雄エレス・アクベやマハリオン王を輩出した家父長社会の象徴であるエレス・アクベの宝刀は、宮殿の塔の頂きでダイアモンドのような輝きを放っている。この男根中心主義的な尖塔は、ニューヨークの世界貿易センターのように直接の攻撃目標とはならないものの、それに象徴される家父長権力の失墜ぶりが、混乱・危機に対応する現職のレバンネン王の無力ぶりに表れている。

　レバンネン王は、ブレインを招集して竜会議を開き、竜との直接交渉の場にあたふたと出かける。結局のところ、彼は、竜と人間とのハイブリッドであるテハヌーを通じて竜の攻撃を中止させることはできても、境界構築に端を発する世界の危機という、根本的な問題を解決できない。また、竜の怒りを抑えることもできない。したがって、レバンネン政権は、境界解消への動きが活発化すると、アイリアン、テハヌー、ハンノキら混成主体の力に大きく依存することになる。また、ロークの「様式の長（おさ）」（諸物の意味を解明する、ローク10賢人の一人）アズバーも、マイノリティのカルガド人・ロークの魔法使いというダブル・アイデンティティをもつ、混成主体として登場する。彼はその管轄領域であるまぼろしの森を、問題解決のために石垣への通路として提供する。

　ここに至って、従来のハブナー・ローク連立型の男性権力は、統制力を失い、中心勢力の座を降りた。世界の中心ハブナーの宮殿では、主（あるじ）の留守に男根的尖塔がむなしく輝きを放つだけであるし、ローク学院の中心からはずれたまぼろしの森では、人びとが突如「大地の力に出会う中心点」[ル＝グィン 2002, 304] を見出す。この中心点こそ、「魔法と大地の太古の力が出会ってひとつになる」[同書, 299-300] と、ゲドがかつてテナーに語ってきかせた場所だった。

　ハンノキ、テハヌー、アイリアン、アズバー、レバンネンらが石垣に達し、

境界は、これら多種多様な人びとの手によって解体される。かくして死者たちは、永遠の死の国から解放され、大地に帰ってゆく。ハンノキと再会した妻ユリも、「連れ立って、石垣を越え、さんさんと降りそそぐ日ざしのなかに入っていった」[同書、335]。竜は、自分たちの自由な風に乗って飛んでいってしまった。また、竜人のアイリアン、テハヌー、そして、ハンノキも行ってしまった。彼らは、石垣が解体すると、混成体としての役割を終えて去っていった。『帰還』で予兆され、『アースシーの風』において本格化してきた異変とは、実はこのようなものだった。

まとめ――「ゲド戦記」の男らしさは変わり続けてきた

「ゲド戦記」シリーズは、第1巻『影との戦い』において、WASP（白人アングロサクソンプロテスタント）の伝統的男らしさを見直して、有色人種のゲドを主人公とする「アメリカの物語」を紡ぎ始めた。それにもかかわらず、ゲドは「男らしさの神話」の呪縛下で、みずからの影（否定的な男性性の属性）と対峙せざるを得なくなった。彼はアースシー世界を彷徨の末、影との統合を果たし、人格的に成長する。

第2波フェミニズム運動の時代に発表された、第2巻『こわれた腕輪』においてゲドは、その男らしさの更なる見直しを迫られる。彼は、人種的・性的他者であるアチュアンの大巫女アルハ（テナー）と出会い、度重なる対話を通じて、みずからの男性性にいわゆる女性的属性（滋養力・受容性・優しさなど）を受容して女性恐怖を克服し、男性性の再構築に向けて歩みだす。

第3巻『さいはての島へ』は、アメリカがヴェトナム戦争やウォーターゲート事件によって国家の権威失墜に悩んでいた時期に発表された。ゲドもアースシー世界の魔法・政治のパワーと権威の失墜に直面する。彼は、昔の自分を彷彿させる自己肥大したクモと対峙して、生死両界の壁にあけられた穴を修復する。そのために、ゲドはみずからの男性性にとり全てであった魔法の力を喪失する。そして、「新しい男らしさ」を体現するアレン王子に希望を託しつつ表舞台から退場する。

第4巻『帰還』でのゲドは、テナーとの結婚により一個人として再生され

る。しかし、ゲドは、アメリカの物語の主人公・アメリカのアダムとして、「ゲド戦記」の主人公・魔法使いとして再生することはない。そうして彼は、竜人テハヌーとして正体を現した養女テルーに、女性ヒーローとして主人公の座を移譲することになる。

　第5巻『アースシーの風』で、アースシー世界の中心勢力ハード人は、混成主体である人びとの異議申し立てに直面する。ハード人の伝統的男らしさが継承してきた二項対立的世界観は批判の的となり、ゲドが全能力と技を駆使して成しとげてきた業績は意義を失う。壁を築いて他者を排斥する「アメリカの物語」や主人公「アメリカのアダム」は、人種的・民族的・性的他者にとって、果たして公正な物語・主人公だったのだろうか、との疑問に直面する。

　蛇足ながら、元共和党の選挙運動作戦のスペシャリスト、リー・アトウォーター Lee Atwater の言葉を引用しておこう。彼は、臨終に際して、レーガン・ブッシュ間の中傷合戦の選挙運動が過ちであったと公に認め、次のように述べた。

　　80年代は、獲得――とくに富、権力、名声の獲得の時代だった。そうだ。私は人並み以上に富、権力、名声を手に入れた。しかし、何でも望むものを手に入れることはできても、心は満たされないままだ。（中略）誰が90年代を先導してくれるのか知らないが、彼らは、アメリカ社会の真ん中にあった魂の空白、魂の爛れた傷に向かって語りかけてくれる人びとでなければならない。[qtd. in The New Yorker, Oct. 19 1992, 41]

　ル゠グウィンは、第5巻『アースシーの風』で、「アメリカ社会の真ん中にあった魂の空白」を埋める代行者（エイジェント）として、愛し、癒す能力に長けた、謙虚で受容性のあるニューヒーローハンノキを、アースシー世界に送りこんできた。アトウォーターのような男性には、もっとも対極的で不適切に思われる意外な人物を。アメリカの物語の枠組みで書き始められ、主人公「アメリカのアダム」のたび重なる改訂を行いながら、34年の長きにわたり語られてきた「アースシーの物語」のオデュッセイアは、一応、ここで終着するようである。

注

1 コーフィールドがペンシー校を逃げ出すのは、ストラドレイターとの殴り合いのあとである。ストラドレイターは、50年代の典型的で伝統的な「男らしさ」を体現し、進学予備校での男の規範に従っている人物である［サリンジャー 1951, 65-84］。
2 イギリス詩人ロバート・バーンズ Robert Burns 作詞の「誰かさんが誰かさんとライ麦畑で出会ったら "If a body meet a body coming through the rye"」という唄のもじり）［サリンジャー 1951, 292-294］。
3 「神話解釈派男性運動」グループは、神話やおとぎ話に見出される集合的無意識（のなかの元型）を探ることで、男の心の傷を癒し、男らしさを回復するユング心理学的なアプローチをもつ［Clatterbaugh 1990, 12, 97-98］。
4 多文化主義（multiculturalism）は、人種的・性的マイノリティ（女性、同性愛者）など異なる文化をもつ集団が存在する社会（特に教育の場）において、中心的文化の存在を前提としないで、各集団が平等に扱われるべきだという考え方を指す。これに対して、移民対策のために20世紀半ばから広く使われるようになった文化多元主義（cultural pluralism）は、中心的文化が存在することを前提に、異なる人種・民族・文化の尊重を主張する考え方を言う［Cf.『文学批評用語辞典』1998;『現代文学・文化批評用語辞典』1995］。
5 タオ（道）：中国戦国時代に老子が書いたと言われる『老子道徳経』は、「宇宙の本体を大または道といい、現象界のものは相対的で、道は絶対的であるとし、清静・恬淡・無為・自然に帰すれば乱離なしと説く」［『広辞苑』］。「道」（タオ）、は、欧米では哲学であり、宗教の道教を意味しない。タオは、陰/陽図に典型的に表象される。［Bain 1980, 209］。

老子が「ゲド戦記」シリーズに与えた影響については、以下参照。Robert Balbreath, "Taoist Magic in the Earthsea Trilogy"; 織田まゆみ、『ゲド戦記研究』(2011)、191-201。

第6章
男らしさの〈宇宙〉をかき乱す

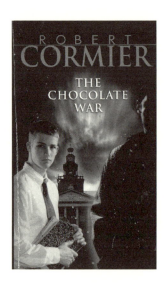

「ノー。チョコレートは売りません。」
街がくずれ落ちる。地球がさける。
惑星が傾く。星がすとんと落ちる。
そして、おそろしい静寂がおとずれる。
——『チョコレート・ウォー』より——

男子校が戦場となるとき

　ロバート・コーミア Robert Cormier の『チョコレート・ウォー *The Chocolate War*』(1974) の冒頭ページは、戦場(フィールド)を想わせる血なまぐさい場面で始まる。

> 　やつらはとどめをさした。ボールを受けとろうとして振り返ったとき、〔彼の〕頭の横でダムが決壊し、手榴弾が胃をこなみじんに吹きとばした。
> 〔コーミア 1974, 7〕

　ページを開くなり、読者は、「やつら」や「彼」が誰なのか分からないまま、この暴力的な場面に直面する。ボールが手榴弾を意味するのか、それが受け手の顔面で爆発したのか、受け手の身体を粉みじんに吹き飛ばしたのか、とおぞましい空想をかき立てられる。だがすぐに、主人公のジェリー・ルノーが、校庭にあるフィールドでフットボールの練習をしていることが分かる。さらに、物語を読み進むにつれて、読者は、主人公のジェリー・ルノーが「チョコレート戦争」と呼ばれる戦いに巻きこまれていることを知る。「戦争」の経緯は、こうだった。

　マサチューセッツ州の架空の町、モニュメントにある私立の進学男子高校(プレップスクール)のトリニティ学院では、〈ヴィジルズ〉と呼ばれる生徒の秘密組織が隠然たる勢力をふるっている。この組織の実権を握るアーチー・コステロは、「任務」と呼ばれる悪ふざけを企画し、他の生徒にそれを実行させている。半年前に母親をがんで亡くした新入生のジェリーが選ばれ、学院で恒例となっているチョコレート販売の募金活動を 10 日間拒否し続けるように、との任務を与えられる。これがつらい任務であるのは、募金活動の推進者で、学院の実質支配者である副学院長ブラザー・リオンと対決することになるからだ。しかし、販売拒否が本当にチョコレート戦争に発展するのは、ジェリーが 11 日目にも自分の意志で「ノー」を言い続けたときである。彼は、ブラザー・リオンにもアーチーにも、反旗を翻してしまう。その結果、彼は学内で孤立して、執拗(しつよう)な心理的・身体的ないじめを受けるようになる。ジェリーは、チョコレート戦争の戦場に投げいれられたのだ。それにしても、ジェリーは、いったい何と、あるい

は誰と戦っているのだろう。

　この物語を倫理的に解釈する文学批評家パトリシア・キャンベル Patricia Campbell は、「彼が敵対しているのは、ブラザー・リオンでも、アーチーでも、エミールでもなく、彼らをあやつる怪物的な悪の力である」[Campbell 1989, 46] と言うし、これを「政治的な小説」と読む文学批評家アン・マクラウド Anne Macleod は、作者コーミアが「個人よりも、社会を動かしている制度にはるかに興味をもっている」[Macleod 1981, 74] と主張する。そして、私は、前章までと同じように男らしさに焦点をあて、この作品が古い男らしさに抗して、新しい男らしさを模索する少年の戦いの物語である、と考える。

「男性運動 Men's Movement」の始まり

　ここでは、『チョコレート・ウォー』を 1940 年代後半から 70 年代にかけての社会・文化的文脈において、大きく変化した男らしさの概念と照らしあわせて読みたい。このような長いスパンで男らしさの変化を見るのは、次のような事情があるからである。

　社会学者スコルニックは、40 年代後半から 50 年代の穏やかに見える市民生活の表層下でくすぶっていた不満や緊張が、60 年代に第二次フェミニズム運動などの文化的反抗を爆発させた、と考える [Skolnick 1990, 8]。しかも、70 年代半ばには、フェミニズム運動により刺激されて、理想の男らしさを求める、様々な男性運動が始まった。

　たとえば、1974 年に、「全米女性同盟」（NOW: National Organization for Women）の強い影響を受けて、第一回「男らしさの神話に関する全米会議」が、そして 1975 年に、第一回「男と男らしさ」の会議が開催された。また、1976 年には、「男性の権利協会」の創立者リチャード・ドイル Richard Doyle が、『レイプされる男 The Rape of the Male』（未訳）を出版し、「離婚、子どもの養育権、婚姻法での男性差別は、男のレイプに等しい」[Clatterbaugh 1990, 70] と訴えた。一方、ハーブ・ゴールドバーグ Herb Goldberg も、『男が崩壊する The Hazards of Being Male』（1976）を出版し、のちに「自由な男の連合」を結成した。この時期、さまざまな男性運動の活動家が、相対立する男性性の理想像に

ついて議論を闘わせていた。社会学者ケネス・クラタボー Kenneth Clatterbaugh は、実際、フェミニズム的男性の視点、ゲイの男性の視点、黒人男性の視点など、八つの視点に立つ男性性の概念があると主張する［ibid., 9-14］。

　しかしながら、アメリカでは、男らしさに関する議論が、もともと異性愛の中流階層白人男性（Straight Middle-Class White Males）の限定された男らしさを出発点としていた。その好例が映画『理由なき反抗 Rebel Without A Cause』（1955）に登場する思春期の少年たちである。彼ら白人中流階層出身の主人公ジムやプラトーは、「50年代の父親についての文化的危機」［Robert Griswold 1993, 185］、あるいは「男性性の危機」［Skolnick 1990, 111］に直面し苦悩する。たとえば、転校生ジムは、非行グループの少年たちから「チキンレース」（車を断崖の寸前まで運転する肝試しレース）に誘われ、「男らしく」挑戦を受けるかどうか迷う。エプロン姿で台所を片付けている父親に悩みを相談しようとするが、父親は専門家に息子を委ねようとする。断固とした答えを与えられないエプロン姿の父親に、ジムは失望してレース場に向かう。

　彼らが陥っているディレンマは、親や学校が彼らに暗に送り続ける矛盾したメッセージのせいである。そのメッセージとは、「男たるものは、感情を抑制して弱さをみせず、一家の稼ぎ手として女・子どもを〈保護・支配〉せよ。それでいて、マイホーム主義の風潮のなかで、民主的で愛情深い夫・父親でもあれ」というものだった。スコルニックの言うように、50年代の「強い男の概念が、夫婦は一心同体(トゥギャザネス)という考え方とかみ合わなかった」［Skolnick 1990, 71］ために、これに応えきれない少年たちは、性アイデンティティの混乱に巻きこまれた。

　この男性性の危機には、女性的なものについての男性の不安が深くかかわっている。社会学者ロタンドが言うように、アメリカ人の男らしさの概念を作りあげてきたのは、アメリカ社会の規範となった「分離の領域」（「男は外、女は内」という言葉で集約的に表現される、性に基づく役割の領域分け）である。男性にとって、とりわけ問題となるのは、典型的に女性らしいとされる属性（滋養力・優しさ・親密性・情緒性など）が、男性の属性から閉めだされていることである。

　興味深いことに、コーミアの『チョコレート・ウォー』では、旧来の男らしさが女性的なものを閉めだすのに呼応するかのように、ジェリーの亡き母親以

外に、主な女性の人物は登場しない。物語は、男子校トリニティ学院という、まさに男ばかりの世界で展開する。こうして、コーミアは、一つの文学的戦略として、あえて男ばかりの荒涼とした世界を描き、古い男らしさに順応できない主人公ジェリーに、新しい男性のアイデンティティを求めさせる。

男らしさの探求物語

『チョコレート・ウォー』は、アーサー王伝説（ヨーロッパ中世の騎士道物語）の一つ、クレチアン・ド・トロワ Chrétien de Troyes による『ペルスヴァル、または聖杯の物語 Le Roman de Percéval ou le Conte du Graal』（1182年頃）と、類似のモチーフを共有する。ストーリーを追ってみよう。父親のいない主人公ペルスヴァルは、森の奥で母親に育てられたために世間知らずで、とくに男の世界の政治的かけひきには無知である。旅に出たこの若者は、あるとき荒れた土地を通りかかり、そこの領主で傷病に苦しむ漁夫王と出会う。実は、漁夫王の傷病は、城に迷いこんでくる一人の純真な若者の問いかけによって癒される、という予言があった。ところが、城館に招かれたペルスヴァルは、歓迎の宴で聖杯(グラアル)の御物が行列するのを目撃したとき、「その聖杯で、誰に食事を供するのですか」と質問をすべきところを、その機会を逸してしまう。そのため、漁夫王の傷病も癒やされる機会を逃す。

のちに、予言を知ったペルスヴァルは、漁夫王の城を探し求めて、何年もむなしく放浪する。あるとき、出会った醜い乙女から、漁夫王の城での失敗を非難され、また別の機会には、年配の隠者から、城での失敗はペルスヴァルが母親を見捨て悶死させたからだと指摘される。

『ペルスヴァルの物語』には異本があり、その最初期のフランス語版、トロワの『ペルスヴァルまたは聖杯の物語』は、ここで未完のまま終わる。これに原拠して書かれたヴォルフラム・フォン・エッシェンバハ Wolfram von Eschenback の『パルチヴァール Parzival』（1210年頃）では、ついにペルスヴァルが漁夫王の城に戻り、怠りなく質問をした結果、王の傷が癒され、荒廃した国土が再び肥沃になる。ペルスヴァル（パルチヴァール）は、こうした結末を迎えて、男として成熟し聖杯王となる。

ユング心理学者ロバート・A・ジョンソン Robert A. Johnson は、この物語を男が心理的に成長する物語として解釈する［Johnson 1989, x, 6］。そこで私は、この物語を少年の性アイデンティティ探求の物語として読みたい。

　さて、ペルスヴァルのモチーフは、『チョコレート・ウォー』と同時代に書かれた児童文学にも見出される。たとえば、イザベル・ホランド Isabelle Holland の『顔のない男 The Man Without a Face』（1972）、ローレンス・ヤップ Laurence Yep の『ドラゴン複葉機よ、飛べ Dragonwings』（1975）には、父のない少年が「父親」（理想の男らしさ）探しをする、探求物語のモチーフが含まれている。また、キャサリン・パターソン Katherine Paterson の『もう一つの家族 Park's Quest』（1988）も、現代アメリカ版のペルスヴァルの物語である。これらに共通するのは、少年たちの男らしさの探求が旧来のWASP（白人・アングロサクソン・プロテスタント）の男らしさを体現する「父親」ではなく、「父親」が同性愛者であったり、中国人であったり、「戦う男」を降りた農夫であったりすることである。

　同じように、『チョコレート・ウォー』の主人公ジェリーも、性アイデンティティ確立の途上で、男子校トリニティ学院という男の世界に加入しつつある。ところが、ジェリーの父親は、妻に先立たれて意気消沈するあまり、息子に十分な心づかいと世話をできないでいる。このような父・息子関係について、心理分析家のギー・コルノー Guy Corneau は、「父親が息子に対する配慮を怠った結果、息子は自らの男としてのアイデンティティを確立するうえで父親をモデルにできない」［コルノー 1991, 22］と述べている。ジェリーは、まさに精神的に父親のいない息子として、成長をとげてゆかねばならない。

　そればかりか、「やせっぽっち」と描写されるジェリーは、男子校という男の世界でも、理想となる男らしさのモデルを見出せないでいる。〈ヴィジルズ〉のジャンザやカーターのようなマッスル系の少年たちは、モデルとして肉体的にタフすぎる。その一方で、アーチーやブラザー・リオンに体現される、冷静で、野心的で、業績志向型の古いタイプの男らしさにもついてゆけない。

体制順応主義への反抗

　ジェリーのチョコレート戦争に話を戻そう。彼は、アーチーの任務を遂行して、チョコレート販売を拒否し続ける10日間にみずからに言う。「『はい』と叫べば、どんなに楽だろう。そして、こういうのだ。『ぼくにチョコレートを売らせてください、ブラザー・リオン』。ほかのみんなとおなじように、毎朝、あのおそろしい眼と向き合わなくてすめば、どんなに楽だろう」［コーミア 1974, 155］。
　そのうちジェリーは、自分の行動がチョコレート販売への反抗ではなく、その根底にある体制順応主義への反抗であることに気づく。しかも、〈ヴィジルズ〉の取る反抗的行動が、かならずしも学校当局にとっての脅威ではないことも理解してゆく。〈ヴィジルズ〉は、ブラザー・リオンとひそかに手を結んでいるからこそ、存在を黙認されている。アーチーは独白する。

　　公式には〈ヴィジルズ〉は存在しないのだ。学校が〈ヴィジルズ〉のような組織を大目にみてくれるはずがなかった。学校側は〈ヴィジルズ〉を頭から無視し、存在しないふりをすることで黙認してきた。でも、〈ヴィジルズ〉は健在だぜ。(中略)〈ヴィジルズ〉はさまざまなことを支配下においてきた。〈ヴィジルズ〉がなければ、トリニティはほかの学校みたいにめちゃくちゃになっていただろう。デモとか抗議集会とか、いろんなことで。［同書, 36-37］

　さて、ジェリーが体制順応主義と戦うことになったのは、四つのできごとがきっかけだった。まず、バス停で出会ったヒッピーが、ジェリーの受け身で事なかれ主義的な態度を批判する。「14, 5歳で中年のおっさんか。毎日、判で押したような生活をしているんだからな」［同書, 28］。
　次に、体制順応主義の壁を突破するように迫ったのは、親友グーバーの事件である。グーバーは、教室のすべての椅子と机のねじをゆるめよとの任務を、アーチーから与えられていた。親友がこの無意味な悪ふざけのせいで消耗させられている姿を見て、ジェリーは、一見反抗的に見える販売拒否の任務が、

〈ヴィジルズ〉体制への隷属に他ならないことに気づく。

さらにジェリーは、妻に先立たれて意気消沈している父親が、「単調な灰色がつづくばかりの日々」(79) を送る姿を見て考えさせられる。ジェリーは、「人生って、結局はこんなものなんだろうか？」[同書, 79] と自問する。鏡を見れば、「いまは自分の顔に父親の顔が重な〔り〕」[同書, 80]、いずれ父親のようになるのではないか、と思う。

そして、学校のロッカーの扉の裏側に貼ったポスターも、ジェリーを考えこませる。ポスターの「思いきって／おれに宇宙がかきみだせるか」（T・S・エリオットの詩「J・アルフレッド・プルーフロックの恋歌」からの引用句）[エリオット 1917, 14] という言葉が彼を挑発する。ジェリーは、「おれに宇宙がかきみだせるか」と自問せざるを得なくなる。

さて、ジェリーとプルーフロックの自問には、共通点が見られる。それは、二重拘束状況を脱し、自由を得ようとする男性が発するラディカルな問いかけである。精神的「荒地」に直面したジェリーは、問うべきことを問えと、ヒッピーやポスターから促される。なすべき質問をしそこなって失敗した、ペルスヴァルの二の舞を踏むべきではない、と。ジェリーは、恐れず自問し、ひるまず自答した。

彼は、任務執行の11日目に、「イエス」と答えるべきところを、「ノー。チョコレートは売りません」と答える。そのインパクトは、次のようなものだった。「街がくずれ落ちる。地球がさける。惑星が傾く。星がすとんと落ちる。そして、おそろしい静寂がおとずれる」[コーミア 1974, 140]。ついに、ジェリーは、体制順応主義的な男らしさの規範を、そして宇宙をかき乱し、アーチーとブラザー・リオンを敵にまわして全面戦争に突入する。

権力と男らしさ

ところで、ブラザー・リオンやアーチーに体現される古いタイプの男らしさには、権力へのこだわりが見られる。副学院長、副会長というそれぞれの地位から明らかなように、彼らは権力の頂点を狙う野心家であり、立場は違っても同じ穴のムジナである。文学批評家ペリー・ノーデルマン Perry Nodelman が、

登場人物の誰もが「チョコレート販売に、強迫的にこだわっている」[Nodelman 1992, 24]と指摘するように、チョコレート販売こそ、権力が顕示され行使されるショーケースなのである。

たとえば、生徒たちは、ブラザー・リオンの出席点呼で返事するとき、チョコレートの売りあげ数を報告させられる。そういう意味で、ブラザー・リオンは、ヒエラルキーの頂点に立つ暴君である。「だれの眼にも、ブラザー・リオンが上機嫌なのがわかった。こういうのが好きなのだ。自分が命令をだし、生徒たちが名前を呼ばれてちゃんと返事をし、チョコレートの販売を受け入れ、愛校心をみせてくれるのが」[コーミア 1974, 96]。

アーチーも、ブラザー・リオンにおとらず権力志向ぶりを見せる。「アーチーの arch が、〈第一の、第一位の〉を意味し」[Patricia Campbell 1989, 45]、「アーチー・コステロこそが〈ヴィジルズ〉そのもの」[コーミア 1974, 39]との彼の独白が示すように、彼もまた、彼の領地〈ヴィジルズ〉の専制君主である。しかも、ブラザー・リオンとの駆け引きで販売に切り替えたチョコレートを、権力誇示のショーケースに使う。すべてのチョコレートを売りつくしたアーチーは、慢心して言う。「いまや、ふたたび頂点に立っている。(中略) 権力をとりもどし、学校全体を掌中におさめている」[同書, 271]。まさにこの権力に飢えた男らしさに反抗して、ジェリーは、戦争をしかけた。

「従順な身体」の作り方

アーチーやブラザー・リオンが行使する権力には、独特の性質やパターンが見られる。つぶさに調べてみよう。まず、〈ヴィジルズ〉という名前が「監視」を意味するように、彼らの権力行使は、情報収集から始まる。アーチーは、〈ヴィジルズ〉の書記オウビーに学校中の生徒の個人情報を記録させる。「オウビーのノートは学校のファイルより完璧だった。トリニティのほぼ全校生徒に関して、(中略) きちんと暗号化されてファイルされている」[同書, 21]。そしてアーチーは、オウビーのノートを情報源として人の弱点を探りだし、暴力行使を極力さけながら、弱みにつけこんで人を支配する。アーチーいわく、「おれはいつも力ずくで仕事をやらないようにしているんだ。おれたち

が人を傷つけるようになったら、教師どもはここぞとばかりに〈ヴィジルズ〉を解散させ、生徒たちは大騒ぎをはじめるだろう」[同書, 214-215]。暴力を使えば権力行使の事実が露呈し、学内での〈ヴィジルズ〉の存在が白日のもとに晒けだされるからである。

アーチーの心理と情報の操作術を見れば、フランスの哲学者ミシェル・フーコー Michel Foucault が『監獄の誕生 Surveiller et Punir: Naissance de la prison』で展開したある原理に、アーチーが通じているのではないかと思えてくる。

> そこで行使される権力は、一つの固有性としてではなく一つの戦略として理解されるべきであり、その権力支配の効果は、一つの《占有》に帰せらるべきではなく、素質・操作・戦術・技術・作用などに帰せらるべきであること。（中略）その権力は、所有されるよりむしろ行使されるのであり、支配階級が獲得もしくは保持する《特権》ではなく支配階級が占める戦略的立場の総体的な効果である。[フーコー 1975, 30-31]

つまり、権力とは、獲得したり所有したりするものでなく、政治的な駆け引きのなかで行使されるものなのだ。

フーコーが明らかにしたのは、本書の第2章でも述べたように、西欧の文明化の過程において、いかに支配者が、制度化された一望式監視装置[*1]のなかで権力を行使し、個人の「従順な身体」を構築してきたか、ということだ。この装置は、監視と懲罰によってシステム化され、個人を社会の逸脱者にならないようたえまなく監視する。

同じことは、1950年代のアメリカ社会にも見られた。この時期に、社会の逸脱者と烙印を押されたのは、共産主義者だけではなかった。「一般的な家族のパターンから逸脱する人びと——結婚しない成人、働く女性、子どものいない夫婦、〈女々しい〉男——」は、ジェンダー版マッカーシーイズムの監視下にあった [Skolnick 1990, 65]。この風潮を疫病にたとえる社会学者ロバート・L・グリズウォルド Robert L. Griswold は、戦後のアメリカで、中流階層の男たちが感染する体制順応主義という疫病がはやり、彼らは体制順応主義の奴隷になった [Robert Griswold 1993, 199] と述べている。つまるところ、50年代の

体制順応主義は、伝統的な男らしさの維持・生産装置になっていた。であってみれば、トリニティ学院のようなプレップスクールは、白人中流階層の少年たちを体制に順応させるのに、あつらえむきの施設だったに違いない。

　アーチーは、〈ヴィジルズ〉の事実上のリーダーとして、学校生活での監視と懲罰のしくみを熟知しており、他人を支配するには、力の行使をほのめかすだけで十分だった。だからこそ彼は、暴力を脅しとして記号化することはあっても、〈ヴィジルズ〉のマッチョ系メンバー、ジャンザやカーターがふるう暴力の現場に身を置かない。アーチーの理想は、冷静で隙がなく、物事を制御でき、ポーカーフェースを装い、肉体のかわりに頭脳を使い、孤高を旨とする男である。

　ブラザー・リオンの権力行使のしかたも、一望式監視装置を連想させる。たとえば、彼は教壇の上から監視するかのように、「タカそっくりの疑いぶかそうな眼で教室をながめわたし、カンニングや居眠りをしている生徒をさがしだして弱味を握り、あとでそれをおおいに利用する」［コーミア 1974, 34］。ブラザー・リオンは、生徒と教師のあいだに一線を引いて孤高を保ち、ヒエラルキーの権力構造の頂点から生徒を監視する。このように、リオンやアーチーの体現する男らしさは、パノプティコンのなかで権力を行使し、生徒たちの従順な身体作りの一翼を担う。

仮面を被った男

　実のところ、ブラザー・リオンやアーチーは、やっかいな男性性を抱えこんでいる。このような男性は、無意識のうちに自分の感情を抑えこむので、人間性が乏しくなり、没個性に陥るはめになる。アーチーは、肉体の現象である排尿や発汗さえ認めようとしないし、ブラザー・リオンの場合は、教室での権力行使のために鷹のような鋭い視線を投げかけ、指示棒をふるうせいで、彼の人格が抹消されてしまっている。主要人物であるのに、ブラザー・リオンの心理描写は欠けている。そういう意味で、彼は、心理学者マーク・F・ファストゥ Marc F. Fasteau の描く「機械男」の生き写しである。ファストゥいわく、「〔機械男〕の甲冑の板金は、（中略）事実上難攻不落で、彼の体の回線は、個人が発

信するろくでもない信号で決して乱されることも氾濫させられることもない。(中略) 彼は、他の機械男とは体面を重んじても、親密な人間関係をもてないでいる」[Fasteau 1974, 1]。

さらに、心理学者ゴールドバーグは、ブラザー・リオンのような仮面を被った男に、次のような警告を発する。

> そういう連中は、(中略) 自分が人間であるという感情と自覚を失い、あるいは、それから逃げ出している。社会的仮面にすぎない自分の姿を自分の本質だと勘ちがいし、世間が男らしさと規定してきた伝統的な「男の行動様式」に従って生きながら、破滅への道を突き進んでいるのだ。自分の人生行路も、この男のイメージに合わせて決める。つまり、英雄、「強い男」、扶養者、戦士、一国一城の主、恐れを知らぬ男といったような。男たちは、いつも、「期待された男性像」というベールを通して世界を見ているのだ。[ゴールドバーグ 1976, 15]

仮面の男は、フェミニズム心理学者キャロル・ギリガン Carol Gilligan の主張に従えば、蜘蛛の巣状の相互扶助的な人間関係を作るのが苦手で、縦の人間関係しか築けず孤立しがちである[ギリガン 1982, 82-83, 108]。ヒエラルキーの頂点を目指す彼らが、しばしば直面する問題である。つまるところ、力の行使を通じて作られる男らしさは、攻撃的で、感情を表さず、人間性に乏しく、没個性的で、孤立し、親密な人間関係を得られないという、類型的なマイナス・イメージをもっている。この男性像は、フェミニズム運動で見直しの対象となった類型的女性像と対照をなし、「男らしさの神話」と呼ばれた。『チョコレート・ウォー』の出版当時、さまざまな男性運動グループは、男性を抑圧し追いつめてきた男らしさの神話の見直しに向けて動きだしていた。

アメリカン・ヒーローの死

だが、新旧の男らしさが入り乱れるこの社会環境は、成長期の少年に必ずしも最適とは言えなかった。『チョコレート・ウォー』の場合、学校社会で男性

性の規範がかき乱されると、ジェリー自身も混乱状態に陥るからである。その混乱ぶりは、同級生により荒らされたジェリーのロッカーに象徴され、また、ジャンザとその一味から暴行を受けたとき、動転するジェリーの反応にも表れている。このとき、ジェリーは、復讐心をかき立てられ、暴力的でマッチョな男性像に同化する。そればかりか、ボクシングのリング上でジャンザと対決し、一時的にせよ暴力に魅入られる。

ジェリーは、最初、ジャンザと力の対決をすれば、権力と男らしさを得られると考えた。権力は奪うことのできるものであり、ヒエラルキー的な力の獲得こそ男らしさの印である、と誤解する。だが、結局のところ彼は、みずから獣に成りさがり、高潔な魂が「死んでしまった」と気づく。「ジェリーはあらたな吐き気におそわれた。自分がどうなったのかを知ったことからくる吐き気。ぼくはもう一匹の獣、凶暴な世界に住むもうひとりの凶暴な人間になってしまったのだ」［コーミア 1974, 294-295］。こうしてジェリーは、小説の冒頭部で象徴的に描写されるように、男の戦場(フィールド)で殺されたのである。

ジェリーは、この意味で、R・W・B・ルーイス R. W. B. Lewis が純真無垢な孤高の反体制的ヒーローに命名した「アメリカのアダム」の末裔であり、とりわけ、一時的に人生のどん底状態に陥ったのちに、ハッピーエンドを迎える「アイロニー派」［ルーイス 1955, 12］のアメリカン・ヒーローのように見える。このヒーローの経験する苦難は、キリスト教神学史において「幸運な堕落」（アダムとイヴの堕落がのちにキリストによる贖罪をもたらしたこと）と呼ばれた、逆説的な運命を表している。現代風に言えば、スパイダーマンやスーパーマンのように、物語のハッピーエンドへの途上で、人生のどん底に転落するタイプのヒーローである。

ところがどうしたことか、ジェリーは、どん底状態に落ちこんだまま、結末を迎える。彼は、獣に成りさがった自己を見つめつつ、宇宙をかき乱すべきでなかったとの認識に達する。そして、親友のグーバーに警告とも敗北宣言ともつかない言葉を投げかける。「チョコレートを売って、あいつらが売れというものはなんでも売って、やれということはなんでもやれよ。（中略）嘘っぱちなんだよ。宇宙をかきみだしちゃいけないんだよ」［コーミア 1974, 300］。しかも、作者コーミアは、反抗したジェリーに心身の傷を負わせ、高い代価を支払

わせてしまった。彼の心の傷は癒されることなく、次の文章を最後に小説は終わる。「救急車のサイレンが闇のなかで遠吠えした」［同書, 303］。傷を負ったジェリーは、闇夜に響く救急車のサイレンのように、世界の闇のなかで魂の遠吠えをあげている。かくして『チョコレート・ウォー』には、ハッピーエンドも、ヒーローの再生もない。

　ここで、コーミアがYA小説家になる前の1959年と1973年に、ニューイングランドの共同通信による三面記事年間最優秀賞（Best Human-Interest Story of the Year）を受賞したジャーナリストであって、人間の現実に多大の関心をもっていたことを喚起したい。コーミアは、批評家がハッピーエンドではないとの理由から、自分の作品に「リアリズム」（写実主義。現実を正確に表象するフィクション）のレッテルを貼ることに異議を唱える。

　　　だが、ハッピーエンドでない結末だけが、物語をリアルにするのだろうか。（中略）私はリアリズムよりもリアリティにより関心がある。（中略）ジェリー・ルノーらの人物に生命を吹きこんで、身を刺すような一瞬を生きさせてやりたかった。（中略）感情が先行し、登場人物がそれについてくる。いったん人物が創造されて、（中略）リアルに感じられれば、あとは彼らの行動が導く必然性に従えばいい。行動が作品のプロットと結末を決めるのだ。［Cormier 1981, 47-49　傍点は筆者］

コーミアの関心は、登場人物の感情を共感的に描き、張りつめた危機的状況にある少年の混乱した感情を描出することにある。
　さて、『チョコレート・ウォー』は、同じく不幸な結末で終わるJ・D・サリンジャーの『キャッチャー・イン・ザ・ライ』（1951）とよく比較される。だが、主人公ホールデン・コーフィールドは、精神的に衰弱し傷つきながらも、無垢の世界に逃げこみ生き延びて、この小説の語り手を務めているのだから、殺されてはいない。ホールデンは「アメリカの若者の神話」を体現すると言われる一方で［Branch 1962, 207］、ジェリーはアメリカのヒーローではないとの批評がある。それは、コーミアが「読者に絶望しか与えない」［Lukens 1987, 13］とか、「不朽のアメリカの神話を捨てさった」［Macleod 1981, 76］という批

評である。このように、ホールデンとジェリーの評価が分かれるのは、ひとえに彼らがアメリカン・ヒーローであるかどうかにかかっている。ジェリーはアイロニー派のヒーローではないし、物語はハッピーエンドで終わることもない。

大地の母は死んだ

　それでも、「コーフィールドがなぜアメリカのアダムとして生き残り、ジェリーが敗北で終わり、殺されたのか」と、あえて問うてみよう。その答えは、心理学者ゴールドバーグが「か弱く、頼りなく、依存的（中略）控えめで、純粋で、性的欲望を持たず、世俗的なことを超越した」［ゴールドバーグ 1976, 33］と形容する「大地の母」の運命にかかわっている。

　大地の母は、女らしさの属性を一身に引きうけ、第二次世界大戦後の結婚ブームとベビーブームの時期に、一家の大黒柱たる男性たちを支え、子どもたちを育てながらその健在ぶりを見せていた。大地の母に依存してきた男たちは、たとえ体制的な男性像のインチキぶりに幻滅したところで、女性たちが大地の母という制度化された役割を引きうけているかぎり、心安らかに子ども時代に退行し、純真無垢なアメリカのアダム役を演じ続けられた。その証拠に、『キャッチャー・イン・ザ・ライ』の主人公コーフィールドは、「ひどく寂しい」と訴えながら、妹のフィービーや恋人のジェーン・ギャラガーのような女性登場人物たちに暖かさ・同情・愛情を求めている。

　ところが、『チョコレート・ウォー』の出版当時、大地の母をめぐる状況は激変していた。ゴールドバーグが「〈大地の母〉は死んだ。だから、男らしい男も死んでいいのだ。そうすれば、男は完全な人間として生きることができる」［同書, 42］と宣言したように、多くの女性が伝統的な女らしさを疑問視し、大地の母の役割を降りたのだ。

　みずからの男性性の組成から女らしい属性を閉めだした男性にとって、大地の母の死は打撃的であったに違いない。なにしろ、男性の内にも外にも、慰めとなる女性的なものが見あたらないのだから。男性性のこの危機は、『チョコレート・ウォー』ではジェリーの母親の死と、「腐った」男の世界という表現

に表されている。権力志向の男が作る縦型人間関係の社会は、アーチー流に言えば、被害者と加害者の2種類の人間から成りたつ腐った世界、あるいは、「貪欲で残酷」な輩からなる世界なのだから。

　忘れてならないのは、本書の第5章でも述べたように、『チョコレート・ウォー』出版より1年前の1973年には、パリでヴェトナム和平協定が調印され、ウォーターゲート事件の噂が巷をかけめぐっていたことである。歴史家ピーター・N・キャロル Peter N. Carroll は、ヴェトナム戦争とウォーターゲート事件によって、アメリカがこの時期に「強い痛みを伴う不治の生傷」[キャロル 1990, 36]を負い、「アメリカ国民の心の中に生じた大きな裂け目」[同書, 37]に苦しんでいたと述べている。

　この「大きな裂け目」を表すかのように、1960年代後半から80年代の映画には、新旧の男性像が競演を繰りひろげていた。アメリカ文学者亀井俊介は、その様子を次のように述べている。

　　当時、いわゆるニュー・シネマがはやったが、そこでは伝統的な意味でのヒーローは消え失せていた。国家や社会や市民、あるいは正義や平和のために戦う英雄ではなく、暴力やセックスにふけったり、はっきりした目的もなくさすらう者たち、つまりアンチ・ヒーローが主役になっていた。『俺たちに明日はない』（1967年）、『イージー・ライダー』（1969年）から、『狼たちの午後』（1975年）、『ディア・ハンター』（1978年）にいたる傑作が、すべてその例となる。[亀井 1993, 10]

　その一方で、同じころに、アメリカン・ヒーローがシルヴェスター・スタローンの演じるロッキーやランボーとして蘇ってきた。不屈の精神で肉体を鍛え、ボクシング世界チャンピオンに挑戦するロッキー・バルボアの物語は、第1作『ロッキー Rocky』（1976）を皮切りにシリーズ化され、第6作『ロッキー・ザ・ファイナル Rocky Balboa』（2006）まで続いたが、その内の4作は1970年代、80年代に上映された。また、インディアン・ナヴァホの血を引き、強靱な肉体と強固な意志力によって、いかなる敵とも戦うヴェトナム帰還兵のジョン・J・ランボーの物語は、『ランボー First Blood』（1982）以降シリーズ化さ

れ、4作品のうち3作品が1980年代に上映された。亀井は、次のように述べている。

> ロッキーにしろランボーにしろ、そのヒーロー像のもとには、アメリカ人がフロンティア時代からつちかってきた原初的な生命力を発揮する自由人——肉体と精神を極限まで活動させ、苦境をしのぎ、いろんな意味で非人間的な世界に人間的な価値を実現する者の姿がある。[同書, 13]

こうして、1960年代後半から70年代と80年代のエンターテイメントには、新旧の男性イメージが競合する形で存在した。

この現実を考えれば、ジェリーが大地の母の死後、腐った男の世界でアメリカン・ヒーローとなりえず、象徴的な死をもって終わるのは、避けがたい展開だったと言えるだろう。

チョコレート戦争を越えて

ジェリーの再生は、11年後に出版された『果てしなき反抗 Beyond the Chocolate War』(1985)で描かれる。したがって、ジェリーの男らしさ探求の物語という観点から、私は、『チョコレート・ウォー』と『果てしなき反抗』の2冊が、実際に一つの物語を構成すると考えたい。続編の原題「チョコレート戦争を越えて」が示すように、作者コーミアは、古い男性性を越えた新しい男性性を、相矛盾する男性像の混乱を超越する男らしさを描く。続編を読む場合、二つのことに注目したい。アーチーの失脚と、ジェリーの自己確立である。

この物語は、不吉な文章で始まる。「ジェリー・ルノーがモニュメントにもどってきた日、レイ・バニスターはギロチンをつくりはじめた」[コーミア 1985, 11]。皮肉なことに、従順（オビーディエント）なオウビーは、今や「トリニティ学院の押しも押されもせぬチャンピオン」[同書, 54] となったアーチーに反逆する。オウビーは、手品のギロチン作りが趣味の、転校生バニスターにマジックショウを開かせる。そして、道化役の貧乏くじを引かせたアーチーを、事故を装って殺

そうとする。しかし、その陰謀が挫折する一方で、オウビーの裏切りを知ったアーチーは、権力の座を降りる。彼は、冷笑的に言う、「全部おれの責任だっていうんだな、オウビー？（中略）そう、おれは気楽なスケープゴートなんだよ」［同書, 355-357］。ここに至って、彼は、みずからの男らしさが欺瞞的で、権力と支配が錯覚にすぎないとの認識を表明する。

　一方、前作で心身の傷を負ったジェリーは、母の故郷カナダに送られ、そこで叔父や叔母から愛情に満ちた世話を受けてきた。彼は、風が吹くと鳴るスチーム・パイプやボイラーの音、すきま風や床のきしる音が聞こえる、「しゃべる教会」に休息の場を見出し、微笑みを取りもどす［同書, 141-142］。注目すべきは、この傷ついた少年が母方の故郷の人びとと再会し交流しながら、いわゆる女性的な要素（滋養性・優しさ・愛情・暖かさ・ささやき声・お喋り）を体験しその影響を受けることである。彼は、自己の内奥にある女性的なものと触れあい、それを再認識することで、心の傷を癒してゆく。

　ジェリーは、半年後、トリニティ学院に戻って、旧敵ジャンザと対決する。そして、今回は、「自分の力がどこにあるか、どこになければいけないかは知っていた」［同書, 295］ので、ジャンザに殴られたとき、非暴力で応える。そればかりか、彼は、ジャンザに微笑みかけ、その場にいた親友の南京豆(グーバー)に次のように説明する。

　　　「たったいまジャンザはぼくをぶちのめした。でも、やつは勝ったわけじゃない。つまり、ぼくはぶちのめされたけど、負けたわけじゃない。負けたみたいに見えるのはかまわないけど、負け犬になる必要はないんだ」
　　　（中略）
　　　「やつらは闘わせたがってるんだ、南京豆。やつらと闘ったときにだけ、こっちがほんとうに負ける可能性がある。それがならず者たちのねらいなんだ。アーチー・コステロみたいなやつらの。」［同書, 300-301］

　ジェリーは、「闘えというやつらの誘いにのってはいけない。闘うな」とのメッセージを送る。これは、前作でジェリーの発したメッセージ、「チョコレートを売れ。宇宙をかきみだしてはいけない」と、本質的には変わっていな

第6章　男らしさの〈宇宙〉をかき乱す　133

い。ジャンザは、この強烈な言動に圧倒されて、闘う気力をそがれる。ジェリーは、アーチーがギロチンにより「処刑」されるのとほぼ時を同じくしてこの境地に達する。ということは、新しい男の誕生が、古い男の死と並行して起きている。

　一方、ギロチンのエピソードでアーチーは、ジェリーと類似した変化を遂げるかに見える。かつて権力の顕示欲に満ちていたアーチーは、今では道化役を演じて、処刑を無抵抗に受けいれる。とりわけ、ギロチンがフランス革命時代の刑罰の手段として、頭と心を完全に切断するものだったことに注目してほしい。ギロチンのマジックショーで、道化役的に「ギロチン処刑」を受けいれたアーチーは、頭と心を切断されたままの不完全な形で再生する。その結果、彼の口からは、苦々しい、寒々とした自己認識の言葉が飛びだす。

　　「おれは気楽なスケープゴートなんだよ」（中略）
　　「おれはアーチー・コステロさ。おれはいつだってそばにいるぜ、オウビー。おまえがどこへ行こうと何をしようと、いつだっておれがいる。あしたも、十年後も。なぜかわかるか、オウビー？　おれはおまえだからさ。おまえが自分のなかに隠しているもののすべてがおれなんだ。それがおれなんだよ」［同書, 357-358］。

　アーチーとジェリー、二人の再生のしかたは対照的である。ジェリーは女性的なものとの触れあいによって蘇生するが、アーチーはそうではない。ガールフレンドのジル・モートンを一方的に性欲の対象とみるアーチーは、女性に全人格的な交流を求めない。彼は、自己の内外ともに、女性性から疎外されている。そればかりか、オウビーとの関係にみられるように、男友達とさえ、親密なつきあいや友情を持てないでいる。これとは対照的に、ジェリーの再生の場には、親友グーバーが証人として立ちあっている。アーチーの変貌は、彼が古い男らしさの枠組を脱しきることができないために、結局は浅薄なものとなってしまった。

〈ワイルドマン〉は救世主か？

　これら二つの違った男性性を、作品発表当時の1980年代の文化的文脈において眺めてみよう。この時期、ロナルド・レーガン大統領の就任に象徴されるように、カウンターカルチャーとラディカリズムに対して新保守主義からの反撃があり、ランボーのような男性性のイメージに代表される、「男の心理は単純で、業績志向型のブラックボックスであると考えるような男らしさ」が復活していた［Rabinowitz & Cochran 1994, xvi］。そのため、適当な役割モデルをもたない若者たちのなかには、手垢のついた偏狭で硬直した古い男性像に自分を重ねて、混乱を避けることもあった。

　この意味で、同時期に「神話解釈派男性運動 Mythopoetic Men's Movement」が活発化したことは偶然ではない。このグループは、神話やおとぎ話に見出される集合的無意識（のなかの元型）を探ることで、男の心の傷を癒し、男らしさを回復するユング心理学的なアプローチをもつ［Clatterbaugh 1990, 12, 97-98］。神話解釈派のなかでも、ロバート・ブライ Robert Bly とジョン・ラウアン John Rowan は、男性性を再生するための対照的な道筋を示しているので、ここで紹介しておきたい。

　1970年代から1980年代にかけて、仮面を脱いで女性的な要素を統合した、新タイプの男の登場が社会現象として注目を浴びていた。ゴールドバーグは、著書『新しい〈男〉の時代 The New Male』（1979）において、この種の男性を「新しい男（ニューメイル）」と呼び、他方、詩人ロバート・ブライは、著書『アイアン・ジョンの魂 Iron John』（1990）で「柔軟男（ソフトメイル）」［ブライ 1990, 13］と呼んだ。ブライは、新タイプの男らしさには批判的で、柔軟男を自己イメージから追いだし、女性から隔離されたところで心の内奥にある元型、力強い理想の男性像〈ワイルドマン Wild Man〉と出会い、自己イメージにこれを統合するようにと、男性読者に奨励していた［同書, 11-39］。

　ブライの女性排除のやり方に対して、「神話解釈派」のもう一人の旗手、ラウアンは、フェミニスト的な政治姿勢をとった『有角の神 The Horned God』（1987 未訳）を著し、フェミニズム的男性運動を導いた。ラウアンは主張する。「〈有角の神〉は、（中略）変身能力のある神として、男にも女にも変身し、本

質的にバイセクシュアルである。水の主として、この神は集合的無意識に下っていくことができ、月経、出産が何かを理解できる」[Rowan 1987, 92-93]。多くの男性たちは、家父長制のなかで自分たちの男らしさからいわゆる女性的な要素（優しさ・滋養力）を排除したり、抑圧したりしてきた。そのため、彼らの男らしさの赤裸々な現実が暴露されると、女性的なものの欠如がなおさら彼らの心の傷を悪化させる。だから、男性が傷を癒したいのなら、両性具有で鹿の姿をとった「有角の神」の内なる女性性と触れあえるように、心の奥底にある女性的なものと和解しなくてはならない、とラウアンは言う。

　ここで、『果てしなき反抗』に議論を戻すと、アーチーの死と再生が〈ワイルドマン〉のタイプであるのに対して、ジェリーの死と再生は、〈有角の神〉のタイプである。アーチーは、心と頭を切り離されて死に、心の内奥にある女性的属性から切り離されたまま、再生を行った。一方、ジェリーは、母の故郷の風景・自然・人びとと触れあって、内なる女性的属性に目覚めて、新しい自分に生まれ変わった。ラウアンは、ブライの〈ワイルドマン〉を次のように批判する。「女性的なるものを少しも取りこまず、また、再構築もされない男性優越主義の男にとっては、〈ワイルドマン〉は、もっと攻撃的になれという奨励にすぎない」[ibid., 111]。

　このような〈ワイルドマン〉をめぐる議論を喚起する点で、キース・ゴードン Keith Gordon の監督映画『チョコレート・ウォー The Chocolate War』(1988) は、コーミアの『チョコレート・ウォー』と『果てしなき反抗』を巧妙に編集した作品である。特に映画の結末部、ボクシングの場面では、原作にないジェリーとアーチーの対決が描かれる。ジェリーは、ジャンザの代役として戦わせられているアーチーを、ノックアウトしてヒーローとなり、全校生徒の前で勝利に酔いしれる。だが、酔いから冷めたあと、またもや彼らに「躍らされた」ことに気づき後悔する。一方、道化役の貧乏くじを引いたアーチーは〈ヴィジルズ〉のリーダーの座を降り、オウビーにとって替わられる。こうして映画は、原作2冊の次のメッセージを取りこんだ形で結末を迎える。「ジェリーの男らしさは、獣になることで回復される訳ではない。また、オウビーは内なる〈アーチー・コステロ〉になっただけである」、と。

このように、本章では、ジェリーの「死」と再生を、70年代、80年代のアメリカ社会で変化する男性性の概念と重ねあわせて読んできた。作品発表当時、一部の批評家は、『チョコレート・ウォー』が若者の絶望やアメリカン・ヒーローの死を描いているにすぎない、と手厳しく批判したが、この作品が時代の思潮を反映すると考えるならば、そこには絶望や死以上のものが見えてくる。

　その意味で、トロワのペルスヴァルの物語が未完で終わっているのは象徴的である。12世紀以来、ペルスヴァルの探求物語の結末がどのようなものであるのかについて、多くの研究者が想像をたくましくして議論してきた。それと同じように、今日、理想の男らしさが変化しつつある世界にあって、若者の男性性の探求がどのような結末を迎えるのかと、問うだけの価値はありそうだ。

注

1　パノプティコン（panopticon）　一望式監視施設。イギリスの功利主義思想家のJ・ベンサムが構想した監獄のシステム。中央に監視人をおいた円環状の建物で、監視人からは独房の囚人を監視することはできるが、囚人からは監視人が見えない。（中略）「見る──見られる」という通常の人間関係を切り離す近代社会の管理、監視、規律の支配システムとして、パノプティコンはフーコーの『監獄の誕生』（1975）のキー概念となった［『文学批評用語辞典』研究社 1998年］。

第7章
チーズになった少年

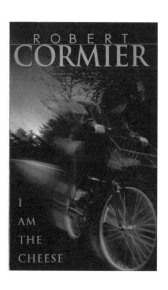

チーズが立っている、チーズが立っている、
ハイホー、ザ、メリオー、ひとりぼっちで。
ぼくはチーズだ。
——『ぼくはチーズ』より——

はじめに――『ぼくはチーズ』について

　ロバート・コーミア Robert Cormier の『ぼくはチーズ I Am the Cheese』(1977 未訳) は、主人公の少年アダム・ファーマーが絶望的状況で結末を迎えるにもかかわらず、物語の巧みな語りの技と構造の複雑さ、曖昧さゆえに、その文学性を高く評価されてきた。この作品は、アメリカがヴェトナム戦争で敗退し、ウォーターゲート事件、ニクソン大統領の辞任を経て、国内外の権威失墜に悩んでいた時期に出版され、当時のムードを濃厚に反映している。

　しかし、その後のソ連の崩壊を経て、アメリカの一極支配が進み、とりわけ 2001 年 9 月 11 日同時多発テロ以降に、アメリカが国際社会でとる態度と関連させて読み直してみると、コーミアの巧みな語りの構造と主人公のひたむきな生き様には、時代をこえて訴えかけるものがある。そういうわけで、この作品をアメリカの物語とその主人公アメリカのアダムの枠組みに入れ、主人公アダムの男性性に注目して読み解きたい。

三つの物語

　『チョコレート・ウォー』と同じく、『ぼくはチーズ』でもマサチューセッツ州の架空の町モニュメントが舞台となっている。冒頭ページで、16 歳の主人公アダム・ファーマーは、入院中の父親を見舞うために、70 マイル先のヴァーモント州ルタバーグに向かって自転車をこいでいる、と一人称現在形で語る。彼は、防寒用に父親の古い帽子とジャケットを身につけて、父への贈り物の包みをかごにいれると、「ぼくは、自転車にのって、自分の体力と気力でもって、父さんのところに行くんだ」[Cormier 1977, 3]、と古自転車をこぎ始める。怖いものが山ほどある臆病で繊細なこの少年の物語に、読者はともかく耳を傾け、旅に同行することになる。

　最初、私たちは、この物語が単純で直線的なものだろうと想像する。ひ弱そうな少年が長距離の自転車旅行をして、目的地にたどりつくころに、いくばくかの成長を遂げる物語だろうと。

　ところが、第 2 章以降で、記憶喪失症の A (アダム) が精神科医の T (ブリン

ト）と面談するテープ記録が、自転車旅行の物語のあいだに挿入されると、読者は困惑する。なぜなら、アダムが一人称現在形で語る自転車旅行の物語に加えて、会話記録という形でもう一つの現在形の語りが存在することになり、読者はどちらの語りがこの小説で優先するのか、分からなくなるからだ。

それぱかりか、記憶喪失症のアダムがブリントの質問に応えて語る物語も、これら二つの物語につけ加わる。つまり、三つの物語が並行して語られ、読者はそのどれにも注意を払いながら、この小説を読み進まなくてはならなくなる。第2の物語と第3の物語の関連性は分かるとしても、アダムの自転車旅行の話と他の二つの物語をどのように関係づけようかと思い悩みながら、読者は、主人公とともに目的地のルタバーグに向けてともかく読み進む。

読者が三つの物語に耳を傾けながらこの小説を読み進められるのは、記憶喪失症の少年が本当は何者で、家族を含め過去に何が起こったかを解明するミステリー小説になっているからである。ところが、彼の記憶が回復するにつれて、謎はさらに深まる。異なる2通の出生証明書をもつアダム・ファーマーとは何者か、ひっそりと暮らす彼の家族にはどんな秘密があるのか、魅力的なガールフレンドのエイミーは敵の回し者なのか、アダムの記憶喪失症の鍵をにぎる灰色の男とは何者なのか、アダムに薬物注射をして面談を繰りかえすブリントは、精神科医なのか、それとも、特定の情報を探る特殊機関の手先か、といった具合である。

しかも、このような構造上の不安要因に加えて、物語自体にも不安感が漂う。アダムは、旅立ってまもなく、不吉な言葉に出遭う。地図を入手しようと立ちよったガソリンスタンドで、親切そうに出迎えた老人が立ちさりぎわのアダムに声をかける。「兄ちゃん、何を求めて旅するんだい。行き先には恐ろしい世界が待っている。人殺しに暗殺。街は危険だらけだ。誰を信じていいのかわからない。どいつが悪者かわかるかい」［*ibid.*, 13-14］。

アダムは、不安を掻きたてられて、それを追いはらうかのように、父親との思い出に満ちたマザーグースの「谷間のお百姓(ファーマー)」を調子よくほがらかに歌う。父親が「おまえの名前はなんていうんだい」と尋ねると、アダムは「アダム・ファーマーだよ」、と答えたものだった。「谷間のお百姓」は、いわばファーマー家のテーマソングだった。だが、この後、アダムは獰猛(どうもう)な犬に行く手をふ

さがれ、自転車の前輪にしつこく攻撃を加えられる。自転車は、何度も転倒しそうになりながらも、犬の攻撃をふりきって逃げる。一息ついたアダムは、ガールフレンドのエイミー・ハーツに電話をかける。「ぼくはすぐに気持ちが落ちこんでしまう。だから、エイミーと話をしたい。エイミーなら、ぼくにカツをいれて、朗らかにしてくれる。愛してるんだ」［*ibid.*, 39］。だが、エイミーへの電話はつながらない。アダムは気落ちした心を元気づけようと、「谷間のお百姓」を歌い自転車をこぐ。

一方、こうしたエピソードのあいまに、会話記録が挿入される。アダムは、施設か病院とおぼしきところで、尋問官か医者らしいブリントという人物の質問に答えながら、徐々に記憶を回復する。たとえば、「犬」を手がかりに、アダムは、9歳のとき、父親と散歩中に獰猛な犬に追いかけられた恐怖体験を思いだす。また、ブリントから提示された「エイミー・ハーツ」というキーワードを手がかりに、アダムは、初恋の人エイミーの発案した「ナンバーズ」というゲームを思いだす。

「ナンバーズ」ゲーム

「ナンバーズ」とは、エイミーが次々と考案する悪ふざけで、たまたまそのゲームに立ちあった人が、理解に窮するできごとにあっけにとられれば、ゲーム・オーバーとなる。いくつかのバリエーションのうちの一つは、ショッピングセンターで、できるだけたくさんの商品を入れたカートを店内に置きざりにしたまま店を出て、店員が困惑してカートを見つめることを空想して喜ぶ、といったものである。きまじめで友だちの少ないアダムにとって、エイミーとの「ナンバーズ」ゲームは、最高の気ばらし、冒険だった。

文学批評家ペリー・ノーデルマン Perry Nodelman は、作者コーミアの複雑な語りの技巧が「ナンバーズ」ゲームに似ていると指摘する。コーミアはエイミーのように「〈ナンバーズ〉での情報をいっさい知らせず、最後の最後までドラマを引きのばしている」［Nodelman 1983, 94］、と言うのである。しかも、読者は、アダムの過去に気をとられるあまりに、彼の置かれている現在の状況にあまり注意を払わないで読み進んだり、三つの物語のうち、現実の物語と

空想物語を取りちがえて物語を自分流に構築してしまったりする、とも言う[ibid., 95, 99]。ノーデルマンの主張は、家族の秘密を知ったときのアダムの言葉で裏づけられる。「ぼくたちは——母さん、父さん、ぼくのことだけど——最大級の〈ナンバーズ〉ゲームをやっている」[Cormier 1977, 172]。読者は、第2と第3の物語での断片的な情報をもとに、アダムとその家族の謎に包まれた過去を、一つの物語に作りあげることになる。

そうして、次のような物語ができあがってゆく。アダム（本名ポール・デルモンテ）の父親デーヴィッド（本名アンソニー・デルモンテ）は、ジャーナリストとして取材活動中に、組織犯罪（州政府と連邦政府を巻きこんだ不正）に関する重要な証拠を発見する。デーヴィッドは、ワシントンの上院特別委員会の証人喚問に応じて証言台に立つが、関係者が逮捕されたのち、車に爆弾をしかけられたり、暗殺未遂にあったりして、家族全員が生命を脅かされるようになる。

同じころ、グレイ氏が現れて、施行されたばかりの証人保護法の実施責任者として、デルモンテ一家の保護活動を始める。彼の職務内容は、一家が自動車事故で死亡したという新聞記事の捏造を始め、一家を小さな町モニュメントに移住させたうえで、アンソニーに保険代理店の仕事を与え、一家の過去のデータを書きかえることにまで及ぶ。アダム／ポールは、ガールフレンドのエイミーとナンバーズを楽しんでいた14歳のころ、父親からこうした事実を明かされる。

ある日、グレイ氏が一家に、2、3日の緊急避難をするようにと連絡をしてくる。彼は、敵方が一家の居場所をつきとめたかもしれない、安全確保のために町を出るように、と告げる。こうして一家は、小旅行のドライブに出かける。しかし、彼らがベルトン・フォールのモーテルに宿泊した翌日、途中下車をして景色を眺めているところを、グレイ氏の部下らしい男の運転する車に突っ込まれる。母親がアダムの目前で即死し、父親は深手を負って逃走する。そして、アダム／ポールは、惨劇のなかで狂乱して記憶を失う。このような物語を、読者は第2、第3の物語から作りあげることになる。

他方、自転車旅行のアダムは、ルタバーグの一つ手前の町ベルトン・フォールに辿りつき、1年前に両親と宿泊したモーテルを訪れる。しかし、そのモーテルは3年前から休業しており、また、エイミーの電話番号も3年前から別

人が使っていることを知ったアダムは、その先にある忌まわしい事件を察知し、錯乱状態に陥る。彼は、いわば保護、愛情、信頼を体現する両親やエイミーとのコンタクトを失ったばかりか、惨劇の生傷にふれて自己喪失するのだ。

しかし、ここまで物語を作りあげてきた読者は、アダム／ポールの過去にあまりにも気をとられすぎていて、彼の置かれている現在の状況については無知同然である。これこそ、作者コーミアの思うつぼである。結末に向けて三つの章で、作者は、一挙に「ナンバーズ」（三つの物語とアダムの置かれている現状との謎めいた関係）の種明かしをする。

自転車の少年が角をまがると、ついに目的地ルタバーグに到着する。彼は条件反射的に電話ボックスを探すが、なぜそうするのかはわからない。角をまがると病院の建物が見え、門までペダルをこいでゆき、門の外に出たいものだと願う。つまり、今までの自転車旅行は彼の空想上のできごとにすぎず、実際は、かつての家族旅行の経路を頭のなかで辿りながら、病院の敷地内を自転車で走っていたのである。しかも、旅行中に出会った人びとは、病院の患者や従業員だった。一人称現在形で語られてきた自転車旅行が、空想であって現実ではなかったというのは、コーミアの「ナンバーズ」ゲームだった。ブリントとアダムの会話記録のテープにつけられたコード番号「OZK001」が、その手がかりとなる。この表記は、まず、「オズ」を連想させ、さらに、MGM映画『オズの魔法使い』(1936)で、夢と現実の場面が交錯する様を連想させる。つまり、ドロシーが夢から目覚めて現実に戻る最終場面で、架空の国オズで登場したブリキの木こりが、農場の労働者として再登場するしかけは、夢と現実の混交を表している、とコーミアはエッセイで種明かしをする［Cormier 1978, 129］。

では、アダムは、現在どのようになっているのか。彼の現状は、ブリントの作成した、証人アンソニー・デルモンテ（アダムの父デイヴィッド）の事件に関する年次報告において明らかにされる。まとめると以下のようになる。

> 12ヶ月ごとに行われてきた被験者Ａ（アダム・ファーマー）の３度目の審問は、前２回の審問結果と同様である。アダムは、父親が提供した告訴情報の内容も、また誰が父親を殺害したかも知らない。さらに、グレイ氏

は、一家の居場所に関して敵側と連絡をとったという状況証拠的な疑いを排除できないが、事件後の処理をてぎわよく行ったことを評価して、現在停職中の身分をもとに戻すべきである。アダムは、いずれ政府により抹殺されるか、治療中に何らかの理由で消滅することになるだろう。

　言いかえれば、記憶喪失状態のアダムは、施設に抑留されており、毎年、薬物療法と審問により記憶を回復されて、両親の惨殺現場へと誘導され続けてきた。彼の行く手には、死が待ちうけている。
　最終章でアダム／ポールは、この四面楚歌の現実にもかかわらず、モニュメントからルタバーグまで、自転車のペダルをひたむきにこぎながら、再び（それとも新たに）自転車旅行をする。「ぼくはペダルをこぎ続ける」(214)という少年の言葉に、絶望を見るのか、そのひたむきさにかすかな希望の光を見るのか、それは、読者に委ねられている。

なぜ「ナンバーズ」をするのか

　『ぼくはチーズ』は、悲劇的な結末にもかかわらず、本を閉じたのちも、読者に物語を反芻させる魅力をもつ。また、実際に「2度読むことを薦める」というガイドブックもある［Keeley 2000, 74; Etterson 1990, 593］。読者がそうするのは、読後になお残る疑問があるからだ。ノーデルマンは、コーミアが巧妙に読者をだまし、この荒唐無稽なストーリーに有無を言わさず巻きこんだのは、いったい何のためだろう、と問いかける［Nodelman 1983, 95, 100］。
　ドイツの文学研究者ヴォルフガング・イーザー Wolfgang Iser や文芸評論家スタンリー・フィッシュ Stanley Fish の読者反応批評に従えば、コーミアにとって語りの戦略の目的は、読者を作品の解釈に積極的に参加させて、あらかじめテキストに埋めこまれた意味を掘りおこさせ、作者と読者の意志疎通をはかるためであり［Iser 1974, 30］、読者を「解釈共同体」に参入させ、意味を伝達する［フィッシュ 1980, 105］ためにほかならない。
　ノーデルマンは、読者反応批評の観点からいみじくも次のように言う。「コーミアは、私たちにアダムと同じ経験をさせようとしている」［Nodelman

1983, 100]。すなわち、アダムと同じように読者に虚偽、裏切りに出遭わせ、不信感と絶望感を味わわせるためだ、と言うのである。しかし、何のために読者を不信と絶望の世界に誘う必要があるのだろう。この疑問は、コーミアが語りの戦略を通じて何を伝えたいのか、すなわち、テキストのイデオロギー伝達と関係する。

　この意味で、文学批評家エドワード・W・サイード Edward W. Said は、フィッシュの共同解釈体の無批判な受容に疑問を投げかけ、「あらゆるテキストの読みと生産と伝達においていかなる政治的・社会的・人間的価値が持ち込まれるのか」[サイード 1983, 41]に私たちが鋭い関心を払うべきだ、と考える。つまり、文学作品が書かれ読まれるときには、作品に盛られたイデオロギーにも注意を払わなくてはならない、と言うのだ。解釈共同体は無菌の状態でできたわけではなく、特定の歴史・社会・政治的なイデオロギーに醸造されたのだから、私たちはイデオロギーに鋭敏であるべきなのだ。

　ところで、フランスの哲学者ルイ・アルチュセール Louis Althusser は、現代の資本主義国家でイデオロギー教化装置として利用される諸制度（学校、宗教、家族、政治、情報、文化など）を「国家のイデオロギー装置 Appareils Ideologique d'Etat（ＡＩＥ）」[アルチュセール 1970, 33-43]と呼ぶ。これを受けて、文学批評家ロバータ・S・トライツ Roberta S. Trites は、思春期文学も国家のイデオロギー装置の一つとして機能してきた、と言う。トライツによれば、思春期文学は、子どもを社会化する制度的言説の役割を期待され、また果たしてきた。「社会化の道具としての思春期文学作品でもっとも大切なのは、おとなの作家が権威をいかに描くかという問題である」[トライツ 2000, 93]。

　それでは、『ぼくはチーズ』でイデオロギーがどのように伝えられているのだろうか。他の思春期文学と比べてみよう。その際、テキストの権威の描き方に注目したい。すなわち、主人公が彼にとっての権威とどのような関係にあるのか（反抗しているのか、傍観しているのか、従属しているのか）、また、反抗的な態度をとっていた主人公が、結末部で権威の体現者とどのような関係を作りだすのか（あいかわらず反抗したままか、従属するのか、第3の関係を作るのか）を、他の作品と比べながら調べてみよう。ここでは、本書第4章で扱った『ともだち』と比較してみよう。

『ともだち』での権威は、進学男子高校のデヴォン校(プレップ・スクール)の教師や、少年らを戦場に駆りたてるアメリカ政府に表されている。フィニーは、無垢、平和の体現者として、これらの権威に反抗するが、主人公のジーンは、フィニーの友人として、最初は権威に中立的態度をとっている。しかし、フィニーが死ぬ遠因となった、木の枝での事件（ジーンが枝をゆすったために、フィニーが枝から転落して負傷した事件）に象徴されるように、ジーンは、無意識的であるにせよ、フィニーの反抗的態度を断罪する。

　言いかえれば、ジーンが語る物語のなかで、体制に順応しないフィニーが死ぬ一方で、ジーンは、権威に従いヨーロッパ戦線に派兵され、アメリカ人男子として兵役の義務を立派に果たす。したがって、ジーンが語り手を務めるこのテキストでは、結果的には、反抗的なフィニーの生き方が退けられ、国家アメリカにとって有用な戦う男の人生が是認される。

　では、『ぼくはチーズ』での権威はどう描かれているのか。主人公アダム／ポールにとって直接の権威は、父親デーヴィッド／アンソニーに体現されている。二人の良好な関係は、「父親の衣服を身につけ、入院中の父親への贈り物をもって自転車旅行をする少年」という形象のなかに表されている。また、「アダムは、父をいつも〈父親〉として意識してきた。（中略）〈父親〉と書かれた紙人形みたいに」[Cormier 1977, 31-32] というアダムの独白にも表れている。父親は、親の権威を振りかざすのではなく、「谷間のお百姓」を歌って息子と遊び、息子から愛と信頼を得る人物として描かれる。

　その一方で、グレイ氏とブリントに表象されるアメリカ政府という権威は、すでに述べたように、アダムとは最悪の関係にある。最初、味方として登場したグレイ氏は、その後、見張り番となり、一家を「操り人形のように」もてあそび、ついには一家を崩壊に導く。同じくブリントも、最初は、記憶喪失のアダムの治療にあたる精神科医らしき人物として登場するが、のちには、ある情報（父親デーヴィッドが入手した組織犯罪の情報）を得るために執拗にアダムに尋問を繰りかえす、政府の特殊機関の代理人であることが明らかとなる。アダム／ポールは、生き延びるために記憶喪失症に逃げこみ、国家権力に刃向かって自転車のペダルをこぎ続ける。

　文学批評家ピーター・ホリンデール Peter Hollindale は、作品のイデオロギー

を確認するとき、次のような問いかけも役立つと言う。すなわち、不幸な結末で終わるテキストは、実はそういうやり方で、支配的イデオロギーを表明するなどご免こうむりたいという態度をとり、思想と感情をこめて強い抗議表明をしているのではないか、と［Hollindale 1988, 20］。

　コーミアにとって大切なことは、ＡＩＥに従うことではなく、主人公の感情にそった「物事の必然性」に従うことである［Cormier 1978, 129; Cormier 1981, 51-52］。だからこそ、この父・息子物語は、国家アメリカの規範に従順な息子を生みだすのではなく、たとえ最後の一人になっても、政府を信用せず、正義それ自体の側に立ち続ける息子を描くのである。アダム／ポールが、コーミア言うところの「必然性」に従わざるを得なかったのは、父親デーヴィッド／アンソニーが、「国民として国のために正義をまっとうすべきだとの信念をもつ古いタイプの人間で、〔証人尋問で〕なるだけ多くの情報を提供しようとした」［Cormier 1977, 124］にもかかわらず、政府に抹殺されたためである。

もう一つの物語

　文学批評家トライツは、思春期文学での力と抑圧の関係を調べるときに、テキストで描かれる権威に加えて、「読者の主体性に影響をおよぼすための物語構造そのものに内在する、もう一つの権威について調べなければならない。制度としての思春期文学のなかで、もう一つの権威の源となるのは作者である」［トライツ 2000, 94　傍点は筆者］、と主張する。

　コーミアが物語(ナラティヴ)の戦略を駆使した「ナンバーズ」ゲームで、読者に作らせたのは、伝統的なアメリカの物語、あるいはアメリカ神話だった。繰りかえしになるが、宗教社会学者ウォルター・Ｔ・デイヴィスによれば、アメリカの物語には、二つのわき筋がある。一つは、自由、民主主義、正義にまつわる物語であり、もう一つは、帝国主義的なアメリカの夢についての物語である。この物語には、世界の変革という課題に挑戦し続ける、純真無垢で孤高の若者「アメリカのアダム」が主人公として登場する。

　この意味で、『ぼくはチーズ』の主人公がアダムであるのは偶然ではない。また、ファーマーという名字も、ＷＡＳＰのアメリカが当初、農業によって発

展してきたという意味で、WASP 的な名前である。アダムの父は嘆いて言う、「ファーマーだって、勘弁してくれよ。グレイとその一味が、ファーマーを思いついたんだ。プロテスタントの白人アメリカ人、WASP さ。ぼくはイタリア系で、おまえの母親はアイルランド系だし、二人ともカトリック教徒なのに」［Cormier 1977, 132］。読者は、コーミアによって、伝統的なアメリカの物語をつむぎ出すようにしむけられたのだ。

にもかかわらず、読者が結末にきて、コーミアに「いっぱい食わされた」と気づくのは、アメリカのアダムが何の勝利も得ないばかりか、ブリントの報告からアダムが抹殺されるだろうとの情報を入手するからである。かくして、批評家シルヴィア・P・イスカンダー Sylvia P. Iskander は、この小説が伝統的なアメリカ神話から逸脱したと指摘する［Iskander 1987, 12］。

それでも、読者はテキストを読みかえす。そこに何かあってほしいと一抹の期待を寄せて。実は、アメリカ神話の崩壊の向こうには、4 番目の物語が存在している。物語と呼ぶには、あまりにも単純素朴なために、批評家たちはこれを物語として認識してこなかった。マザーグースの「谷間のお百姓」がそれである。この 4 番目の物語は、実のところ、作品の始めのころにすでに姿を現していた。「家族」をテーマとして始まり、結末部ではホローコースト（大量虐殺）を連想させる、謎めいたこのマザーグースの歌は、小説の全編を貫いて存在してきた。

コーミアは、一部しかテキストに掲載していないが、「谷間のお百姓」は、以下のように 10 連の歌詞からなる。

1　谷間のお百姓、谷間のお百姓、ハイホー、ザ、メリオー、谷間のお百姓。
2　お百姓に嫁、お百姓に嫁、ハイホー、ザ、メリオー、嫁がきた。
3　嫁に子ども、嫁に子ども、ハイホー、ザ、メリオー、子が生まれた。
4　子守がきた、子守がきた、ハイホー、ザ、メリオー、子守がきた。
5　子守が牛の、子守が牛の、ハイホー、ザ、メリオー、乳をしぼる。
6　雌牛と犬、雌牛と犬、ハイホー、ザ、メリオー、牛がつよい。
7　犬と猫、犬と猫、ハイホー、ザ、メリオー、犬がつよい。
8　猫とネズミ、猫とネズミ、ハイホー、ザ、メリオー、猫がつよい。

9　ネズミがチーズを、ネズミがチーズを、ハイホー、ザ、メリオー、チーズをねらう。
10　チーズがひとかけ、チーズがひとかけ、ハイホー、ザ、メリオー、ひとりで立つ。(*The Mother Goose Pages*. web, 邦訳：吉田純子)

　10連目の歌詞は、字義どおりには、「チーズがひとりで立つ、チーズがひとりで立つ、ハイホー、ザ、メリオー、チーズがひとりで立つ」となっている。
　小説『ぼくはチーズ』の最初から存在してきたこのマザーグースの歌が作品全体に与える意味は、大団円まで明らかにされずにきた。アダムの自転車旅行が病院内を走るだけの、彼の空想物語だという真実の暴露のあと、「谷間のお百姓」の最後の歌詞が歌われる。そのあとに、アダムの言葉が続く。

　　「ポールって誰？　ぼくがポールじゃないのは、わかる。(中略)ぼくは、ブタのポーキイを抱きしめて歌いながらにっこりする。だって、ぼくが誰か、これからもずっと誰なのか、もちろんぼくにはわかっているのだから。ぼくはチーズなんだ。」［Cormier 1977, 210］

　このような自己認識をアダムは表明する。つまるところ、彼は、ネズミに狙われながらも孤高のうちに立ち続けるチーズなのだ。
　多くの批評家は、この小説を主人公が抹殺される運命にある悲劇的な物語として論評してきた。しかし、もし私たちが、「谷間のお百姓」が第4の物語であり、この小説の最初からいわば通奏低音（バッソ・コンフィヌオ）(鍵盤楽器奏者が与えられた低音の上に、即興で和音を補いながら、伴奏声部を完成させる方法や低音部を指す。17、18世紀ヨーロッパのバロック音楽で広く行われた。)として存在してきたと認めたら、どうなるだろうか。作者コーミアが絶望的な状況に作りだしたもう一つのリアリティを受けいれるならば、この作品の読みは変わる。
　かくして、最終章の自転車旅行の物語では、「チーズ」という名のアダム／ポールが、新しい物語枠のなかで自転車をこいでいる。前々章で彼が予告したように、彼はこれからもずっと「チーズ」として生きていくのである。アダム／ポールは、「谷間のお百姓」の物語枠のなかに留まる限り、そしてマザーグー

スの歌のチーズが一人で立ち続ける限り、プリントたちの手により抹殺されることはない。最後の一人になっても、「チーズ」が倒れずに立ち続け、自転車をこぎ続けるという形象のなかに、ホリンデールの言う「思想と感情の入りまじった強い抗議」が表明されている。

　1970年代の政治的・社会的文脈で『ぼくはチーズ』を読めば、テキストが大半のエネルギーを、強力な呪縛力をもつ伝統的なアメリカ神話を崩壊させ、それに抗議の態度を示すことに使っていることが、理解できるのではないだろうか。しかも、強大なアメリカ神話に替わるもう一つの物語が、マザーグースの歌、「谷間のお百姓」であることも、一種のジョーク、肩すかし、あるいは「ナンバーズ」のように思われる。読者がコーミアの肩すかしを受けいれる背景には、70年代アメリカの社会・文化変動のなかで、アメリカの物語に盛られたイデオロギーへの異議申し立てや失望があったからであり、愛国的・戦闘的なアメリカのアダムが魅力を失っていたからである。

9.11以降の文脈で読む『ぼくはチーズ』

　だが、アメリカの物語は死滅したわけではなかった。息たえだえの神話は、1980年代の新保守主義の台頭により息を吹きかえした。1991年にジョージ・H・W・ブッシュ（父ブッシュ）大統領が始めた、米軍54万人を中心とする多国籍軍とイラク軍との湾岸戦争で、アメリカ神話は、「砂漠の嵐」のなかから意気揚々と復活した。というより、ヴェトナム戦争への怨念を吹きとばした。そして、9.11（2001年9月11日）の同時多発テロ事件以降、新保守主義のイデオロギーと結託したジョージ・W・ブッシュ政権は、湾岸戦争後、砂漠の砂塵を払ってアメリカの物語を復活させ、これをテロ撲滅のキャンペーンの下敷きとした。

　ジョージ・W・ブッシュ George W. Bush 大統領が2001年9月20日に議会でおこなった演説、『難局での我々の使命 *Our Mission and Our Moment*』は、アメリカの物語を前面に押したてて、国民を「テロ戦争」に駆りたてるメッセージに満ちている。その一部を以下に見てみよう。

9月11日に、自由の敵がわが国に戦争をしかけてきた。（中略）自由そのものが攻撃を受けた。（中略）〔テロリスト〕は、今この議会にあるもの、すなわち、民主的に選ばれた政府を憎んでいる。彼らの指導者は、民主的に選ばれた者ではない。彼らは、我々の自由を憎む。宗教の自由、言論の自由、選挙、集会の自由、反対意見を表明する自由を。（中略）そして、危機に瀕しているのは、アメリカの自由だけではない。これは世界の闘いである。これは文明の闘いである。これは進歩と社会の多元性、寛容と自由を信ずる者すべての闘いである。（中略）我々は甚大な危害を受けた。我々は大きな損失をこうむった。我々は、悲嘆と怒りのなかから、我々の使命を見出し難局に立ちむかうのである。自由が恐怖と闘うのだ。［Bush 2001, 5-22］

　このとき、ブッシュ大統領は、「テロとの戦争」で英雄と名指しした殉職警官ジョージ・ハウワードの遺品、警察徽章を議会で掲げ、テレビ画面を通じて全米に見せた。この徽章は、自由と民主主義のために戦うすべてのアメリカのアダムにとっての、勇気の印として示された。殉職警官の徽章は、スティーヴン・クレイン Stephen Crane の『赤い勇気の勲章 The Red Badge of Courage』(1895)で象徴的に表現される「勇気を表す血の勲章」を連想させる。
　クレインの小説の若者主人公ヘンリー・フレミングは、南北戦争で北軍兵士として戦い生きのびて、次のような境地に達する。「彼は静かな〈男らしさ〉を感じた。見た目にはそれとはわからないが、それは血のなかにしっかりと力強く流れていた。（中略）彼は男になった。血と怒りの場所から、魂も生まれ変わって引き揚げてきた、ということだ」［Crane 1895, 98］。このような男らしさは、伝統的アメリカの物語では、死を通過することによって「勲章」として得られる。戦う男は、犠牲者ではなく英雄と称されてきた。
　ところが、コーミアの『ぼくはチーズ』では、英雄は存在しない。アダムの父親は、政府の陰謀の犠牲者となった。そして、アダムも近い未来において、犠牲者にされようとしている。しかし、アダム／ポールは、「チーズ」と名乗り、チーズが倒されずに立ち続ける物語のなかに逃亡することで、生き残ろうとする。

この小説の主人公の少年が体現する男性性は、ユニークである。繊細でひ弱な17歳の少年のもつ力は、物語を語るという主体行為力(エイジェンシー)、(戦車や銃ではなく)古い自転車、父親ゆずりの衣服(父親との絆)、アダムがいつも抱いているぬいぐるみのブタのポーキー(無垢な心)に表現されている[*1]。彼は、「殺さないし、殺されもしない」という意味で、このうえなく頑固であり忍耐強い平和主義者である。

　テロリストに攻撃されて、反撃もせず、ましてや「谷間のお百姓」のような稚拙な物語のなかに、逃げこむアメリカのアダムは、治療や審問の対象に映るだろう。しかし、『ぼくはチーズ』が出版以来今日も、読者の心を惹きつけてやまない理由は、結末部でのユニークで新しい物語の提示にあるのではないだろうか。

注

1　アダムが自転車旅行中不穏な少年グループにつけ狙われ、紙包みのブタのポーキーを必死で守る場面で、「ぼくは包みそのものだ」と言い切る［Cormier 1977, 81］。

第8章

アジア、女性と和解する

「さあ、みんな、のんで。」タンは命令した。
かくて三人はそれぞれ〈聖杯〉を両手にささげもって、
〈聖なるぶどう酒〉をのんだ。
三人ともアーサー王の騎士たちと同じく、
〈聖杯〉をさがし求める仲間だった。
——『もう一つの家族』より——

父・息子の物語

　キャサリン・パターソン Katherine Paterson の『もう一つの家族 *Park's Quest*』(1988) は、1980 年代初頭のアメリカで、思春期の少年が男性アイデンティティを探求する物語である。母子家庭で育った 11 歳のパーキングトン＝ワデル＝ブロートン 5 世（パークと呼ばれている）は、1973 年にヴェトナムで戦死した父親のパーキングトン＝ワデル＝ブロートン 4 世についての真実を明かそうと探求にのりだす。パークは、父親のことを知るために、元大佐の祖父、パーキングトン＝ワデル＝ブロートン 3 世の農場を訪ねてゆくが、祖父も父親も空想どおりの英雄ではなかったことがわかる。

　大佐だった祖父は、脳卒中の後遺症で半身不随となっていた。パークの空想のなかで戦争ヒーローだった父親は、不貞が原因で妻ランディから離婚され、1 歳にもならない息子を残してヴェトナムに戻り、不倫相手のヴェトナム人女性と再婚したのち、戦死したのだった。さらに、ブロートン家の複雑な家族関係が明らかになる。小説には詳しい経緯は書かれていないが、叔父フランク・ブロートンのヴェトナム人妻が父親ブロートン 4 世の未亡人であること、父親がこの女性とのあいだにもうけた遺児の少女タンを叔父フランクが引き取っていた。そればかりか、祖父ブロートン 3 世は、息子たちの度重なる「不適切な」行動によって、癒しがたい心の傷を負っていた。この家族の複雑なできごとは、ブロートン一族に、修復しがたい亀裂を生じさせていた。だが、最終的にパークは、叔父フランクの生き方を認め、異母妹のタンとの兄妹関係を受けいれることで、家族の亀裂の修復に向かい、同時に祖父の心の傷を癒す手がかりを得る。

　『もう一つの家族』は、本書の第 6 章で言及した中世騎士道物語の『ペルスヴァル』とストーリーを共有する。すでに述べたようにこの物語では、父を知らず育った若者ペルスヴァルが母のもとを出て、騎士道を求めて男の世界へ旅立ち、荒廃した王国で、深手の傷を負った漁夫王に出会う。父親的人物である漁夫王の心身の治癒は、若者の成熟と時を同じくして起こる。このストーリーは、アメリカの文化において流布する「父・息子の物語」の下敷きにもなっている。ユング派心理分析家のロバート・A・ジョンソンやギー・コルノーら

は、ペルスヴァルの聖杯探求の物語が、男性心理を理解するのに有効な枠組みをもつと主張する。つまり、心理学的に父親不在の息子が、『ペルスヴァル』に登場する騎士ゴルヌマン・ド・ゴオール（ペルスヴァルに武器の扱い方や騎士としての礼儀作法を伝授する賢人）、赤い騎士、漁夫王ら、父親的人物との出会いを通じて、理想の男らしさを模索するという読みである。なかでも、漁夫王との出会いは、その頂点をなすもので、ペルスヴァルの男としての成熟が、漁夫王の癒しと深くかかわっている。

　また、『もう一つの家族』の巻頭には、イギリス児童文学作家ローズマリー・サトクリフ Rosemary Sutcliff の『アーサー王と円卓の騎士 The Sword and the Circle』(1981) の一節が引用され、作品の随所にも、他のアーサー王物語からの引用文が挿入されている。パターソンの聖杯探求物語への執着ぶりは、こうした間テクスト性（テクスト同士の交流）に加えて、彼女の『パルチヴァール——聖杯の騎士の探求 Parzival: The Quest of the Grail Knight』(1998 未訳) の出版からもうかがえよう。この物語でも、世間知らずで純真な若者パルチヴァール（ペルスヴァル）は、何 10 年にもわたる苦難の旅の末、聖杯の王となる。このように、『もう一つの家族』の主人公パークは、アーサー王物語と活発なテクスト間交流をしながら、性アイデンティティを求める心理的な旅を成し遂げる。

　そこで、『もう一つの家族』を 1970 年代、80 年代のアメリカの社会・文化的な文脈において、作品に表された男らしさの意味を考えてみたい。というのは、1973 年にパークの父親がヴェトナムで戦死し、ワシントンにヴェトナム戦没者慰霊碑の建てられた 1982 年に、11 歳のパークが亡き父親のことを知ろうとブロートン一族の農場に旅立つからである。少年パークの目に捉えられた理想の男性像が、国家アメリカの男らしさの自画像をどのように映しだしているのかを明らかにしてみたい。

闇の奥へ

　パークの旅は、息子を「ポーク」（子ブタちゃん）と呼んではばからない、愛情深い母親ランディへの反抗とともに始まる。「ぼくはもう子どもじゃあない

(中略)。もう大きくなったのだ。いつまでも、お母さんのせまい人生の中にとじこめられているわけにはいかない。どうしてもお父さんのことを話してもらわなくては。お父さんと、その家族のことを」[パターソン 1988, 26]。ランディが息子を「パーク」と呼びたがらないのは、それが亡き前夫の名前でもあり、この人をこそ忘れようと努めてきたからである。彼女は、彼の戦死した1973年をふり返りたくない。だが、父親と同じ名前で呼ばれたいと願うパークは、「お父さんがどんなふうに、なぜ、死んでしまったのか——いったい、いつ——を知りたかった。『死亡。1973年1月22日』」[同書, 25]。

　パークのこの疑問は、彼の探求に欠くことのできないものである。ちょうどペルスヴァルが聖杯の探求で、漁夫王の傷病の回復につながる重要な質問、「その聖杯で、誰に食事を供するのですか」を忘れてならないのと同じように。パークは、母の世界である台所から出て男の世界に加わりたいという点で、心理発達上の重要な段階に達している。この意味で、パークは、アーサー王伝説に登場する、城中の厨房で下働きをするボーマン（ガレス卿）にたとえられる。ボーマンは、勇敢で高貴な騎士と認定されて一人前の騎士となるために、次々と他の騎士と決闘し、みずからの武勇を証明しなければならない。ボーマンの求める騎士道は、殺戮と暴力に満ちたこの世の闇をつき抜ける一筋の道である。パークが参入しようとする男の世界もまた、殺戮と暴力にまみれている。

　パークは、探求の次なる段階で、アーサー王伝説に登場する円卓の騎士ガウェイン卿にたとえられる。パークはガウェイン卿となって、今や遅しと断首の斧を研ぎながら敵が待ちかまえる絶望の谷に馬を進める。「絶望の谷」は、母ランディの陽気な会話にも影を落としている。「はしゃいでいるお母さんの影には、パークにははかりきれないほどの冷たさというか、暗さというか、いわゆる暗黒の心がある。これはきっとお父さんに関係のあることなのだ」[同書, 42]、とパークは語る。同じころ彼は、父親の蔵書にジョゼフ・コンラッド Joseph Conrad のイギリス植民地時代の物語『闇の奥 Heart of Darkness』（1902）を見つける。11歳のパークにとって、母親の心の闇と同様、アフリカ奥地の闇、西欧文明の闇、人間の心の闇が何なのかは理解しがたい。それでも、父親との絆を求めて『闇の奥』を読み続ける。

深い森にひきこまれてしまうような、暗い力をもった（中略）物語はとてもむずかしくて理解できなかったけど、この暗い森をたどっていけば、お父さんや、もしかしたらおじいさんまでが閉じこめられている、魔法にかけられた宮殿が見つかるかもしれないという気がした。［同書, 38-40］

　パークは、『闇の奥』の主人公マーロウとなってアフリカのジャングルの奥深くに分け入る。「ヴェトナムでの体験を解釈するために、コンラッドの小説『闇の奥』がしばしば引き合いに〔出された〕」［デイヴィス 1994, 108］、という宗教社会学者ウォルター・T・デイヴィスの言葉のとおりに、密林の闇に閉ざされた父親の過去を暴く少年の探求物語に、「闇の奥」という隠喩ほど適切なものはないだろう。

　パークの空想のなかの父親は、ジョン・ウェイン・タイプの「大柄で男らしい風貌」の戦士なのだ。デイヴィスによれば、「ジョン・ウェインは、1960年代初頭までには偶像になっていた。彼は、兵士であると同時に紳士であり、アメリカの男らしさの代名詞だった」［同書, 107］[*1]。主人公パークは、祖父の農場を訪問する前に、父親の名前を確認するために、ワシントンのヴェトナム戦没者慰霊碑を訪れる。黒い御影石の慰霊碑に刻まれたパーキングトン＝W＝ブロートン4世という名前を指で触れたパークは、父親の存在を身近に感じて涙がこみ上げてきた。そして、父親をもっと知らなくてはならない、父親の思い出とともに人生を歩んでいかなくてはならない、と決意する。

　こうして、パークは、父親との絆を深めるべく、さらに闇の奥へと進んでゆき、ついには、もう一人の戦士、祖父のブロートン大佐に会う決意をする。母親ランディの次の言葉から明らかなように、この一家は、代々「戦士」の男らしさを継承してきた。「どれか一つえらびたければ、どの戦争だっていいんだわ。どこにでもブロートンは一人はいたはずよ。ブロートン一家はいつだって戦争に夢中だったんだから」［パターソン 1988, 61］。

漁夫王の城

　ワシントンから帰ったパークは、次に、「気品のある白い髪の、戦士のよう

な」[同書, 70] 祖父の姿を想像しながら、ヴァージニア州にある一族の農場へとニューヨークの自宅を旅立つ。しかし、そこで次々と幻滅を味わうことになる。最初は、フランク叔父だった。雇い人のような風貌をした叔父に出迎えられ、パークは、トヨタの小型トラックで、農場の広大な屋敷にまで連れてゆかれる。

とりわけ幻滅だったのは、車椅子の生活を余儀なくされ、深夜に呆けたようにすすり泣く老祖父の姿である。パークはその様子を語る。

> これまで大のおとなが実生活で泣くのは、聞いたことがなかった。(中略) 老人がその中でさめざめと泣いているのだ。(中略) へぇぇぇぇ。泣き声。たしかに泣き声だけど、あまり人間らしくない、あわれな痛めつけられた動物の声のような。へぇぇぇぇ。[同書, 153-155]

このように、現実の祖父は、パークの想像していたような男らしい戦士ではなかった。「車椅子ですすり泣く大佐」のイメージは、大腿部を負傷した聖杯伝説の漁夫王のイメージと重なる。ユング派心理分析家コルノーは、王の傷が「腰のあたり」にあるというあいまいな言葉を解釈して、次のように述べる。

> 王の傷の位置に関するこの曖昧な指摘は、生殖能力の退化を想像させる。男の生殖機能が傷ついたため、生み出し再生する能力を失っている。(中略) 〔漁夫王〕の体の中心部が傷ついたことは、男の生命が二つに分断されたことを示している。高貴な上部が、劣っているとみなされる下部から切断されてしまったのだ。それで、「王」たる父親たちの精神は再生したり前進することができず、停滞している。なぜなら自らの足を(中略) 失ってしまったからだ。[コルノー 1991, 166-167]

同じように、「気品のある白髪の戦士」ブロートン大佐も、自立歩行ができないばかりか、心的エネルギーも枯渇している。彼には、人間のものとは思えない泣き声をあげるエネルギーしか残されていない。初めて祖父の泣き声を聞いて、パークは自問する。「なんだって、一生を軍隊ですごしてきたような人

が——大佐で退役軍人で（中略）なんども戦争にいってきた人が——（中略）夜の夜なかに一人泣かなくてはならないんだろう？」［同書, 153］。この問いかけは、のちにパークが男の世界の赤裸々な現実に晒されると、より真剣なものとなる。ちょうどペルスヴァルが、暴力と殺戮という騎士道世界の現実に目覚め、男のロマンを追求するあまり母親や妻を見捨てた、との過ちに気づいて初めて、漁夫王の癒しにつながる問いを真摯に発することができたのと同じである。

　祖父ブロートン3世の活力を枯渇させた脳卒中は、もとはといえば、息子たちの逸脱した、不適切な行動が引き金となっている。なにしろ、長男ブロートン4世は、不貞を理由に妻から離婚され、その不貞相手のヴェトナム人女性と再婚するためにヴェトナムに戻っていったのだから。大佐の最初の発作は、長男の離婚直後に起き、2度目の発作は、次男フランクが兄の未亡人のヴェトナム人女性と結婚したときに起きた。

　家政婦のデヴンポート夫人に言わせれば、大佐のような名家の出身者にとって、自分の息子たちが「そういう女性」［パターソン 1988, 111］と結婚するのは、心を掻きむしられるような体験で、容認しがたいできごとだったに違いない、というのである。半身不随の漁夫王の傷が男の活力衰退ばかりか、干魃や凶作など王国の荒廃を暗喩するように、大佐の農場は、その後、「魔女」の呪縛によって衰退の一途を辿った。戦士たるべき息子が永久に失われ、大佐の威信が地に落ち、自身の身体も麻痺状態にあり、農場の雇い人も去ってしまった。まるで漁夫王の人生をなぞるかのような大佐の人生である。

　そこで、祖父ブロートン3世の男らしさの崩壊の意味を、ヴェトナム戦争当時のアメリカの社会・文化的文脈において考えてみよう。パークの父親ブロートン4世の戦死した1973年に、すでに述べたように、ヴェトナム戦争は終息しつつあり、アメリカ国内ではウォーターゲート事件の疑惑が深まりつつあった。歴史家キャロルは、ヴェトナム戦争がアメリカのアイデンティティに影を落とし、ウォーターゲート事件がアメリカ社会に癒しがたい傷を与えていた、と主張する。

　　〔ヴェトナムが〕象徴していたのは、単に生命や財産の損失やアメリカの

力の後退だけでなく、まさに国家的目標の失敗、つまり文化的に優越していると仮定することでアメリカを全能であると錯覚させてきた歴史的な諸価値が、すっかり弱まってしまっていたことであったのだ。(中略)〔ヴェトナムでは〕論理的に極端なところまで行き着いてしまったアメリカの軍人倫理は苦悩や苦痛、あるいは恐ろしいほどの暴力や想像だにしなかった敗北の原因となってしまっていたのだった。[キャロル 1990, 130]

　ブロトン大佐は、国家の目標を信じ、正義のために国家に仕えてきたのだから、誰よりも国家の神話を信じていたはずである。宗教社会学者デイヴィスによれば、国家の物語は、「二者択一の意識」と「王者の意識」に支えられた二つのわき筋をもつ。前者は、自由と正義を代表するアメリカか、それとも敵の側につくかの二者択一をせまるわき筋であり、後者のわき筋は、「アメリカの使命を説く選民神学と楽観的進歩史観とによって隠蔽される、帝国主義的な主張」[デイヴィス 1994, 26] に基づいたものである。ところが、「アメリカの正当性や無敵さを語る『王者』の筋書きは、ヴェトナムにおいて白紙撤回された」[同書, 26]、とデイヴィスは主張する。言いかえれば、「王者の意識」を体現する兵士の「男らしさ」は、第2のわき筋がむき出しとなり、国家権威が失墜したため深刻な損傷を受けた。この意味で、祖父ブロトン3世の苦悶は、国家アメリカのアイデンティティの損傷、つまり、アメリカの男らしさの弱体化を象徴する。

モルガン・ル・フェ

　「なぜブロトン大佐が泣くのか」、というパークの疑問解明の鍵を握る人物は、アーサー王伝説に登場する魔女モルガン・ル・フェである。パターソンの小説『もう一つの家族』でモルガン・ル・フェ役を演じるのは、叔父フランクのヴェトナム人妻とその娘タン（あるいはパークの父親のヴェトナム人未亡人とその遺児のタン）である。パークは、彼女たちこそブロトン家に痛みと悲しみをもたらし、「身分の高い騎士」（祖父ブロトン大佐）を呪縛した「魔女」に違いないと決めつけ、ならば、円卓の騎士ガウェイン卿となって、祖父を魔女の

呪いから解放するまでのことだ、とみずからに言いきかせる［パターソン 1988, 22, 27, 94］。パークは、当初、ヴェトナム人女性が悪い魔女だと信じて疑わない。

　たとえば、農場敷地内にある泉小屋（泉にまたがって建てられた食糧貯蔵小屋）で初めて出会った異母妹タンが、パークに敵対的な態度をとったことがある。タンがそのようにふるまうのは、彼女が「じつは、その道を通る騎士に悪がしこい恐ろしい魔法をかける妖姫モルガンだから」［同書, 94］、とパークは考える。そればかりか、彼は、ヴェトナム人の母娘がどこかの異教徒で、「インディアンか、中国人かなにか、とにかく外国人」であり、「なんであろうとブロートンの一族ではない」［同書, 89-90］と排斥する。こうした人種的偏見の常であるが、パークは、二人の他者性を言い立てる一方で、彼女たちの個性を述べるよりも彼女たちの類型的描写に終始する。しかも、パークにとってタンは、「お母さんの怒りと悲しみの根源で、なん年ものあいだ、癒えることなくお母さんの心をむしばんできた」［同書, 228］存在でもある。

　こうして、モルガン・ル・フェとタンは、排除され差別されながら、アメリカ社会での居場所を模索する。これを象徴するかのように、タンは、養父フランクによってヴェトナムから連れてこられた2年前、広大なブロートン屋敷ではなく、野菜畑の向こうにある小さな家に養父と住むことになった。そして、タンはようやく水の湧きでる泉小屋に、「わたしの場所」と呼べる居場所を見出す［パターソン 1988, 86-88］。

　作者パターソンは、このようなタンに、子ども時代の自身の姿を重ねあわせたようである。アメリカ人キリスト教宣教師の娘として中国に生まれたパターソンは、英語よりも中国語を先に身につけた。日中戦争の激化にともない、家族とともにヴァージニア州リッチモンドに疎開しており、そのときの自分が「変なちびの子ども」のようだった、と述懐している［Paterson 1981, 106］。そのころのパターソンは、タンと同じように、アメリカ人と非アメリカ人とのあいだの境界線に気づいたのだろう。

　当初、タンはパークの想念のなかで魔女だったが、パークが父親ブロートン4世を偶像としてではなく、過ちを犯す一個の人間として見るようになると、タンのイメージは変わり始める。あるとき、泉小屋にみずからの居場所を見出

したタンは、車いすで散歩中の祖父ののどの渇きを癒すため、「ココナツの殻に水をくんで、おじいさんのくちびるにあてがった」〔パターソン 1988, 197〕。そうすると、それまで絶望の泣き声を発していた老人の同じ口に、「ゆがんだほほえみ」が浮かぶ。このとき泉小屋の守り手タンは、アーサー王伝説で聖杯をささげもつ乙女の役割を担い始める。

　それにもかかわらず、タンは、パークの探求の旅ではいまだに部外者で、補助的な役割を演じているにすぎない。それは、ちょうどペルスヴァルの探求の旅で、女性たちが聖杯の仲間から除外されているのと同様である。コルノーは、これについて次のように述べる。「母親と若い娘を捨てたように、新妻も捨てて（中略）〔ペルスヴァル〕は女性と深くかかわることができない。彼の冒険心ははてしなく、女性と一体になって生きることは不可能である」〔コルノー 1991, 165〕。同じように、ヴェトナムの戦火をくぐり生き延びてきたタンも、その心の痛み、苦しみ、不安をパークに理解してもらえない。それがようやくできるようになるのは、パークが銃をもちだして、カラスを撃つ事件を起こしたあとのことである。

聖杯の仲間

　パークのカラス射撃事件は、彼が男性性の象徴である銃への関心を掻き立てられるさなかに起きる。彼は、射撃の練習中に、標的近くの地面に降り立ったカラスに銃を向ける。すると、カラスを撃つと誤解したタンがパークの背中に飛びのってきたために、パークは偶発的に発砲する。いずれにせよ、この事件は、パークの思いがけない一面を暴いた。つまり、彼の理想とする男性像の、暴力的側面が露わになったのである。

　カラスは羽根を広げて地面に横たわり、祖父の目を思わせる、怒りに満ちた目を見開いている。「ぼくはなにをしたのだろう？　殺しとはこんなにかんたんなことなのか。かんたんであってはならないはずなのに。自分ではまったくそのつもりがなかったのに。もう、とりかえしがつかなくなっている」〔同書, 210〕、とパークは自問自答する。そして、カラスの射撃は、戦火と殺戮のなかを生き延びてきたタンを怯えさせ、激怒させる。「あんた、ころした！　あ

んた、ころしや！」[同書, 208]、とタンは叫び、怒りにまかせて噛みつき殴って、パークを攻撃する。ところが、カラスは死んではいなかった。

カラスの仮の死は、タンがモルガン・ル・フェから聖杯の乙女へと変貌をとげる過程で、なくてはならないできごとである。アーサー王伝説に登場するモルガン・ル・フェは、原話であるケルト神話では、妖精の小丘をカラスの姿で飛び立ち、血を求めて徘徊するモリガン（またはモリグ）と呼ばれる女神を指す[Walker 1983, 675; Briggs 1977, 304]。地面に横たわるカラスは、モルガン・ル・フェとしてのタンの役割が終わったことを示す。一方、パークは、愚かで無分別なみずからの行動をカラスに詫び、男のロマンを求めたために導いた暴力的な結末を後悔する。

その後、カラスが生きていることを知った二人は、カラスの治療を始める。タンがカラスに泉の水を飲ませ、パークがＴシャツを寝床に提供する。彼らのこうした行為は、ヴェトナム戦争の生存者が、戦争体験と向きあい心の傷の回復をはかる、文化人類学的な通過儀礼と近似している。

宗教社会学者デイヴィスは、文化人類学的な「儀礼の過程」の概念を用いて、ヴェトナムでのアメリカ人の戦争体験を説明する。その意味で、パークとタンは、カラス射撃事件ののち、文化人類学的な「リミナルな段階」*2（覚醒にいたる中間時期）において、深い人間関係「コムニタス」（文化人類学的な共同体意識）を体験する。この時期には、社会構造が一時的に停止状態となり、友愛と共同体意識が人間関係を支配し、「本質的で包括的な人間のきずな」[ターナー 1969, 129]が結ばれる。この小説では、カラスを回復させるために、タンとパークが互いの人種的偏見・差別感情を棚上げして、各自の大切なもの（泉の水や身につけたＴシャツ）を互いに提供しあうことにより、一個の人間として絆を結ぶのである。

作品の結末近くで、カラスがパークのＴシャツの寝床をぶじに飛び立つのを確認するや、タンは、泉小屋から「聖杯の乙女」として姿を現す。

　　[タンは、]ココナツの殻に冷たいおいしい水をなみなみといれて両手でもって、ゆっくりとはこんできた。
　　「さあ、みんな、のんで。」タンは命令した。

かくて三人はそれぞれ〈聖杯〉を両手にささげもって、かがやく白布をはぎとり、〈聖なるぶどう酒〉をのんだ。きっと三人の顔は、この世のものとも思われない光にかがやいていたことだろう。三人ともアーサー王の騎士たちと同じく、〈聖杯〉をさがし求める仲間だったのだから。［パターソン 1988, 250］

　こうして、かつて邪悪な魔女と見なされるか、ケルト神話でカラスに変身するモリグ（モーガン・ル・フェ）として「射撃の標的」だった女性登場人物は、聖杯の仲間に加わる。言いかえれば、欧米家父長社会の物語のなかで、客体化されてきた「アジア人女性」のタンは、パターソン版アーサー王物語において、主体の位置を獲得する。
　くり返しになるが、タンのもつ二重の他者性とは、アメリカの社会・文化的な支配勢力からみて、他の性であり、他の人種である。そこで、二つの他者性を結びつけるオリエンタリズムについて、エドワード・W・サイード Edward W. Said の主張に耳を傾けてみよう。
　1970年代のアメリカ社会では、日本、朝鮮半島およびインドシナでのアメリカ人の軍事的経験の結果、エキゾチックなオリエント認識がいくぶん後退し、より現実的なオリエントへの意識が目めつつあった。それにもかかわらず、無意識のレベルでは、「東洋人は嘆かわしい異邦人という表現がもっともふさわしいようなアイデンティティを共有する、西洋社会のなかの諸要素（犯罪者、狂人、女、貧乏人）と結びつけられたのである」［サイード 1979, 下 23］。その結果、潜在的オリエンタリズムは、女性とアジアに関して、独特の男性的な世界観を作りあげた。ヴェトナム戦争拡大当時のリンドン・ジョンソン Lyndon Johnson 大統領（任期 1963–1969）の時代に、「ヴェトナム戦争が男らしさの試金石となると、そこに外交政策やマッチョの心理が渾然と加わった」［Gerzon 1982, 93-94］、と社会学者ガーゾンは述べている。裏をかえせば、女性とアジア人は、強くて本物の男らしさを追求するタカ派戦争参謀本部にとって、アメリカの他者だったのである。
　ただし、他者との和解で、パークのやり残した仕事がある。それは、タンの母親であるフランクの妻との和解である。作者パターソンは、どういうわけ

か、彼女に名前を与えず、パークと対話させることもない。母親ランディの長年の悲しみと怒りの源であった女性が、その息子パークと和解するというエピソードに、不自然さがあるせいなのか。それとも、タンの母親との和解は、母ランディの仕事だから、パターソンはパークの物語でこの和解を描かなかったのだろうか。いずれにしろ、タンの母親の匿名性に、ヴェトナム人の他者性が残るのは残念である。

もう一人のブロートン

　本書の第6章「男らしさの〈宇宙〉をかき乱す」での議論を、ここでも繰りかえそう。聖杯物語『ペルスヴァル』の主人公ペルスヴァルが成すべきことは、女性たちを見捨てた過ちに気づくことである。なにしろ彼は、取りつかれたように男の夢を追い続け、悲嘆にくれる母親を見捨てたばかりか、妻や赤い騎士の乙女も見捨てた。彼は、隠者と従姉妹に非難されて初めてこのことに気づく。ということは、ペルスヴァルが漁夫王の傷を回復し、ペルスヴァル自身が成熟した男になるという、聖杯探求の目的を達成するには、過ちに気づいて女性的なものと和解しなければならない、ということだ。同じことは、『もう一つの家族』にもあてはまる。

　その和解は、意外なことに、パークの父親ブロートン4世（妻ランディを捨てた「兵士」タイプ）とは異なるタイプの男性、叔父フランクを通じて成しとげられる。「戦争の英雄」というアイコンで表されるパークの父親とは対照的に、弟フランク・ブロートンは、穏やかで忍耐強く、世話好きで謙虚な人物として描かれる。しかし、最初、パークは、叔父フランクに嫌悪感を禁じ得なかった。

　　　パークにはフランクの背なかしか見えなかった。ブルーの作業着の袖をひじまでまくりあげ、オーバーオールのストラップを幅ひろい肩のあいだにピンと張り、赤黒い首を牝牛のわき腹にむけてのばしている。ぼくのお父さんはこれとはちがったのだろう、とパークは思った。（中略）ただの農夫ではなかったのだ。パイロットだったのだ。──爆撃機のパイロッ

ト——ものすごく大きい飛行機を操縦して、世界の空たかく飛ぶパイロット。牛の糞を見てまわるようなことはしていなかった。パークは自分の汚れたスニーカーを見おろした。そしてちょっと吐きそうになった。［パターソン 1988, 95-96］

　だが、パークは、屋敷のキャビネットのなかに父親の遺品のライフル銃を見つけると、叔父がライフルの使い方を教えてくれると知って態度を一変させ、積極的にフランクに接近する。
　フランクは、『ペルスヴァル』に登場する騎士ゴルヌマン・ド・ゴオール（ペルスヴァルに武器の扱い方や騎士としての礼儀作法を伝授する賢人）を連想させる。だが、フランクが父親ブロートン3世の強い反対を押しきって兄の未亡人であるヴェトナム人女性と結婚し、遺児を引き取ったという事実は、彼がブロートン家で継承されてきた伝統の男らしさに替わる、別タイプの男らしさを示したということである。
　社会学者ガーゾンは、アメリカ社会での男らしさの理想像が時代とともに変化し、なかでも「辺境開拓者（フロンティアズマン）」や「兵士」などの元型的な理想の男性像などは、それぞれの元型がアメリカ社会で特定の市場戦略に役立ってきたと主張する。これらの男らしさの理想像が家父長的であるとか、暴力的であるとか、女性の抑圧の上に成り立っているなどと、批判するにしても、辺境開拓者や兵士などの元型的な男らしさを体現する男たちが、各時代に順応して生きたのであれば、少なくともその歴史的意義は認められるべきだ、とガーゾンと考える。そして、兵士の元型について、次のように説明する。

　　〔兵士〕は愛する者と共同体全体を守る男だった。彼は安全の象徴だった。（中略）兵士は、愛する者を守るために、進んでみずからの命を危険にさらした。（中略）兵士には、大きな犠牲が要求された。苦難、窮乏、恐怖、不安がたえずつきまとった。（中略）だが、兵士は耐え忍んだ。彼の属する文化がこの任務への返礼に、この上ない高価なものを贈ったからだ。彼が男であるという文化による承認がそれである。任務をうまく遂行すれば、彼は、英雄になれるのだ。（中略）そもそも必要なのは、男らし

さである。実際、最高の兵士である男たちが最高の男、というわけだ。
［Gerzon 1982, 31］

そこで、この議論を『もう一つの家族』に向けてみよう。ブロートン家は、ヴァージニア州で名家の誉れを得るために、「パーキングトン＝ワデル＝ブロートン」という名前を、兵士タイプの理想の男性性とともに代々継承してきた。しかし、作品の設定時期から判断して、そのような戦略が一家の長男にとり負担であるばかりか、忌むべきものにさえなっていたと考えられる。ガーゾンは、さらに次のように述べている。

　　アメリカの若者が死地に送りだされると、強壮で幸運な白人男性という男性像に適合しない男たちは、そうした男性像に反抗した。黒人、先住民、フェミニスト、同性愛者、ヒッピー、障害者たちは、中流階層の反戦活動家と手を結んで、古い男らしさの元型を拒否した。(中略) 彼らは、「エリート連中」のようになりたくなかった。異なった男性モデルに照らして、自分たちの価値を測りたかったのだ。［*ibid.*, 95］

フランクは、「異なった男性モデルに照らして、自分たちの価値を測りたかった」男の一人であるに違いない。なぜなら、彼には、人を育み、気づかい、愛する側面がより多く見られ、殺人や破壊などの暴力的側面は見られないからだ。

アメリカ社会における、兵士タイプの男らしさの衰退を暗示するかのように、パークの父親は、どこか自殺的な死をとげる。彼は、ヴェトナムで兵役を終えたにもかかわらず、愛するヴェトナム人女性と暮らすために、あえて2度目の兵役を志願し、ヴェトナムに舞いもどる。彼の描く放物線を見れば、彼が「兵士の死」と、周縁に向かっていることがわかる。ところが、フランクも、兄よりも温和で穏健なやり方ではあるが、大佐の体現する兵士タイプの男性性に一撃を加える。

ここで重要なのは、フランクが兵士として父親に反抗するのではなく、農場主の父親とは違い実際の農作業をする農夫として反抗していることである。彼

は、作物や家畜の育成と世話をする、いわゆる女性的と言われてきた属性（育み、愛すること）によって自分の道を歩む。フランクを通じて、男性的なものが女性的なものと宥和する。男らしさの概念が変化するなかで、非アメリカ人のヴェトナム人女性と結婚した農夫フランクは、泣きじゃくる大佐と同様に、象徴的な人物である。

絆の回復

　叔父フランクの生き方を認め、異母妹タンを受けいれた主人公パークは、次に引用するパークと祖父の会話に見るように、ブロートン一族のなかにパークという名前を確認する。

> 　「へぇぇぇ。」がなんどもくりかえされた。それから、手はパークのほおから、ドサッとおじいさんの胸の上に落ちた。
> 　「そうだよ。」パークは急におじいさんの気持ちがわかった。「パーク。ぼくがパークかっていうんでしょ？　そう、ぼく、パークですよ。あなたのパーク。そうかっていうんでしょ？」（中略）
> 　「そう、ぼくたちは二人ともパーク。」［パターソン 1988, 246-248］

　パークは祖父の呼びかけに、祖父も自分も同じパークであるという確認をする。このできごとと共時的に、母親ランディも息子をもはや「ポーク」とは呼ばず、前夫と同じ「パーク」と呼ぶようになっていた。ブロートン家のなかで、パークと呼ばれる男たちは、こうして絆を回復するのである。
　このように、第二次世界大戦後のアメリカの理想的男性性の変化は、二人のパーク（ブロートン3世と4世）とフランク・ブロートンの人生の物語のなかに表象されている、と私は考える。そうだとすれば、少なくとも作品内では、アメリカのアイデンティティに生じた傷が癒え始めている。小説『もう一つの家族』のエピグラフには、ヴェトナム戦争戦没者慰霊碑にちなんだ、「国民を癒すために」と題するユダヤ系アメリカ人ジャーナリストのジョエル・L・スワードロウ Joel L. Swerdlow のエッセイが引用されている。

> 〔石碑に刻まれた〕名前にはそれ自体の力が、命がある。(中略)ヴェトナムで兵役についた者を知らない人びとも含めて、誰もが石碑に手を置いているようだ。人びとは口々に名前を繰りかえし呼び、石碑の名前にキスをする。指先が名前をなぞる。人びとは、おそらく触れることによって、愛と人生への信頼を取りもどそうとしているのだ。あるいは、犠牲と悲しみをおそらくより深く理解するのだ。[Swerdlow 1985, 573]

　ちなみに、1982年に建設されたこの慰霊碑が、マヤ・イェン・リンというアジア系アメリカ人の女性（エール大学の大学院生）のデザインであるのは、この時代のムードを象徴的に反映している。
　パークも、石碑に刻まれた父親の名前に触れ、心に描いてきた理想の父親像を見直し、現実の父親像を受けいれる。このとき、彼は、愛と人生への信頼を取りもどし、新しい男性性へと道筋を修正する。彼が誇りをもって名前を取りもどすのには、そうした意味が込められている。
　このように、作者キャサリン・パターソンは、ペルスヴァルの物語の枠組みを用いて、彼女独自のヴェトナム戦争物語『もう一つの家族』を描いた。私はこの小説のなかに、アメリカ社会で今も根深く残る人種的他者への偏見や差別が、ヴェトナム戦争によりもたらされた癒しがたい傷、国家アメリカの男性性に生じた傷として表象されている、と考える。アメリカのアイデンティティの再生と統合を暗示するかのように、ブロートン家の三人の男たち（パーク・ブロートン5世、パーク・ブロートン3世、フランク・ブロートン）は、ヴェトナム戦争の傷と向きあい、伝統的に非アメリカ人を排除してきた家族のなかに、ヴェトナム人の母娘を家族として受けいれた。また、フランク・ブロートンは、伝統的に軍人を輩出してきた家族のなかで、あえて命を育み・世話する農夫の人生を選択した。フランクの男らしさに表象されるのは、国家アメリカの男性性がアジア（非アメリカ）と女性的なものを受容することで再構築に向かっているということである。そして、理想の男らしさを探求する主人公パークは、フランクの生き様をとおして、再構築されるブロートン家の男らしさを受け継ぐだろう、との予測で物語は終わる。

注

1 ジョン・ウェインとヴェトナム戦争については、ジョン・ウェイン John Wayne とレイ・ケロッグ Ray Kellog の監督映画『グリーン・ベレー *The Green Berets*』(1965) がよく知られている。この映画は、アメリカの特殊部隊「グリーン・ベレー」が善玉として登場し、南ヴェトナムをヴェトナム解放民族戦線や北ヴェトナムの侵略者の手から救出するという筋書きをもつ。この映画は、劇場で公開されたときは、一時的に注目されたが、1966 年にヴェトナム反戦運動が高まるにつれて、急速に人気を失い、カリカチュア同然の作品と見なされるようになった。Olson, *Dictionary of the Vietnam War*, 1988, 176. を参照。

2 リミナルな段階：「通過儀礼における過渡的段階。(中略) この段階では人びとは社会的地位や身分をもたず、特定の行動様式や衣装に従う」[『文学批評用語辞典』1998 年]。「〈境界の〉時期では、儀礼の主体（通過する者）の特徴はあいまいである。(中略) 境界にある人たちはこちらにもいないしそちらにもいない。」[ターナー 1969, 126]。

第Ⅲ部

『スコーピオンズ』(1988)
『地におちた天使』(1988)
『顔のない男』(1973)
『ウィーツィ・バット』(1989)
『ベイビー・ビパップ』(1995)
『北極星を目ざして』(1996)
『白鳥の夏』(1972)
『はみだしインディアンのホントにホントの物語』(2007)
『マルセロ・イン・ザ・リアルワールド』(2009)

第9章

スラムからヴェトナム戦争へ

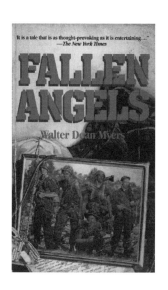

「人生は時には辛いものです。そして誘惑の最たるものは、
人生の辛さを口実にして、気弱になることです。」
ビッグズ師が言った。ジャマールは思った、
「要するに、強いってのは、むずかしいんだ。ほんとうにむずかしい。」
——『スコーピオンズ』より——

類型的黒人像

　アフリカ系アメリカ人作家のウォルター・ディーン・マイヤーズ Walter Dean Myers の『スコーピオンズ Scorpions』(1988b, 未訳) は、ニューヨークのハーレムで麻薬と銃の破壊的脅威に晒される黒人少年の葛藤と苦悩を力強く描いた作品として、1989 年に「アメリカ図書館協会ヤングアダルト・ベストブック」賞、アメリカでもっとも優れた児童文学賞の「ニューベリー」銀賞を受賞するなどの高い評価を得た。

　マイヤーズは、子ども時代に、児童書に否定的イメージで描かれた黒人像[*1]によって心を傷つけられたと言う。「私は〈トム・スウィフト〉シリーズ (ＳＦ冒険児童文学) を読み、黒人の主要登場人物エラディケイトが品のない描写をされていることに心を痛めた。心が痛んだのは、自分たち黒人のイメージが貧しかったからというより、その貧しいイメージが公にされたためである。そのイメージが、白人のクラスメイトの目に触れるところにあるのだ」[Myers 1986, 50]。つまり、ウォルター少年は、自信と誇りを持とうとしても、本を開けば怠け者、汚い、無責任な、馬鹿な、滑稽な、貧しい、という黒人の類型的なイメージが居座っており、自分が類型にあてはめられ、偏見の目で見られることに心を痛めた。

　人びとにこのような類型イメージを持たれないようにするために、黒人作家自身が現実の黒人の生活や経験を伝える作品を書くべきことはいうまでもない。1960 年代後半から 70 年代にかけての児童文学出版業界では、50、60 年代に黒人が個人の権利獲得を訴えた公民権運動とあいまって、多くの黒人作家が誕生し、力強く積極的な黒人像を生みだしていった。だが残念なことに、その後の 10 年間で、黒人の経験を描く児童書の出版件数が半減した。そのような状況下でも、マイヤーズは、80 年代以降 21 世紀まで、黒人の声で黒人の経験を書きつづける数少ない作家の一人だった。惜しくも 2014 年に亡くなった。

　ところで、1990 年代のジェンダー学研究者たちは、黒人の男らしさにまつわる深刻な問題を指摘していた。社会学者リチャード・メイジャーズ Richard Majors は、黒人男性の陰鬱な状況を次のように列挙する。

・黒人男性の 30 パーセント以上が失業ないし原因不明の理由で就業していない。
・黒人男性の 54 パーセントは既婚者であるが、結婚適齢期の黒人男性は、未婚黒人女性 100 人に対して 63 人しかいない。
・15 歳から 34 歳の黒人男性の死因の第 1 位は殺人である。
・殺人事件 21 件中 1 件の割合で、若年黒人男性が被害者になっている。
・アメリカの人口で平均余命が短縮しているのは、アフリカ系アメリカ人だけである。ちなみに、1984 年の 65.6 歳に対して、1987 年には 65.1 歳に短縮している。
・刑務所にいる黒人男性数は、大学での在籍者数を上回る。
・すべての黒人（男性を含む）の 3 分の 1 が貧困生活を送っている。［Majors 1994, 300-301］

このような黒人男性の厳しい現実がある一方で、黒人男性のイメージを固定化、類型化する社会の動きもある。メディア批評家アール・オファリ・ハッチンソン Earl Ofari Hutchinson は、アメリカ社会が代々類型的黒人男性のイメージを作りあげ、流布させてきたと主張する。

> ブラック・メイル〔黒人男性〕＝犯罪者、落伍者、怠け者、すぐに暴力に訴える粗暴なケダモノ、性的にも無責任な人間のクズという神話（中略）。劣等で邪悪なブラック・メイルというイメージは、嘘と真実が半々に入り混じった昔ながらの神話の上に立っている。それは、ヨーロッパ人がアフリカを征服したときにつくりだされ、奴隷時代に育ち、差別が露骨にできなかった時代に巧妙化・陰湿化し、レーガン＝ブッシュ時代に復活してきた神話である。［ハッチンソン 1994, 13］

『スコーピオンズ』が出版されたロナルド・レーガン大統領の時代には、ハッチンソンによれば、マスコミが黒人男性の描写に次のような露骨な言葉を使ったと言う。「犯罪性癖」「戦争地帯」「暴力の巣」「麻薬の巣」「麻薬の縄張り」「麻薬ゾンビー」「ゲットーのアウトカースト」「ゲットーの貧困症候群」

[同書, 30]。このように、メディアの言説は、ネガティヴな黒人イメージの増強に一役買っていた。

視界不良

　『スコーピオンズ』は、「何か見えるの」「なんにも」[Myers 1988 b, 3] という、妹サシィ（8歳）が窓辺にいる兄ジャマール（12歳）に尋ねる会話で始まる。彼らはニューヨーク、ハーレムのスラム街にあるアパートで、空腹をこらえながら母親の帰宅を待っている。「なんにも見えない」という主人公ジャマール・ヒックスの返事は、彼が今後たどる海図のない困難な人生航路を暗示する。

　ジャマールには18歳の兄ランディがいる。ギャング団スコーピオンズのリーダーである兄は、強盗・殺人罪で逮捕され、現在獄中で上訴手続きを待っている。事実上の単親家庭で一家の生計を維持する「母さん」には、弁護士の費用を捻出できない。ジャマールは、ランディの友人マックから、スコーピオンズのメンバーになるよう勧誘され、拳銃を手わたされる。年齢上、裁判所に証人喚問されないジャマールが麻薬のディーラーとなれば、兄の裁判費用を捻出できるからである。それまで閉塞状況のなかで自信を喪失し、強くなりたいと願っていたジャマールに、銃はパワーの幻想を与えるとともに、倫理的な葛藤を引きおこす。結果的にジャマールは、銃撃殺人事件に巻きこまれ、プエルトリコ人の親友ティトとも別れることになる。

　主人公ジャマールの視界不良の原因の一つに、父親ジェヴォンの不在があげられる。ジャマール少年の成長には、手本となる男らしさを体現する父親が必要とされるが、その父親が物理的にも精神的にも不在なのだ。

> 　ジャマールは、父親との生活をほとんど覚えていなかった。（中略）父親が失業して、家でぶらぶらしていたのは覚えていた。はじめは、しょっちゅうビールを飲んだ。それから、ワインに切りかえて、母さんにあたりはじめた。[Myers 1988 b, 87-88]

ジャマールの記憶に残る父親像は、失業して無気力に陥り、酒びたりになったあげく、妻を虐待するという、ハーレムのスラム街では典型的にネガティブな父親像である。しかも、久しぶりに姿を見せる父親ジェヴォンは、その不在を埋めあわせるかのように、過剰なまでの家父長的な言動を妻子に見せる。裁判費用の必要を訴える妻には、何か仕事を始めるつもりだから、収入がありしだいもって帰るとか、車を買って家族をドライブに連れていくとか、空約束をする。
　また、皿洗いを手伝うジャマールに、「それは男のやる仕事じゃない」とか、白人の社会では、中途半端な働きぶりでは生活できないとか、説教をする。そのうえ、鞭がわりのベルトで息子の根性を鍛えなおすことも辞さない、暴力的な家父長の一面を見せさえする。
　このように、父親ジェヴォンの考える男らしさの概念の中心には、男は大黒柱として一家の生計を支えるという男性像が居座っており、自分の力不足ゆえに、なおさらこのイメージにこだわり、息子にこれを強要する。社会学者ステファニー・クーンツ Stephanie Coontz は、「失業や収入減という現実に直面した際に家族を捨てる可能性のもっとも高いのは、男が一家の大黒柱でなければならないという考え方にもっとも執着している黒人男性である」[クーンツ 1992, 363]、と述べている。ジェヴォンは、ジャマールに「おまえも、男なら男らしくして、何かできることはないか、考え始めてもいいころだ」[Myers 1988b, 94]、とランディの裁判費用の捻出に手を貸すように促す。
　社会学者ケネス・クラタボー Kenneth Clatterbaugh によれば、黒人解放運動にたずさわる黒人男性は、白人男性並の家父長的男らしさを取りこんだ、男性性の確立をも目ざしていたという [Clatterbaugh 1997, 164]。また、社会学者マニング・マラブル Manning Marable は「黒人の母権制」(黒人の母子家庭、または世帯主が女性である家庭) に触れて、奴隷制によって破壊された黒人家族では黒人男性が夫や父親の役割を果たせなくなり、その結果、黒人の母権制という家族形態が見られるようになり、黒人コミュニティの経済・社会・政治的発展が阻害された [Marable 1994, 73]、と主張する。
　"the Man" が黒人の俗語で「集合的に白人を表す」[『オックスフォード英語辞典』] 一方で、黒人男性の奴隷は年齢にかかわりなく "boy" と呼ばれて、白人

なみの男らしさを認められず、子ども扱いされてきた。言いかえれば、黒人男性は、奴隷制時代以来、白人の家父長制の権力機構によって、人間として男性として無能扱いされてきた。それゆえ、黒人運動活動家のあいだでは、黒人の解放とは黒人男性の解放である、と暗黙のうちに受けとられ、男性中心に運動が展開されてきた。「母子家庭で成長する黒人少年」という典型例を見れば、黒人男性がいかに男らしさのモデルの欠如に悩んできたかが分かる。

こういうわけで、黒人の少年が視界良好な人生航路をたどるためには、良きモデルが必要だというのが、作者マイヤーズの持論である。

無力さ

確かなことは、父ジェヴォンと兄ランディが男らしくふるまおうとして挫折したこと、その後、父親が家族の責任から逃げ、兄は獄中にとらわれて、各々みずからの無力さと闘っていることである。ジャマールも同じように、過酷な現実のなかで弱い自分にたえまなく直面する。たとえば、学校生活を取りあげてみよう。ディヴィドソン校長は、たびたび遅刻するジャマールを崩壊家庭の非行生徒と決めつけ、彼の苦境に関心を払うわけでも、援助の手を差しのべるわけでもない。校長は、「問題児」ジャマールが活動亢進状態にあると判断して、精神安定剤を与えるよう指示し、おりあらば彼を少年更生施設に送ろうと機会をうかがっている。ジャマールは、落伍者の街道をまっしぐらにつき進む非行生徒というわけだ。

さらに、ジャマールは、生徒たちのあいだでも失地状態に追いこまれている。クラスの番長で図体の大きいドウェインは、事あるごとにジャマールを嘲笑して自尊心を傷つけ、無力感を抱かせる。

　　ドウェインは、ジャマールに自分をちっぽけだと感じさせた。（中略）たくさんのことがジャマールにそう感じさせた。ぼくはちっぽけで弱いと。（中略）ジャマールがミスをしたり、宿題をやってこなかったとき、先生は彼を立たせた。彼を笑いものにするデカイやつは最悪だった。それをやめさせることが、ジャマールにはできなかったからだ。[Myers 1988b,

22］

　社会心理学者ケネス・クラーク Kenneth Clark は、「ゲットー」という語に触れて、それが本来 16 世紀ヴェネツィアのユダヤ人地区の呼称で、のちにヨーロッパ各地の都市部でユダヤ人を閉じこめる地区を意味したにもかかわらず、アメリカ的に転用されていると述べている。

　　アメリカは、皮膚の色に基づいて、人びとをある特定の地域に限定し、選択の自由を制限するという意味を〈ゲットー〉の概念に付加してしまった。ダーク・ゲットーの見えざる防壁は、白人社会、つまり権力を握る人びとによって、権力をもたない者を閉じ込め、かれらの無力を永久普遍なものにするためにつくられた。［クラーク 1967, 26　傍点は筆者］

　同じようにジャマールも、校長や級友、地域社会の築く「見えざる防壁」により閉じこめられ、無力感に苛まれる。彼は、食料品店でアルバイトを始めるが、ギャングのメンバー、インディアンとエンジェルが嫌がらせのために店に押しかけたことから失職し、兄の裁判費用をかせぐ途を絶たれる。

　　インディアンとエンジェルがやってきて、ジャマールの仕事をとった。仕事を放り投げたのだ。やつらは、ジャマールより体が大きかったし、強かった。（中略）ジャマールは、すみっこに立ちどまり、こぶしで壁をなぐった。これ以上がまんができなくなるまで。［Myers 1988b, 144　傍点は筆者］

　ジャマールは、アルバイト先の店主ゴンザレツ氏にギャング団もろとも見えざる防壁の向こう側に放逐される。そして、この「壁」の前で無力感に苛まれる彼は、自虐的に壁を打つしかしかたがない。
　さらに、彼の無力感に追いうちをかける事件が起こった。ランディが獄中で仲間の囚人に刺されたのである。ジャマールはテレビをぼんやり観ながら、このショッキングな知らせを反芻する。テレビの画面には白人の家族が映ってい

いろんなことが家族に起こったし、同じようにジャマールの身の上にも起こった。彼は、ときどきそうなるように、気持ちが小さくなっていた。小さくて、弱い気持ち。テレビに心を集中しようとした。番組は、昔の白人を描いたものだった。（中略）ジャマールは、インディアンとけんかしたくなかった。けんかしても勝つことができなかった。ドウェインを負かすことさえできなかった。それに、ドウェインはインディアンに比べればただのガキだった。
　　　ジャマールにできることは、あまりなかった。母さんの面倒をみることができないし、ランディのことはどうしていいのかわからない。何もわからない。インディアンとエンジェルをゴンザレツさんの店から追いだすこともできなかった。そして、今、仕事までなくしてしまった。貯金の計画がすべてだめになってしまった。［*ibid.*, 146-147　傍点は筆者］

　このときジャマールは、「できない」という語で暗示されるように、見えざる防壁に包囲されたゲットーの現実に直面する。再びクラークによれば、「ダーク・ゲットー」に閉じこめられた黒人は、「自らの苦境を、個人的無能さ、あるいは全ニグロが共有している遺伝的に押しつけられた無力の結果だと思う傾向がある」［クラーク 1967, 27］、というのだ。しかも、ジャマールは、何よりも男としての自分のふがいなさに苛立つ。父親に「男らしくふるまっていない」と非難されると、自分の無能さに気づき、気分を悪くする。また、兄のことで悲嘆にくれる母親の姿を見ると、母親を守りきれない自分のふがいなさに苛立つ。

銃をめぐる葛藤

　12歳のジャマールが男性として成長する過程で、男性性の表象＝銃が彼の行く手に立ちはだかる。彼は、ギャング団スコーピオンズのメンバーになるよう、マックに勧誘され、入会をしぶったにもかかわらず加入の儀礼の意味をこ

めて拳銃を手渡される。初めジャマールは銃の所持を拒んでいたが、学校の倉庫でドウェインと闘ったとき、銃を突きつけるとドウェインが顔に恐怖の色を浮かべて後ずさりするのを見て、銃の威力に気づく。ジャマールは助けを哀願するドウェインをけり続ける。

　この事件ののち、ジャマールの内面では、銃をめぐる二つの考えが目立って葛藤し始める。一つの考えはこうである。とうとうギャングのように喧嘩に銃をもちだしてしまった。このままでは、自分が転落者になってしまう。マックに銃を返そう。だがその一方で、手強い相手を負かすには銃の威力がいる。ジャマールは独白する、「銃をもっておれば、人にちょっかいを出されない。銃をもつのはよくないかもしれないけど、それでも人にちょっかいを出されない」［Myers 1988b, 109］。

　ジャマールは、こうした葛藤をかかえたまま、ついに銃による殺人事件に巻きこまれる。彼がギャング団スコーピオンズを辞めたいと切りだしたとき、ギャング団員のエンジェルが逆上してナイフで切りかかってきた。このとき、ジャマールにつきそってきた親友のティトは、彼を助けようとして、エンジェルを撃ち殺す。

　さて、ここで現実のアメリカ社会での黒人青少年の統計的資料（1993年）に目を転じてみよう。青少年の暴力事件に限れば、12歳から15歳、16歳から19歳、20歳から24歳の各年齢層の黒人の青少年が、銃撃事件の犠牲者として、白人の青少年を数のうえで圧倒している。しかも、殺人事件は、白人が黒人の犠牲者となるよりも、黒人同士のあいだでより多く発生している（表1［Jessie Smith 1993, 104］、表2［*ibid.*, 102］を参照）。

　都市中心部での黒人の貧困状況を調査した統計的数字は、1960年代後半以降、数多く発表されてきた。特に本章で引用したクラークの『アメリカ黒人の叫び *Dark Ghetto*』（1967）やハリントンの『もう一つのアメリカ *The Other America*』（1962）は、出版当時にひろく読まれたばかりか、『スコーピオンズ』の刊行当時も、黒人問題や貧困問題の関係資料として出版され読み続けられていた。つまり、60年代の問題提起が80年代当時においても問題であり続けるほど、黒人をめぐる状況は改善されていなかった。

　1967年にクラークは、ダーク・ゲットーが「制度化された病理」をもつと

表1　犠牲者──拳銃事故の犠牲者の比率（性、年齢、人種による）：1987-1992年

犠牲者の年齢	男性の犠牲者 合計	白人	黒人	女性の犠牲者 合計	白人	黒人
全年齢	4.9	3.7	14.2	2.1	1.6	5.8
12～15歳	5.0	3.1	14.1	2.5	2.1	4.7
16～19歳	14.2	9.5	39.7	5.1	3.6	13.4
20～24歳	11.8	9.2	29.4	4.3	3.5	9.1
25～34歳	5.7	4.9	12.3	3.1	2.1	9.0
35～49歳	3.3	2.7	8.7	1.7	1.4	3.3
50～64歳	1.5	1.2	3.5	0.8	0.7	1.6
65歳以上	0.8	0.6	3.7	0.3	0.2	2.3

※人口1,000人に占める犠牲者数。拳銃による殺人や非過失の故殺は含まない。全国犯罪被害者調査からの資料。

表2　関係──謀殺／故殺、被害者／加害者の関係（人種による）：1993年

犠牲者の特徴	被害者／加害者の合計	加害者の人種の特徴 白人	黒人	その他	不明
合計	11,721	5,062	6,299	214	146
人種					
白人	5,648	4,686	849	58	55
黒人	5,782	304	5,393	18	67
その他	240	61	40	137	2
不明	51	11	17	1	22

主張した。「ゲットーで生まれた子どもは、破壊された家庭や私生児の世界へ入りこんでゆく可能性が非常に強く、この家族および社会の不安定が、非行、麻薬常習者、犯罪的暴力行為などへと導く」［クラーク 1967, 150］。ただし、クラークの「病理」という観点や、スラムが「貧困の文化」[2]の拠点となっているというハリントンの考え［ハリントン 1962, 109］には、スラム街の黒人たちが無抵抗に病に感染したり、貧困の文化を受けいれたりするというニュアンスが付随し、みずからの人生を選択する黒人の主体性は尊重されていない。そういう意味で、近年の黒人問題研究者のあいだでは、スラム街の病理説や、主流の文化とは異なるスラム街のサブカルチャー説を批判する人びともいる[3]。

『スコーピオンズ』における作者マイヤーズの関心は、あくまでも制度化された病理に直面して苦闘する少年にある。主人公ジャマールは、拳銃の威力を知ってたえまなく心の葛藤を経験するし、結果的に銃による殺人事件に巻きこまれる。マイヤーズは、ジャマールが無抵抗に病理に取りこまれて転落者となった、とは描かない。ジャマールの生活環境がいかに厳しくとも、彼には一つ一つを選択させたうえでみずからの人生を形成させている。銃の使用は、避けがたい病理ではなく、彼の選択の対象なのだ。

その意味で、キリスト教の牧師ビッグズ師がヒックス家を訪問し、一家のために祈りをささげ励ます場面の描写は、スラム街で育つ青少年へのマイヤーズのメッセージを明確に伝えるものである。「誘惑の最たるものは、人生のつらさを口実にして、気弱になることです」というビッグズ師の言葉を受けて、息

子が弱さに屈してしまいはせぬかと心配する母親。また、母親の言葉を反芻して、弱さに負けず強くなることの困難さを痛感するジャマール［Myers 1988b, 156, 57］。こうした叙述には、社会学者のようにダーク・ゲットーの惨状を統計的・客観的に眺める視線や、ゲットーの住民を「アンダークラス」[*4]としてセンセーショナルに報道するメディアの視線とは明らかに異なった、苦悶する当の少年の視点からの描写が含まれている。

ところで、同じころ、ジョン・シングルトン John Singleton 監督の映画『ボーイズ・ン・ザ・フッド Boyz N the Hood』(1991) が同じようなテーマを扱い注目をあびた。この映画は、公開年にロサンゼルス映画批評家協会賞とニューヨーク映画批評家協会賞を受賞（ニュージェネレーション賞、新人監督賞）し、翌1992年にはアカデミー賞に監督賞、脚本賞部門でノミネートされた。

黒人の離婚母子家庭で育ったトレ・スタイルズ少年（10歳）は、ロサンゼルスのサウスセントラルで、父親フューリアスと同居することになる。フューリアスは、黒人のスラム街で暮らしながらも、暴力、少年犯罪を拒否し、父子家庭のなかで息子に規律と責任感を学ばせる。映画で描かれる地域の黒人社会には、『スコーピオンズ』のジャマール、ランディ、インディアン、エンジェルのような、犯罪に巻きこまれる少年たちが登場する。黒人少年の成長を1990年代のアメリカ社会の実情をふまえて描いた問題作である。

もう一人の自分

マイヤーズの小説では、少年たちが男の絆を結びつつ、男らしいふるまいを習得して成長を遂げるモチーフが多く見られる。『スコーピオンズ』でも、男の絆はジャマールとティトのあいだで結ばれている。

ティトの父親はアメリカの自治領プエルトリコにおり、徳性の高い祖母アブエラが母親代りに彼を育てている。彼は、喘息を病み体力は弱いが、倫理感の強い純真な少年として描かれる。父親不在の家庭で育つティトは、ジャマールのシャツを身につけ、ジャマールを兄のように慕う。彼らはシャツばかりか、彼らのアイデンティティに関わる他のもの、たとえば、将来の夢、銃への不安なども共有する。二人が夢を語る場面を見てみよう。彼らは、学校生活の息

苦しさを逃れて、しばしばハーレムから79番街のハドソン河畔のヨットハーバーに遠出する。豪華なヨットを指さし、いつか金持ちになって、ヨットで航海したいと夢を語りあう。

　「あれは、ぼくの最初のボートになるんだ」ティトが言った。「あんなボートを買うつもりだ。それから、後で、ぼくがもっと金持ちになったら、むこうにあるもっと大きいやつを買うんだ。」（中略）「ぼくたちが金持ちになったらどうするか、わかるかい」とジャマールが言った。「ぼくたちは、どこか暖かなところに行ってくらすんだ。そうすりゃ、おまえはしょっちゅう喘息になることはないからな。」「ぼくたちはプエルトリコでくらすんだ。」〔Myers 1988b, 61-65　傍点は筆者〕

　最初、二人は、別々のヨットを指さし、将来裕福になったらヨットを買うつもりだと話し始める。そのうち、夢を実現する主語が「ぼく」から「ぼくたち」に変化する。
　その一方で、彼らは夢ばかりか不安も共有する。ジャマールがみずからの無力さに屈して銃の威力に引きよせられると、銃の危険性を訴えてきたティトも、銃に興味を示し始める。「今までに銃を撃ったことがある？」「おまえはどう思う？」「撃ちにいきたいかい」「どこで」「セントラル・パークでどう？水べりで」〔ibid., 85〕二人は、銃の試し撃ちにでかける。その結果、ティトは、ジャマールを救おうとして、あやまってエンジェルを銃殺する事件を起こしてしまう。
　事件ののち、傷心のティトが父親の住むプエルトリコに送還される朝、ジャマールは以前に描いたティトの肖像画を手渡す。だが、ティトは言う、「もうぼくは、こんな顔をしていない。（略）今ではちがった顔になっている」〔ibid., 215〕。ティトは、一時的にせよ、銃の象徴する暴力的・破壊的男性性を受けいれ、殺人罪を犯してしまった。無垢と無実という二重の意味で、彼はイノセンス（イノセンス　イノセンス）を失った。「ティトは、立ちどまって一瞬のあいだ友だちを見た。それから、ジャマールから絵を受けとった。二人の目があった」〔ibid., 216〕。
　二人のあいだでの肖像画の授受は、象徴的な行為でもある。別離のまぎわ

第9章　スラムからヴェトナム戦争へ　183

に、ティトは親友のジャマールと視線を合わせ、もう一人の自分を凝視する。ジャマールにとっても、この一瞬は、もう一人の自分との対峙を意味したに違いない。

　プエルトリコ人ティト（アフリカ系）がアフリカ系アメリカ人ジャマールの代役(ダブル)であるという考えは、二人の属する「非自発的マイノリティ」グループという区分けで説明がつくかもしれない。教育文化人類学者ジョン・U・オグブ John U. Ogbu によれば、このマイノリティ・グループは、自発的に移民してきたマイノリティや難民のマイノリティとは異なり、征服・植民化・奴隷化され、意思に反して恒久的にアメリカ社会の一員とされた歴史的経緯から、白人の文化、制度、価値観に対して独自の態度、価値観、集合的アイデンティティを形成するに至った。したがって、このグループの子どもたちが学校教育で不適応行動を示したとしても、考慮すべき理由がある、と言う［Ogbu 1998, 165-179］。この意味において、欧米に植民化されてきたアフリカ系プエルトリコ人ティトは、奴隷として連れてこられたアフリカ系アメリカ人ジャマールの「兄弟」であり、もう一人の自己である。作者マイヤーズは、主人公に兄弟たちとの連帯をもって人種差別と闘わせ、生きのびさせようとしている。兄弟ティトは、そのような文学的戦略でもある。

生き延びて

　すでに述べたとおり、1980年代のレーガン政権時代には、貧困や「アンダークラス」についての議論のなかで、次のような保守的な議論が支配的だった。「人びとの貧しさは、彼らのものの見方、価値観、行動に欠陥があるからであり、外的な状況に関わりなく『貧困の文化』が世代間に受け継がれるからである」（Skolnick 1990, 217）。しかも、貧困の文化説の支持者は、政府による貧困政策ではこの状況を解決できないと主張し［上坂 1994, 12］、保守派のなかには、福祉政策こそ1970年代、80年代のアメリカの経済不況、高額の税金、都市部の犯罪、倫理の衰退等の問題を招いたと主張する人びとまで現れ、福祉予算を削減するレーガン時代のムード作りに貢献した［Skolnick 1990, 217］。

　しかも貧困の文化の中心には、「5Dの形容詞」("dumb〈バカな〉, deprived〈文

無しの〉, dangerous〈危ない〉, deviant〈はずれ者の〉, disturbed〈困り者の〉")を冠して忌避される、類型的な黒人男性のイメージが居座っていた。心理学者ジュウェル・テイラー・ギッブズ Jewelle Tayor Gibbs は、1980 年代アメリカ社会で、15-24 歳の年齢層の黒人男性（その大半が都市中心部に住む）の現況を「絶滅危惧種」（絶滅のおそれのもっとも高い生物種）と比喩的に表現する［Gibbs 1988, 1-3］。つまり、思春期の黒人少年の死因の第一位に殺人が居座っており、ギッブズによれば「25 歳に達する前に、21 人の若年の黒人男性のうち一人が殺される」［ibid., 15］。1985 年の全米保健統計センターの調査でも、1,900 人以上の 15-24 歳の黒人青年が殺害され、その犠牲者の 90 パーセントは黒人の若者により殺害された［ibid., 15］。マイヤーズの『スコーピオンズ』がアメリカ社会のこうした政治的、文化的背景のなかで書かれたことを強調してもしすぎることはない。

社会学者クライド・W・フランクリン・ジュニア Clyde W. Franklin Jr. は、アメリカの黒人男性をめぐる三つの社会集団——⒜同輩集団、⒝黒人共同体、⒞白人中心の社会制度——に注目する。黒人少年はこの三つの社会集団のなかで自己形成を行うのだが、フランクリンは、1980 年代以降、黒人の若者がそれぞれの集団のなかでいかに居場所を失い、「絶滅の危機」に瀕しているかを指摘する［Franklin 1987, 155-169］。

『スコーピオンズ』に話を戻せば、ジャマールは、公立学校長に「問題生徒」のレッテルをはられて排除され、黒人牧師の祈りも空しく犯罪者の道に引きずりこまれ、親友ティトの良心的な説得にもかかわらず、殺人事件に巻きこまれる。本来なら少年の手本となる行動パターンをとおして、社会・サブカルチャー的意味を学ばせて、社会的な存在に成長させるはずの三つの社会集団が、少年を犯罪者に転落させ、死に追いやっている。二人の黒人少年は、被抑圧者同士の友情というセーフティネットによってかろうじて転落を食いとめ、人生のシナリオの書き直しに向かうのである。

『スコーピオンズ』は、こうして黒人少年が 3 層の社会集団の機能不全により、いかに「絶滅」の瀬戸際まで追いこまれるかを描く。男らしさのモデルとなる父親が不在であるために少年が転落に追いこまれる、といった一般的な父・息子の心理学的理論だけでは説明のつかない状況を、マイヤーズは描く。

父親ジェヴォンも 3 層の社会集団からはじき出された犠牲者である。フランクリンは、人間が社会的な存在であり、社会や他人との交流が人間を作るとするのなら、その人間は、他人との相互作用のパターンを変えることができるし、そのパターンも社会の構造を変えることができると主張する［*ibid.*, 159］。

国家の物語（ナラティヴ）

　ヴェトナム戦争（1955-75 年）は、アメリカの児童文学や思春期文学で、大きな影を落としてきた。戦闘場面を含め戦争そのものをまともに描写した作品が少ないないなかで、ウォルター・ディーン・マイヤーズの『地におちた天使 *Fallen Angels*』（1988 未訳）は、ヴェトナム戦争を真正面から描く挑戦的なヤングアダルト小説である。この小説は、1988 年に「アメリカ図書館協会ヤングアダルト・ベストブック」賞と「親による選定文学」賞を、1989 年に「コレッタ・スコット・キング」賞（キング牧師の未亡人に創設された、アフリカ系アメリカ人作家の優秀作品に授与される賞）を受賞した。

　さらに、この小説が大半のヴェトナム戦争文学と異なるのは、それが（白人兵士ではなく）17 歳の黒人兵士のヴェトナム戦争体験を語っている点である。つまり、この作品は、人種や年齢の点で、ヴェトナム戦争での兵士の現状を映しだしている。第二次世界大戦では、兵士の平均年齢が 25 歳だったのに対し、ヴェトナム戦争では 19.6 歳だった［ディヴィス 1994, 33］。また、この小説の設定年の 1967 年に、米国内で 11 パーセントの人口比率を占めていた黒人が、ヴェトナムでは、全戦闘兵の 20 パーセントを上まわっていた［Terry 1984, xiv; 秦 1988, 190］。

　『地におちた天使』は、作者自身の戦争体験を語ることよりも、むしろ、少年の成長物語に関心をおいている。年代のずれを無視すれば、『スコーピオンズ』のニューヨーク、ハーレムのスラム街で、人生の挫折を経験した 12 歳だった少年が、厳しい状況を生き延びるために、17 歳の兵士としてヴェトナムの戦場に吹きよせられてきて、その地でどのように男として成長を遂げたのか、という物語として読むことができる。つまり、少年が死と再生をくぐる、通過儀礼の物語として読める。しかも、この物語枠で少年の語り手の主体性が

形成されるにつれて、物語そのものにも変化が生ずる。

「ヴェトナム戦争物語」（文学・映画を含むヴェトナム戦争についての物語ジャンル）の研究者、ジョン・ヘルマン John Hellmann やウォルター・T・デイヴィス Walter T. Davis は、伝統的なアメリカの物語がヴェトナムで終わったと主張する［デイヴィス 1994, 20; Hellmann 1986, x, 221］。つまり、アメリカの物語の二つのわき筋のあいだの不協和音、物語の欺瞞性が国民的な規模で露呈したのは、まさにヴェトナム戦争だった。ヴェトナム戦争物語の主人公たちは、もはや、正義と自由の防衛のためという戦争の大義名分を信じられなくなり、したがって、アメリカがそれを遂行する明白なる天命を負っているというアメリカニズムを疑うのである。その結果、ハリウッド映画などのメディアが喧伝してきた、理想的な戦争ヒーローのようには戦えなくなる。

そこで、『地におちた天使』の作品分析をとおして、アメリカの物語がいかに死に、黒人主人公がそれに替わる物語をいかに構築するかを追ってゆきたい。ここでは、文化人類学的な通過儀礼の概念と物語論でいう物語（ナラトロジー）とを組み合わせたデイヴィスの理論（図1）にもとづき、主人公の主体再構築の過程を図2のように読み解く。図1では、アメリカ本土からヴェトナムに到着した物語の主人公が過酷な戦場に投げ出される。すなわち、文化人類学的な生と死の隣接時期に、これまで信じてきた価値感が崩壊して魂の零落を経験する。主人公の苦悩はその後、魂の闇夜を暗示する経験によって底を打ち、新しいアイデンティティの獲得に向けて、新しい「アメリカの物語」を構築してゆく。デイヴィスの提示する図1にもとづき、私は『地におちた天使』を次のように読

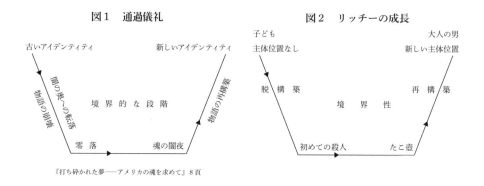

図1　通過儀礼　　　　　　図2　リッチーの成長

『打ち砕かれた夢──アメリカの魂を求めて』8頁

んでゆく。主人公の少年は、志願兵としてヴェトナムに派兵され、生死が隣接する過酷な戦争体験を通じて、それまで信じてきた「アメリカの物語」の価値感が意味を喪失する。敵を殺すこと、自分がサバイバルすることの真の意味を知った主人公は、「アメリカの物語」を再構築しながら大人の男性へと成長を遂げる（図2を参照）。『地におちた天使』の内容分析については、後ほど詳述する。

傍観者

　『地におちた天使』は、ニューヨーク、ハーレムのスラム街出身の17歳の黒人少年リッチーことリチャード・ペリーによって語られる。父親のいないリッチーは、家計援助のために、大学進学と作家になる夢をあきらめて陸軍に志願する。彼はヴェトナムで、アメリカ本土から貧困に追いやられてやってきた、ピーウィやジョンソンら黒人兵士に、また、その他のさまざまな理由でやってきた白人兵士に出会う。白人兵士たちの理由というのは、男らしさを証明するため、父親の期待に応えるため、徴兵逃れに失敗したのち、強制派兵されたためであったりする。

　最初リッチーは、兵士らの多重な「声」が聞こえてくるなかで、いずれの声とも距離をおきながら、傍観者然としてヴェトナム体験を語る。大学進学を断念した彼にとって、軍隊に志願することは敗北を意味する。無力感を抱くリッチーは、みずからが主体位置を占めるはずの人生の物語をもたないまま、1967年9月15日に、何かリアルで新しいものを求め、新兵として南ヴェトナムのタンソンニャット空軍基地に降り立つ。

　注目すべきは、人生の傍観者(オブザーバー)であるリッチーが、ヴェトナム戦争を観察者(オブザーバー)として語ることである。それが二つの文学的機能を果たしている。まず、戦闘の当事者でありながら、彼の一種の超然とした観察眼にもとづく人物・情景描写のおかげで、読者は、ジャングルでの凄惨な殺戮・破壊場面に正面から向きあうことになる。次に、モラトリアム的に生きる、傍観者リッチーがどのように主体形成をして、みずからが主人公となる新たな物語を語り始めるのかという関心を、読者のうちに掻きたてる。それはとりもなおさず、リッチーがいつ、

どのようにして、他人（とりわけ黒人兵士ら）に心を開き、絆を結び、新しい人生の物語を作りだすのか、という期待である。

天使の戦士

　リッチーは、テレビの報道陣に「なぜヴェトナムで戦うのか」と尋ねられ、「ヴェトナムで国を守らなければ、アメリカ国内で市街戦を戦うはめになるから」［Myers 1988a, 77］と決まり文句で答える。彼は、戦争の大義名分を熱烈に支持するのでも、ジョン・ウェインのような戦争ヒーローになりたいのでもない。小隊長のキャロル中尉は、リッチーら新兵を「天使の戦士」と呼ぶ。それは、彼ら少年兵がいまだ戦争の悪に染まっておらず、無垢な天使を連想させるからだ。

　リッチーの小隊では、ジェンキンズ二等兵が最初の「地におちた天使」となった。彼は、大佐である父親の人生プログラムにそって、志願兵として入隊し、歩兵隊で上級訓練を受け、幹部候補生学校に進学する予定だった。ところが、彼は、戦闘の恐怖を克服できずおびえ続け、そのあげくに地雷を踏んで戦死する。

　別の天使の戦士、ローベルは、自分に投げかけられるユダヤ人差別や同性愛嫌悪に対抗して、男らしさを証明するために軍に志願した。彼は、戦争映画で描かれるマッチョな男らしさとの同化にこだわり、殺戮の現実やみずからの恐怖心を受けいれない。しかし、初めて至近距離から敵を射殺したとき、銀幕から借りてきた男らしさの理想像が粉砕される。こうして、彼がみずからを戦争の英雄としてではなく、人殺しとして認識するとき、彼にとってのアメリカの物語は意味を喪失する。つまり、ローベルも堕天使となる。

　皮肉なことに、新兵を「地におちた天使」と呼んだキャロル中尉（23歳）自身もまた、その仲間入りを果たす。カンザスの農場出身の彼は、父親自慢の息子として軍人生活を送ってきて、陸軍士官となった。しかし、幾多の戦闘を経験した彼は、しばしば物思いにふけり、「ぼくは自分が何者なのか、よくわからない」［ibid., 45］、とアイデンティティの危機感をもらす。そして、キャロルが戦死すると、傍観者リッチーが今までになく動揺する。彼にとってのアメリ

カの物語が崩れ始めたのである。

> 戦争が今や違ったものになった。ヴェトナムが違ったものになった。（中略）中尉はぼくの心のなかにいて、ぼくの一部だった。ぼくの一部は、彼の死とともに死んだ。ぼくは彼のために悲しみ、泣き叫びたかった。兵舎の腰板やなんかを殴りたかった。だが、ぼくの心は、何も感じなかった。[ibid., 136]

他方、黒人兵士のピーウィ・ゲイツは、シカゴの高校を中退して、貧困に追われてヴェトナムにきた。彼は戦争の大義名分を信じない。しかも、軍隊で黒人差別が頻発するにもかかわらず、ピーウィはあえて、軍隊が民主的なところだと言い張る。「ここでは、おれはみんなと同じものがもらえる。こんな場所、今までで初めてだ。（中略）軍隊でなら、おれはみんなと同じものがもらえるのさ」[ibid., 15]。ヴェトナムの戦場とシカゴのスラムが同じだ、とまで極言する。というのも、ヴェトナムであれシカゴであれ、黒人がサバイバルのために戦うことに変わりはないからだ。

別の黒人兵士ジョンソンは、失業したため経済的な理由から、志願兵としてヴェトナムにやってきた。黒人差別に敏感なジョンソンは、差別をする他の兵士にたびたび抗議する。彼にとって、ヴェトナムとは、人種差別と戦うもう一つの戦場でもある。ジョンソンとピーウィの立場は、一見異なるように見えるが、ヴェトナムでの黒人兵の現状を反映している点では同じである。

ジャーナリストのウォレス・テリー Wallace Terry は、黒人帰還兵の手記を編集・出版した『同胞 Bloods』（1984 未訳）で次のように主張する。軍隊は、人種差別の撤廃された社会のように見えるが、そうではない。全米の黒人人口比率が 11 パーセントであるのに対して、軍隊では、黒人兵士の戦死者がそれ以外の人種の戦死者を大幅に上まわっている［Terry 1984, xiv］。裏をかえせば、黒人兵士は、北ヴェトナム軍や南ヴェトナム解放民族戦線の兵士たちよりもっと古い敵、黒人差別という敵と戦わねばならなかった。オーラル・ヒストリー研究家クラーク・スミス Clark Smith の言うように、軍隊は、「制度をあげての人種差別の中心となり、黒人は、この場で、もてる能力を駆使して偏見と戦った

のである」［Clark Smith 1982, x-xi］。

官僚主義の戦争

　主人公リッチーのヴェトナム体験のなかで、「アメリカの物語」の意味喪失をもっとも顕著に伝えるのは、戦争用語の戦死者総計（bodycount）と和平工作（pacification）であろう。ヴェトナム戦争では、ゲリラ戦のため前線があいまいで領地目標がたえず変わるため、地理上の勝利が軍事業績であるとは考えられなかった。そのかわりに、敵軍の戦死者数を数えることにより、戦争の進捗状況を判断した。ヴェトナム戦争とジェンダーの関係を研究するスーザン・ジェフォーズ Susan Jeffords は、この戦争が遂行能力性（performativity）をもつことに注目する。「はっきりと明確な目標を確認できないことは、（中略）戦略をパフォーマンスの問題に、つまり、勝利を得るかどうかではなく、善戦したかどうかの問題にすり替えてしまった」［Jeffords 1989, 7］。この場合、「善戦」の評価基準の一つが戦死者総計であるのは間違いない。

　また、米兵は、ゲリラの基幹施設を根絶するために、和平工作の特命を帯びてヴェトナムの村々に派兵された。和平工作は、アメリカ兵が村々に入り、医療品、農業技術、教育、娯楽などの援助・提供を通じて、名目上、村人と宥和して友好関係を築き、ゲリラ組織と村人との関係を断つという目的をもっていた。ところが、「講和して殺す」［Myers 1988a, 120］という表現に見られるように、この作戦は、ときには村人の殲滅という結果に終わった。

　リッチーは、敵の死体を初めてまぢかに見たとき、戦死者総計のもつ醜悪な現実に目覚める。ヴェトナム兵の死体は、もはや人間の死体ではなく、ただのモノ、勝利品だった。しかも、死者の総計は、士官の昇級に有利なように、しばしば水増し・改ざんして報告された。こうして、ヴェトナム戦争での数値化された遂行能力（performance）が、兵士の男らしさを評価するのに不可欠のものとなった。

　さらに、リッチーは、和平工作のコロニアリズム性にも直面する。和平工作にでかけたとき、アメリカ人とヴェトナム人の両方の視点から物事を見てしまう。自分たちを、ヴェトナム人を援助する友好的なアメリカ人と見たり、ヴェ

トナム人の目から見てよそ者の殺し屋と思えたりする。

  村人は同じだった。小さいしなびた女の人は、肌にしわがより垂れ下がっている。何もかも見てしまった、暗い、人生に疲れた目つきをしていた。
  彼らのあいだを歩きまわっていると、自分が大きく感じられた。ぼくは巨大だった。ぼくは完全武装していたし、この人たちはぼくらの側の人間ではなかった。［ibid., 111-112　傍点は筆者］

　このときの不安は、のちに現実のものとなる。リッチーの所属する小隊は、つい先ごろ和平工作のために訪問したばかりの村を、今度は「ヴェトコン」（南ヴェトナム解放民族戦線の兵士の蔑称）狩りと称してヘリコプターから機銃掃射した。つまり、和平工作の口実で、村人全員を虐殺した。

テト攻勢

　『地におちた天使』で、アメリカの物語の脱構築が頂点に達するのは、1968年1月30日に始まるテト攻勢の時期である。ヴェトナムの旧正月(テト)のこの時期に、南ヴェトナム解放民族戦線と北ヴェトナム軍が米軍と南ヴェトナム軍を総攻撃した。テト攻勢は、北ヴェトナム軍と民族戦線側に4万人の戦死者をもたらした。一方、米軍は、1,100名、南ヴェトナム軍は、2,300名の戦死者を出した。ところが、テト攻勢は、優勢であったはずの米軍の士気低下を招き、アメリカ政府が勝利の凱旋のかわりに「名誉ある」撤退を模索するきっかけを作った［Olson 1988, 442］。『地におちた天使』でキャロル中尉が戦死し、理想の戦争ヒーローのイメージが効力を失うのは、テト攻勢の時期である。
　テト攻勢の時期に、主人公リッチーは、成熟過程での儀礼的な生死の敷居を踏みこえる。ゲリラ戦で、初めて至近距離から敵兵を狙撃し、その無惨な死骸を直視し嘔吐する。このとき、彼は、自分が無垢・無実ではなくなった、もはやイノセントな子どもではなく、一人の男として生きなければならない、と自覚する。「ぼくは、バスケットボールやハーレムでの子ども時代を脱皮して、

大人の男になれるかもしれない。殺される前に、そうなればいいと願った」〔Myers 1988a, 187〕。

このころ、リッチーは、ピーウィとの友情を深める。きっかけは、リッチーが初めて敵を殺した夜、ショックのあまり、基地のベッドで泣きだしたことである。ピーウィは、彼を慰め、寝入るまでずっと抱きしめていた。リッチーは、このころからピーウィの戦争観を受けいれ、彼との友情を育み、同時に一人前の男として生き延びるために戦い始める。彼らの兄弟愛は、のちに、黒人兵士間の連帯意識へと発展してゆく。たとえば、小隊の白人軍曹が隊列のなかで危険性の高い先頭や後尾に黒人兵士を配置すると、同じ新兵のジョンソンは、「ニガー」同士で互いに守りあおうと言って、黒人間の連帯意識を鼓舞する。

ところが、彼らの兄弟愛は、深刻な自己矛盾もはらんでいた。差別の犠牲者であるはずの黒人兵士が、皮肉なことに、貧困と疲弊の極限状況に追いこまれたヴェトナム人女性、子ども、老人らを犠牲にしていたのである。リッチーは、この自己矛盾の深刻さにたじろぐ。ニューヨークのハーレムで、黒人がサバイバルのために弱者を殺すのと、どこが違うのか、と。この矛盾を象徴する事件は、二人の子ども連れのヴェトナム人女性が、ゲリラ容疑で米軍キャンプに連行されてきたときに起きた。子どもの姿を見たピーウィは、プレゼントの草人形をあみ始める。ところが、子どもの一人にしかけられていた爆弾は、女性がその子を米兵に手渡したとき爆発する。リッチーは、この場面の語りを次のように結んでいる。「ぼくが振りむいたら、ピーウィは歩き去っていくところだった。彼が作った人形は、底なしの泥のなかに横たわっていた」〔ibid., 231〕。ピーウィの個人的な善意は、罪なき子どもを「底なしの泥」から救済することができなかった。こののち、ピーウィは食事を断って自閉状態に陥り、「何も起こらなかったんだ」〔ibid., 232〕、と記憶から事件を閉めだそうとする。

リッチーも、同様なことを経験する。テト攻勢中、ジャングルで壮絶な戦闘に巻きこまれているさなか、突然、心身が乖離（かいり）する。

　　突然、ぼくはそこにはいなかった。まるで体から抜けでて、ぼくらを眺めているみたいだった。（中略）

> 突然、ぼくはそこにはいなかった。誰かがぼくのブーツをはいて走りまわっている。でも、ぼくではなかった。(中略)
> 突然、ぼくはそこにはいなかった。ぼくの前に何かが見える。開けた畑地を横切ろうとしている体を、ぼくは見つめている。[ibid., 257-259]

「突然、ぼくはそこにいなかった」というリフレインによって、彼は、残虐な戦争の現実を拒否する。ピーウィとリッチーは、腹部を撃たれ内臓の飛びだした敵兵の死体を直視する。

> ぼくはその場から歩きさった。人間はそんなふうになってしまってはいけない。人間が、子どものおもちゃが変にねじ曲がったみたいな、ねじれた骨や飛びだした内臓になってしまうなんて。人間は、座って、話して、動いているものなんだ。そうだ、動いているものなんだ。[ibid., 261]

たこつぼ壕

矛盾と苦悩のなかで、リッチーの象徴的死と再生をもっとも端的に描くのは、たこつぼ壕での一夜の経験である。ピーウィとリッチーは、テト攻勢のさなか敵兵に包囲されて、直径1.5メートル、深さ1メートルの「墓穴のような」[ibid., 287] たこつぼ壕（foxhole、1-2人用の単独壕）に逃げこむ。墓（トゥーム tomb）は、生命を生みだす子宮（ウーム womb）を連想させる。リッチーが成熟に向かう儀礼の過程で、たこ壺は境界性（liminality）の性質を帯びる。文化人類学者のアーノルド・ファンヘネップ Arnold van Gennep やヴィクター・ターナー Victor Turner によれば、境界性は、儀礼の過渡的な時間・空間に特有の性質であり、そこでは、生死の境界面が接続し、世俗離れした人間関係が生まれる、と言う[*5]。

ピーウィは、穴を調べにきた敵の少年兵にナイフで刺されて負傷する。しかし、この直後、少年兵も、リッチーに撃たれたこつぼ壕に転落する。しばらくのあいだ、リッチーとピーウィと少年の遺体は、狭い穴でともに過し、たこ壺壕が死と生の接続面（interface）となり、境界性を帯びる。リッチーとピーウィ

は、狭さのためか恐怖心のためか、抱きあい手をつなぎあう。のちに、敵の少年兵が死体として穴から押しだされ、二人は、生きてこの穴を脱出する。敵の少年は、リッチーらの代役(ダブル)なのだ。「ぼくらは、みんなここで死んだ」［ibid., 300］というリッチーの言葉は、生と死の隣接するリミナルな死線を越えた経験を暗示する。こうして、リッチーとピーウィは、たこつぼ壕の経験を通じて兄弟愛を深めることになる。それはさらに、他の黒人兵士たちとの兄弟愛へと拡大してゆく。

　ターナーは、リミナルな時期に生ずる共同体を、地理的な意味をもつ共同体と区別して、「コムニタス」と呼び、そこでは「本質的で包括的な人間のきずな」［ヴィクター・ターナー 1969, 129］が結ばれると言う。共同体、コムニタス、兄弟愛、この絆をどのように名づけても、リッチーの人生の再構築は、この男同士の絆にもとづいている。

　本章の前半の『スコーピオンズ』の分析ですでに述べたように、社会学者フランクリンは、黒人男性の生き残りを図るためには、少年が社会的に成熟するのに必要な適切なふるまいのモデルを提供できる、社会的集団の再構築が必要であると主張する。そのためには、3層の社会のうちまず第1段階から始めて、黒人男性のアイデンティティを形成する社会の拡大を図ってゆかなければならない［Franklin 1987, 169］。興味深いことに、歴史家ハワード・ジン Howard Zinn によると、アメリカ国内では公民権運動の黒人たちのあいだに、ヴェトナムで白人のために戦わされている黒人兵士との連帯を呼びかける運動があり、1967年までに活性化していた、と言う。たとえば、「黒人ボクサーで、ヘビー級チャンピオンでもあったモハメッド・アリは、みずから『白人の戦争』と呼んだものに従軍するのを拒否した」［ジン 下 1980, 232］ことはよく知られている。

　『地におちた天使』に話を戻せば、主人公リッチーは当初、傍観者であり、自分の人生の物語において主体位置を見いだせず、物語の主人公でもなかった。しかし、彼は、アメリカから見て周縁的な地、ヴェトナムでの生死のはざまで生きるというリミナルな経験を通じて、兄弟愛に目覚めることによって、同輩集団のなかに居場所を見出した。リッチーは、新しい物語のなかに自分の主体位置を獲得し、自分自身の物語を紡ぎ始めた。その物語は、アメリカ本土

に帰り、黒人にしかけられた人種差別というもう一つの戦争を戦うときにも、語り続けられるはずである。

　重要なことは、リッチーがアメリカの物語での白人ヒーローのアイデンティティを借りるのではなく、彼の新しいアイデンティティ形成のために、アフリカ系アメリカ人の男性性を表す物語を作ることである（187頁の図2を参照）。そういう意味で、リッチーの男らしさは、スティーヴン・クレイン Stephen Crane の『赤い勇気の勲章 The Red Badge of Courage』（1895）に典型的にみられる、殺戮によって作られものではない。むしろ、古い男らしさの概念から排除されてきた、人を愛し慰め励ます属性に接続しようとする。また、人種差別に対抗して、黒人同士の兄弟愛・連帯を深める。そうすることで、遂行能力性により男らしさを証明する官僚主義の陥穽(かんせい)を乗りこえる。

　最後に、二人の若者が手をつないで本土に向かう光景は、象徴的である。兄弟愛に目覚めたリッチーは、新しい男らしさを身につけてハーレムでのもう一つの闘いに臨むだろう、と読者に予測させる結末である。

ヴェトナム戦争戦没者慰霊碑「ザ・ウォール」

　最後に、『地におちた天使』を、出版された1980年代の社会・文化的文脈においてみよう。マイヤーズにこの作品を書かせた二つの理由が推測できる。第1に、1982年の11月13日（復員軍人の日）に首都ワシントンに建設されたヴェトナム戦争戦没者慰霊碑である。第2に、すでに述べたように、男性学の発展にともない、黒人男性（とくに若年の男性）の窮状が注目を集めたことである。

　「ザ・ウォール」と呼ばれるヴェトナム戦争戦没者慰霊碑は、最初ヴェトナム復員兵のジャン・スクラッグスがマイケル・チミノ Michael Cimino 監督映画『ディア・ハンター The Deer Hunter』（1978）を観ていて建設を思いついたものである。その後、メディア関係者、弁護士、政治家が協力して建設のための基金や募金団体を作り、ひろく市民に募金を呼びかけた。そして、リンカーン記念堂近くに建設することが上院議会で承認された。この慰霊碑は、あくまでも国家資金ではなく、民間の募金による建設をめざした。

　「ザ・ウォール」で話題となったのは、この慰霊碑のデザインの公募で採用

されたのがアジア系アメリカ人で、マヤ・イェン・リンという21歳のエール大学大学院の女子学生の作品だったことである。彼女のデザインは、慰霊碑としては意表をついたものだった。すなわち、地下から立ちあがってきて、また地下に降りていく、Ｖ字型の黒御影石の表面に戦没者の名前と没年月日が書かれたものだった。それは、大地が切り裂かれ、これからの治癒をたどる第1歩として、岩肌が傷としてむき出しになっている、というイメージのデザインだった［Swerdlow 1985, 566; 油井 1995, 203］。

　1985年5月号の『ナショナル・ジオグラフィック』誌は、慰霊碑に関して、二つの相反する反応を報じている。「このデザインは、ヴェトナム戦争がこの国に与えた不明確さと苦悶の感情すべてをよく捉えている」、と『ニューヨーク・タイムズ』が激賞したが、他方では、この慰霊碑が反英雄的、反愛国的で、地下に潜っており、墓場のようであり、「恥さらしな黒い裂け目」と呼ぶ復員兵もいた、というのである［Swerdlow 1985, 567］。また、レーガン大統領は、除幕式への出席を拒否した。

　注目すべきは、『地におちた天使』が出版された1988年に、第8章でとりあげた『もうひとつの家族』と、メアリー・ダウニング・ハーン Mary Downing Hahn のヤングアダルト小説『12月の静けさ *December Stillness*』も出版されたことである。ハーンは、女子高校生の目をとおして、自閉的に生きるヴェトナム復員兵のホームレスの男性と、「平静」を装って生きる復員兵（少女の父親）を描き、戦争が与えた傷を読者に反芻させている。

　ヴェトナム戦争の傷を癒そうとする時代のムードのなかで、作者マイヤーズは、黒人の側からヴェトナム戦争を回顧した。黒人運動の指導者マーティン・ルーサー・キング・ジュニア牧師の1967年の演説は、『地におちた天使』のメッセージと同調する。「私は、（中略）苦しんでいる〔ヴェトナム〕の貧しい人たちの兄弟として語っているのです。（中略）私は、国内ではくずれ去った希望、〔ヴェトナム〕では死と堕落、という二重の犠牲を負っている貧しいアメリカ人のために語っているのです」［ジン 下 1980, 232］。マイヤーズは、アメリカ国内のスラム街で苦しい闘いを強いられる黒人少年のサバイバルの物語、『スコーピオンズ』を語り、その一方、ヴェトナムで「死と堕落」という二重の犠牲を負わされた青少年のサバイバルの物語、『地におちた天使』も語っ

た。マイヤーズが1988年という年に、アメリカの国内外での黒人少年たちの闘いを2冊の小説に描き出版したことは、驚きにあたいする。

注

1　作者マイヤーズは著書『アフリカ系アメリカ人――自由を創造した人々の戦い Now Is Your Time』(1991)で、自分たちに「アフリカ系アメリカ人」という呼称を用いているが、時には「黒人」とも表記している。実際にアメリカ社会で「黒人」と表記しても問題はない。ここでは「黒人」と書く。

2　「貧困の文化」の内容は、以下をさす。「教育軽視、動機の欠如、高い犯罪率、アル中、麻薬中毒、精神病、家庭崩壊、10代の少女の妊娠、未婚の母、恒常的な失業、不就労者、福祉依存、反社会的心情といった社会的に好ましからざる『文化』」[上坂 1994, 12]。

3　以下参照。クーンツ 1992, 343-344, 359. ハッチンソン 1994, 29-30. 40-41.Skolnick 1990, 217.

4　「アンダークラス」という語が普及するきっかけを作ったのは、ジャーナリストのケン・オーレッタ Ken Auletta である。彼は、1981年に『ニューヨーカー』誌に "The Underclass" と題する長編記事を書き、翌1982年に著書 The Underclass を発表した。アメリカ研究者、上坂昇によれば、「さらに86年1月にCBSテレビが〈消えゆく黒人家族〉というドキュメンタリーを発表して、この言葉を一般にあまねく広めた」[同書, 33]。そして、「男性の無責任、女性のモラルの欠如、子どもたちの非行が彼らの貧困の原因であるという議論は、その後1980年代を通してますます大勢をしめていく」[クーンツ 1992, 343] こととなった。

5　文化人類学者ヴィクター・ターナーは、文化人類学者ファンヘネップの考え方を洗練して、ライフサイクルでの「通過儀礼」に起こる境界的な状況に注目した。「"境界"の時期では、儀礼の主体("通過する者")の特徴はあいまいである。」(中略)境界にある人たちはこちらにもいないしそちらにもいない。(中略)リミナリティは、しばしば死や子宮の中にいること(中略)に喩えられる。(中略)〔コムニタスとしての社会の様式〕では、個人は相互に全人格的に関わり合いをもつのであり、身分や役割に"仕切られた"存在としてではない」[ターナー 1977, 127, 252] と述べている。

第10章

ゲイとして生きる

ダークがいった。「父さん、ぼくゲイなんだ」
「わかってる」ダービーがいった。
「ギリシャの神々のことを考えるんだ。
それから初代ビートニクの父である
ウォルト・ホイットマンのことを。
オスカー・ワイルド、ギンズバーグ。
おまえがもっとも尊敬する英雄のことを考えるんだ。
恐れるんじゃない」
——『ベイビー・ビバップ』より——

はじめに ── 同性愛の男性性

　本章では、ゲイの男性性がどのように作品に表されているかを調べてみよう。これまで見てきたように、アメリカ人の男らしさのイメージは、時代の推移のなかで、その社会・文化的変化の影響を受けてきた。しかし、同性愛の男性性は、少なくとも本書が扱う19世紀半ばから21世紀の現在まで、ジェンダーの不安要因として常に規範的男性像の観点から文化的、社会的に批判され、排除されてきた。また、大統領などの選挙戦では、同性婚が政治的課題として議論され続けてきた。そのような動向は、イデオロギー教化装置の役割を担ってきた児童・思春期文学でも例外ではない。
　ここでは、イザベル・ホランド Isabelle Holland の『顔のない男 The Man Without a Face』（1972）とフランチェスカ・リア・ブロック Francesca Lia Block の「ウィーツィ・バット Weetzie Bat」シリーズのうち、第5巻『ベイビー・ビバップ Baby Be-Bop』（1995）を取りあげて、1970年代、90年代アメリカの社会・文化的文脈において、各作品に表象される男らしさを検証してみたい。

父親探しの「旅」

　『顔のない男』は、1972年にヤングアダルトの「ベスト・ブック」賞、1973年に児童文学の書評誌『ホーンブック The Horn Book』から「ホーンブック」銀賞を受賞した。「この本がひろく知られているのは、主としてその物議をかもす題材のせいである」[Galens 1993, 84] と言われるように、ゲイ解放運動と男性運動が始まりつつあった当時、この本はそれまで保守的であった児童文学界で画期的なテーマに挑戦した。この作品は、のちに、メル・ギブソン Mel Gibson 監督・主演の映画『顔のない天使 The Man Without a Face』（1993）としてリメイクされ話題となった。日本では、映画化を機に1994年に邦訳『顔のない男』の出版をみた。
　物語は、母子家庭の少年チャールズ・ノスタッド（14歳）が「顔のない男」と呼ばれる元高校教師ジャスティン・マクラウド（47歳）と出会う一夏のできごとから始まる。マクラウドは、顔半分に火傷によるケロイドが残り、世間に

背を向けて一人暮らしをしている。チャールズは、母、姉、妹と女ばかりの家庭の雰囲気を嫌い、家族から離れるために、全寮制の進学男子高校(プレップ・スクール)への進学を考えており、ジャスティンに個人教授を頼む。チャールズは、その後の二人の関係性のなかで、無意識に求めていた優しくて権威のある「父親」をジャスティンのなかに見出す。その一方、ジャスティンは、甘やかされて育ったこの少年を躾け、教育するなかで、みずからの心の傷と向きあい、癒やしてゆく。二人の関係性は、こうして心理療法的、かつ疑似的な父・息子関係のなかで、同性愛へと至る。この一夏の経験ののち、チャールズは希望していた男子校に入学する。そののち、彼は、ジャスティンがスコットランド滞在中に心臓発作で亡くなっていたこと、自宅と蔵書を自分に遺産譲渡していたことを知る。
　さて、主人公チャールズは、何を求めて「顔のない男」に向かっていったのか。ジャスティンへのベクトルには、私は二つの動機があると考える。第1に、母親に表される家庭性（domesticity）からの逃避。第2に、不在の父親に代わる理想の父親の探求。カメオのように美しい「母の趣味は結婚だ」[ホランド1972, 11]、「女ばかりの家で息がつまりそうになっていた」[同書, 17]と言うように、チャールズは、母親が離婚、再婚を4度も繰りかえすような、彼にとって居心地の悪い家庭からの逃避を願う。彼にとっての家庭性とは、彼の男らしさが母親に飼い慣らされることを意味する。それは、彼の猫モクシーをめぐり、母親・息子間で繰りひろげられる葛藤に象徴される。「チャールズ、あの〔野良〕猫だけどね、あんたのベッドに寝かしてもらいたくないのよ。（中略）家中くさくなるんだから」[同書, 33]と母の言葉。体中にけんかの傷痕をもつ雄猫モクシーは、チャールズの男らしさのメタファーである。母親は、モクシーを嫌悪し、家で飼うのなら去勢が条件、とまで言う。チャールズは、「男をみんな骨抜きにするための母の作戦の一部」[同書, 27]に違いない、とこの条件を断る。
　少年が「顔のない男」へと向かう第2の動機には、父親の不在性がある。海軍パイロットだった父について、チャールズには具体的な父親の記憶がほとんどなく、顔を確かめるにも写真さえない。離婚後、母親が捨ててしまったらしい。そのため、空想のなかでさえ、父親の顔がぼんやりしている［同書, 60, 155-156］。作者ホランドはエッセイで次のように言う。「〈顔のない男〉という

タイトルには、実は二つの意味がある。一つは、ジャスティンの顔に傷があるところから、そのニックネームを指す。もう一つは、チャールズがほとんど顔も覚えていない実父を指している」[Holland 1973, 299-303]。

心理療法的な出会い

　本書の第6章、第8章でも述べたように、アメリカ思春期文学では、父親のいない少年が父親探しをするというモチーフをもつ作品がしばしば書かれてきた。このような少年が母親のもとを旅立ち、傷を負った父親的人物と出会い、その関係性を通じて自分を見出し、父親的人物の傷を癒やすというのは、神話的モチーフである。ローバート・A・ジョンソン Robert A. Johnson やギー・コルノー Guy Corneau らユング派心理学者たちは、「アーサー王伝説」の『ペルスヴァルまたは聖杯の物語 Perceval, le Conte du Graal』（1180年代）を、少年の父親探しの旅、理想の男らしさの探究物語として解釈してきた。ちなみにジョンソンによれば、「〈漁夫王〉の大腿部の傷は、彼が生殖能力や人間関係の能力に傷を負っていることを意味する」[Johnson 1977, 7]。だから傷は、機能不全状態にある男性性のメタファーでもある。そのうえ、漁夫王の領内では、ある日、純真で世間知らずな若者がやってきて、王の傷を癒やすという伝説が伝えられている。ジョンソンによれば、人の心の純真さこそが、漁夫王の傷を癒やすのである [ibid., 11]。作者ホランドも、『顔のない男』の執筆当時、このような心理学的・神話的なモチーフを念頭においていた。

　　　ジャスティンは、チャールズの人生に足を踏みいれたとき、神話的にも心理学的にも常に父親の典型たる三つの属性――力強い男らしさ、権威、内にひめた優しさを体現していた。彼はチャールズの心のすきまに入りこみ、その結果、大きな変化をもたらした。[Holland 1973, 300]

　『顔のない男』での傷の癒しには、第三者の介入を許さない（家族には秘密で）、断崖の上の孤立した館という心理療法的な時空間が設定される。しかも、二人の信頼関係ができあがると、チャールズは、「金色の繭」と表現され

る濃密な人間関係のなかで、学習し、水泳や乗馬を楽しみ、食事を共にする。彼は、「金色の繭か何かの中にすっぽり包まれたような感じがし、その繭から出たくなかった」［ホランド 1972, 192］と言う。こうして疑似父子関係ができあがると、ジャスティンはチャールズを「息子」と呼び、チャールズは「先生がお父さんだったらいい」と言う［同書, 187, 189, 206］。身体的親密さを伴う二人の関係を、作者ホランドはエッセイで、「変わった愛だが、それでもラヴ・ストーリーである」［Holland 1973, 120］と書いている。

　金色の繭のなかで、ジャスティンは、家族や現実から逃避する少年の姿を見ているうちに、みずからの逃避的な生き方に気づく。「逃げる癖がある、ときみを批判もした。だが、わたしもまさにそれをしてきたのだ。ただ、わたしの場合は逃げるのではなく壁を築いた」［ホランド 1972, 173］。作品の結末部近くで、少年と父親的人物の心の傷が明かされる。ジャスティンの顔の傷は、少年の空想するような英雄的な空軍パイロットが受けた傷ではなく、12年前、教員時代に飲酒運転により交通事故を起こし、そのときに受けた傷であった。しかも、少年の同乗者を焼死させてしまった。その後、2年間、刑に服した。チャールズは、ジャスティンに同情して言う、「それ以来マクラウドは、きっと良心に責められながら生きてきたにちがいない。村からはなれてひとりで暮らしているのは、きっとそのせいだ。顔の整形手術を受けないのも、そのせいだ」［同書, 141］と。

　一方、チャールズの心の傷は、実父の死亡原因を知ったときに、ある場面のフラッシュバックとともに明らかになる。異父姉がチャールズに見せた新聞記事のコピーには、父親がオーストラリアのシドニーで、アルコール依存症で亡くなったと書かれていた。英雄的なパイロットとして戦死したのではないとの事実を知って、教会で起こったできごとがフラッシュバックする。父親とでかけた教会で、息子のチャールズは、泥酔した父が二人の男に連れだされているのを目撃していた。彼はこの恥辱にみちた記憶を抑圧してきたのだった。

「金色の繭」が破れるとき

　この回想(フラッシュバック)は、他の衝撃的な二つの出来事とともにやってきて「金色の

繭」を破る。一つは、猫のモクシーが殴打されて死んだこと。もう一つは、チャールズが姉とそのボーイフレンドの性行為を目撃したこと。この直後にチャールズは、泥酔した父が教会で醜態をさらした事件のフラッシュバックに襲われたのだ。三つの出来事がチャールズの性アイデンティティと密接にかかわっている、と私は考える。第1に、彼の幼児的・野性的側面をもつ男性性を表す野良猫の無残な死は、彼の男らしさの変化を物語る。第2に、性行為の目撃は、フロイトの言う性的「潜伏期」(latency period) *1 の子ども時代を終えた少年が、大人の性に直面することを意味する。第3に、実父の醜態の抑圧された記憶が解放されると、彼の性同一性の基盤が危機にみまわれる。取り乱した彼がジャスティンに助けを求めて、「どうしてぼくには父がいないか、知ってる？飲んだくれだったからだよ。どや街で死んだんだ」[ホランド 1972, 236] と叫ぶ。

　　ジャスティンが手をのばし、ぼくの体を抱きとめた。その腕の中でぼくは泣いた。そんなにたくさんの涙が自分の中にあるとは知らなかった。（中略）しばらくすると、ジャスティンはぼくを抱きあげ、ベッドに連れていき、ぼくを抱いたまま自分もそばに横になった。
　　彼の心臓の鼓動が感じられた。気がついてみると、それは自分の鼓動だった。（中略）金色の繭が破れ、金色のシャワーとなって飛び散った。
　　[同書, 237]

フランスの精神分析医アネット・フレジャヴィル Annette Frejaville は、幼児期の息子が父親を同一視するとき、二人のあいだに相互の理想化が起こると言う。それは、「初期同性愛」(primary homosexuality)、別名「愛情関係」(love story) であると言う [コルノー引用 1991, 37]。心理学者コルノーは、「父親が不在だったり冷たかったりすると、息子が他の男の体を探求することで自己発見しようとしたとしても別に不思議ではない」[同書, 85] と言って、父のない少年の性同一性の探究には、しばしば男同士の身体接触をともなうことを指摘している。また、フロイト派心理学者ピーター・ブロス Peter Blos も、思春期の少年が前エディプス期のコンプレックスを解決するとき、「顕在的なもしくは

安定した意識的な同性愛志向をともなわない、疑似同性愛的な一時的な段階」［ブロス 1985, 28］を経ることを認めている。幼児期から母親のもとで養育・監督されてきた少年にとって、性同一性とは、身体を除外した精神的同一化だけでなく、父親との身体的自己同一化をも意味する。

　心理学者たちのこうした説明をなぞるかのように、ジャスティンの説明がなされる。

　　「きみは長年、無理な精神の緊張を強いられてきた。そのことと、昨日のショックに、ごく正常な反応をしたにすぎない。きみの年齢では、どんなことでも引き金になる」
　　（中略）「もちろん、わたしにも関係はある。しかし、それには永続的な意味はまったくない。わたしでなくても ── 男の子でも女の子でもありえただろう」［ホランド 1972, 239］

『キャッチャー・イン・ザ・ライ』との比較

　もしチャールズが20年早く生まれておれば、おそらくJ・D・サリンジャーが『キャッチャー・イン・ザ・ライ』（1953）で描くホールデン・コーフィールドになっていただろう。ホールデンは、全寮制の男子高校という男の世界で自己確立を試みるが失敗し、崩壊寸前の精神状態で、以前の高校で教えてもらったミスター・アントリーニに助けを求める。しかし、先生が深夜に同性愛的な身体の接触をしてきたとき、ホールデンは嫌悪感から逃げだしてしまう。それでも、先生を評価するホールデンの言葉には、彼が何を先生に求めていたかが表れている。

　　もし先生がたとえ本当にゲイだったとしても、彼はぼくにずいぶん親切にしてくれたじゃないかって。あんな真夜中に電話をかけてもいやな顔ひとつしなかった。よかったらすぐにうちにおいでとまで言ってくれた。そして僕の抱えている問題について真剣にあれこれ考えて、自分の知力のサイズを知るためのアドバイスなんかを与えてくれた。［サリンジャー 1951,

331]

　ホールデンもチャールズと同様、この父親的人物に優しさと権威を求めていたに違いない。しかし、先生を拒否したホールデンが向かうのは、ロバート・バーンズの「誰かさんが誰かさかさんとライ麦畑で出会ったら」という詩に表される無垢の世界である。その後、回転木馬にのって幸福な子ども時代に退行した彼は、狂気に身をゆだねる。

　1950年代アメリカの男らしさについて、社会学者マイケル・キンメル Michael Kimmelは、50年代の伝統的規範がやっきになって同性愛と共産主義の「封じ込め」をしたと言う。

> 　ジョゼフ・マッカーシー Joseph McCarthy が、同性愛者と共産主義者とをジェンダー不適応（gender failure）の代表として、簡単に結びつけてしまったのは無理もない。（中略）1950年代、ジェンダー不適応の罠は身の回りいたるところにあり、アメリカの男たちは、敗残者の末路を知っていた。とりわけ、一家の稼ぎ手や父親として失敗した男の息子たちの末路を。彼らは同性愛者になったり、非行少年になったり、共産主義者になったりしたというのだ。［Kimmel 1996, 236-237］。

　一方、チャールズは、ホールデンとは違い、「金色の繭」という父子一体期を経て、寄宿学校という男の世界に加入する。父親代理のジャスティンが教導者（イニシエーター）としてかかわったおかげである。彼の死は、心理療法における彼の役割の終了を意味する。成長したチャールズは、ジャスティンへの思いを告げようと彼の家を再訪する。「ぼくがどんなに彼のことを好きか、わかってもらわなくてはならない。きらいだったあの言葉が意識の前面に出てきた。そうだ、どんなに彼を愛しているか、だ」［ホランド 1972, 256］。少年は、主（あるじ）なき家で、自分に宛てたジャスティンの手紙をみつける。「きみはわたしに、二度と手に入らぬとあきらめていたものをくれた。それは、親しい交わり、友情、愛——きみの、そしてわたしの——だ。（中略）どうか愛を恐れぬ人間になってほしい」［同書, 247-248］。

さらに、結末部でジャスティンの男らしさに、別の属性が追加される。「弱い、行きどころのない生き物を救済するのが、〔ジャスティン〕はうまかった。彼自身もそういう生き物だったが」［同書, 253］とジャスティンの友人が追想する。こうして、ジャスティンの男性性には、いわゆる女性的特性とされてきた養育力、癒しの力がつけ加わる。ジャスティンの男らしさは、50年代アメリカなら女々しい男、ゲイとして封じこめの対象となっていたはずだが［Kimmel 1996, 237］、ここでは、少年の敬愛の対象として描かれる。

映画『顔のない天使』との違い

　最後に、原作『顔のない男』とメル・キブソン監督・主演の映画『顔のない天使』(1993) を比較する。最大の違いは、映画が二人の同性愛関係を否定している点である。二人の関係に懸念を抱く人びとにより公聴会が開かれ、その場で（つまり、映画の観客に向かって）、ジャスティンがその事実を否定する。さらに、映画のジャスティンは、チャールズとは死別せず、彼の卒業式に「息子」の成長を承認するかのように姿を現す。また、チャールズの卒業校が寄宿制の男子高校でなく、士官学校に設定されている。原作で、チャールズは空軍パイロットになりたいと表明していたが、彼の大人の世界への旅立ちが、「士官学校の卒業式」という成熟の認証式として設定されている。つまり、映画は、「同性愛者ではない、戦う男」を成熟した男性像として提示する。

　原作のメッセージはどうして変わってしまったのだろうか。その答えは、レーガニズム Reaganism が一つの手がかりとなるかもしれない。この映画の制作年（1993年）以前に、ロナルド・レーガン Ronald Reagan 大統領は、レーガノミクスといわれる経済政策をもとに、小さな政府、強いアメリカを目ざした保守政策をとっていた。強いアメリカには、「同性愛者ではない、戦う男」という男性性概念が居座っていたのは明らかだ。レーガンが2期目の大統領選にテレビで流したコマーシャル「アメリカの朝 Morning in America」(1984) のナレーションは、レーガニズムと男らしさの関係をよく表している。

　　アメリカにまた朝がくる。今日、わが国の歴史のなかで、いまだかつて

ないほど多くの男女が仕事にでかける。(中略) 今日の午後、6,500 組の男女が結婚する。(中略) アメリカにまた朝がくる。そして、レーガン大統領のリーダーシップのもとに、わが国はより誇り高く、より強く、より良くなる。［Ronald Reagan TV Ad, You Tube］

映像では、通勤風景や家族の情景に加えて、教会で結婚式をあげる男女の姿が映される。誇り高い、より強い、より良い国アメリカの映像に、同性愛者の姿は含まれていない。

90 年代アメリカでゲイに目覚める

　フランチェスカ・リア・ブロックの『ベイビー・ビバップ』も、同性愛者としてのセクシュアリティに目覚め、受けいれる少年ダークを描く。ブロックは、「ウィーツィ・バット」シリーズの第 1 巻『ウィーツィ・バット』、第 2 巻『ウィッチ・ベイビ』で、すでにダークとそのパートナーの若者ダックを登場させている。したがって、第 5 巻『ベイビー・ビバップ』は、これらの作品の前日譚にあたる。『ベイビー・ビバップ』は、父母の事故死ののち、祖母フィフィと二人暮らしをするダークが、幼い頃からよくみる夢で始まる。

　　ダークは何人ものお父さんと列車に乗っている。みんな裸で、クッキー色の肌をしていて、笑っている。列車は滑るように走り、車内の壁からはお湯が噴き出している。たくさんの濡れた脚やたくましい腕に囲まれていると、ダークはうっとりしてしまう。ダークはほんとうのお父さんの顔を見ようとするが、立ちこめた湯気のせいでよくわからない。［ブロック 1995, 10］

　主人公ダークは自分がゲイだとうすうす気づいてきたが、それを察した祖母は、「男の子には、ああいう時期があるんでしょう。麻疹みたいなものかもしれないわね」［同書, 11］と思う。だから、ダークは麻疹が治るのをずっと待ってきた。だが、同級生のパップ・ランバート（ジェームズ・ディーンタイプの少

年）と出会ったことで、彼のホモセクシュアリティが自明のものとなる。ダークとパップは、無断で近隣の裏庭のプールで泳いだり、木に登ったり、犬を連れ出したり、悪童的な冒険を楽しむ。また、ダークの部屋でマリファナを吸い、ポルノ雑誌を眺め、祖母の作るサンドイッチを分けあう。

　こうして、ダークとパップは魂の友となるが、パップは、ホモフォビアの気持ちからダークへの愛の感情を否定し、少女との異性愛の関係にはいる。愛しあう二人を目撃するダークの感情が描かれる。

　　　〔ダークの〕体のなかでパップへの愛が燃え狂っていた。その炎は太陽のように肩を焼き、火ぶくれを作り、まるで皮膚がむけてしまいそうだった。傷口にはガラスの破片を突き刺されたようだった。［ブロック 1995, 38］

　ダークは、パップに想いを打ちあけるが、「ダーク、おれ、おまえを愛してる。（中略）だけど、どうしようもないんだ」［同書, 44］とパップは去っていく。失恋の衝撃に打ちのめされたダークは、パップを愛した優しい自分を隠すために、頭髪を黒く染め、モヒカン刈、黒ずくめのパンクファッションで身を固めて登校する。彼の強面ファッションは、「女々しいゲイ」と悟られまいとする自己防衛の盾となる。

制度の言説が作るゲイ

　文学批評家ロバータ・シーリンガー・トライツは、ブロック作品の少年のセクシュアリティ描写には、ミシェル・フーコー Michel Foucault の性的欲望理論があてはまる、と主張する。すなわち、セクシュアリティがカトリック教会の秘蹟の告白やフロイト派の心理分析など、修辞システム（レトリック）という言説によって作られてきたとするフーコーの理論である［トライツ 2000, 143-144］。フーコーによれば、「近代社会の特徴とは、性をして闇の中に留まるべしと主張したことではなく、性について常に語るべしとの使命を自らに課したことである」［フーコー 1976, 46］。

　『ベイビー・ビバップ』の性については、生物学的行動であるセックスより

第10章　ゲイとして生きる　209

も、セクシュアリティにより関心が払われ、のちにダークとパートナーとなるダックのセクシュアリティは、言説により、つまり互いの愛情表現やゲイとしての自己表現や、ゲイの人生を語る物語として表現されている。トライツによれば、『ベイビー・ビバップ』がフーコー的と言えるのは、「同性愛の言説をゲイの男性の身体的行動より優先し、同性愛を身体ではなく言語表現（レトリック）の面から定義する傾向があるからだ」[トライツ 2000, 170]。その意味でも、ブロックの作品は反体制的である。キリスト教会や精神分析という西欧の確立された制度が、言説により同性愛を「異常な」セクシュアリティに作りあげてきたのに対抗して、ブロックがゲイの若者にみずからのセクシュアリティを語らせているからである。

『ベイビー・ビバップ』の後半のストーリーは、ダークがゲイであるみずからをどのようにして語り、ゲイの主体性を構築しカミングアウトするか、をめぐって展開する。祖母フィフィは、強面のモヒカン刈になった孫息子を心配しながら、精（ジン）の住む魔法のランプに自分の想いを語るように促す。ダークは16歳の誕生日を迎えていた。当初、絶望したダークには、みずからを語る言葉が出てこない。「自分の物語なんかいらない」[ブロック 1995, 51]と言う。ところが、彼は、街でパンクのチンピラに殴られて自己嫌悪に陥り、しかも半意識不明状態のうちに、魔法のランプに助けを求める。「助けてくれ、物語をきかせてくれ（中略）。この部屋のどこかにランプがあるのはわかっている。生きる意欲がわいてくるような物語をききたい。生きる気力を失ってしまった。助けてくれ」[同書, 68]。

自分の性アイデンティティに混乱するダークが、魔法のランプに物語を、言葉を求めるのは、彼がポスト構造主義的な主体性構築に向かっている証拠ではないだろうか。ダークは、モヒカン刈のパンクファッションで自己防衛できても、主体性の発揮に至らなかった。彼にはゲイの主体性を言葉で構築する必要がある。文学評論家キャサリン・ベルジー Catherine Belsey によれば、

> 意識はわたしたちが話す言語や認識するイメージの起源であるというよりは、わたしたちが学び、再生産する意味の産物だと主張する。（中略）ポスト構造主義者は、観念から言語が生まれたとは考えない。じつはその

反対で、わたしたちが学習し、再生産する意味から観念が生まれるのだ。」
［ベルジー 2002, 8-11］

　つまり、ダークに限って言えば、ゲイという意識や観念は、言葉によって生みだされる。トライツはベルジーの議論に依拠して次のように言う、「主体とはことばによってつくられたもの、ことばが個人にたいして持つ外的な力によって構築されたものである」［トライツ 1997, 50; Belsey 1985, 47］と。

物語による解放

　そこで、ダークの言葉によるゲイの主体構築の実際を追ってみよう。ダークは、意識朦朧状態のなかで、魔法のランプが送りだした曾祖母ガゼル・サンデーの物語を聞く。孤児だったガゼルは、16歳で未婚の母となってフィフィ（ダークの祖母）を産んだみずからの人生を語る。試練に満ちたガゼルの人生の物語は、やがて成人した娘フィフィとその短命の夫ダーウッド・マクドナルド（ダークの祖父）との愛の物語へと移る。彼は、心臓病のため数年の余命宣告をされた昆虫学者だった。夫の死後、フィフィはハリウッドのアニメ制作会社で働き、息子ダービー（ダークの父親）を育てる。ガゼルは家族の人生と性を語りながら、「自分の物語を語ることは大切なこと」［同書, 85］、とダークに伝える。つまり、ダークは、異性愛・同性愛に関わりなく、セクシュアリティと人生こそ物語る行為（言説）によって自分のものとなることを知る。

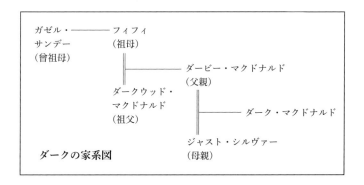

次に、母とのドライヴ中に亡くなった父親ダービーがダークに語りかける。

　「物語がききたいんだろ。目を覚ませてくれる、生き返らせてくれる物語を」
　（中略）ダークが言った。「お願いだ、教えてくれ。父さんのこと、ずっと知りたかった。もう自分なんて存在していないんじゃないかって感じがしてたんだ。原子を失いながら宙を回って、透明人間になって、分解していくような、そんな気がして……。」［同書, 100］

　父親がダークに語る人生も、試練に満ちている。5歳で父親と死別したダービーは、「詩でしか自分のことを表現できない」［同書, 102］孤独な少年として育つ。16歳のとき、60年代のファッション・アイコンのツィッギーに似た、「少年のような女神」［同書, 105］ジャスト・シルヴァー（ダークの母）と恋に陥り、ダークが生まれる。ダービーは続ける。

　「おまえを見て、わたしは思った。いったいどうしたら、これまでのように現実から離れて生きていけるのだろう。（中略）おまえを見ると、心が痛んだ。父のときと同じように、心臓が鼓動をやめてしまうんじゃないかと思った。わたしとジャスト・シルヴァはおまえを母に預けて、何時間もドライヴをした。（中略）1968年、マーティン・ルーサー・キングとロバート・ケネディが暗殺された年だった。この世界で、わたしたちは生きていけないような気がしていたと思う。」［同書, 110-111］

　ヒッピー世代の両親は、キング牧師の暗殺事件のあった年、生きる意味を見失い自死する。父親は、みずからの誕生から死までを語り終えて、「だから、おまえには違う生き方をしてほしいんだ。（中略）闘ってほしいんだ。わたしはおまえを愛している。恐れるんじゃない」［同書, 111］とダークに告げる。

　「だけどぼく、ゲイなんだ」ダークがいった。「父さん、ぼくゲイなんだ」「わかってる」ダービーがいった。（中略）「ギリシャの神々のことを

考えるんだ。それから初代ビートニクの父であるウォルト・ホイットマンのことを。オスカー・ワイルド、ギンズバーグ。おまえがもっとも尊敬する英雄(ヒーロー)のことを考えるんだ。恐れるんじゃない。」［同書, 111-112］

こうして、ダークは、父親にカミングアウトの言葉を発することができた。ダークは半意識不明のなかで、魔法のランプに助けられて、自分の物語を紡ぎ始める。ランプの精がダークの未来の恋人、魂の友となるダック・ドレイクのもとに導いてくれる。サンタクルーズの海岸でサーフィンをするダックは、「好きになるのは同性ばかり」［同書, 118］というセクシュアリティゆえに孤独な少年だった。サーフィンを愛した亡き父を恋しく思う。

> ダックも、恋人と一緒にサーフィンをしたいと思った。秘密を打ち明けることのできる、心に同じ秘密を持った相手が欲しいと。相手の心に手をさしのべて、その孤独な秘密に自分自身の秘密で触れたいと思った。［同書, 121］

ダックは、まだ名前も知らない魂の友、人生の恋人を探し求めてサンタモニカに移る。その一方で、夜の街をさ迷い、バーのトイレ、公園、車のなかで、行きずりの男と性的関係をもち、自己嫌悪に陥る。そのころダックは、「物語はもってるかい？」と語りかける（ダークの）声に応えるかのように、演劇のワークショップで一人芝居(モノローグ)を試みて、自分の物語を語りはじめる。愛する親、兄弟、姉妹を手始めに、みずからの物語を人前で語る。ダックの物語は、彼がこれまで愛してきた家族、海、光、自然のなかで生きてきた自身の人生と性のなかにある。そして、それに続く彼の物語にダークが登場する。

> それから間もなく、ダックは恋人に出会う。（中略）泳いだり、サーフィンしているときのような光のなかで出会ったふたりは、生まれながらのあどけなさや、解放的な心をとりもどすことができる。（中略）はじめてのキスはビーチで、ふたりは太平洋の隅にひざまずき、感謝の祈りを捧げる。［同書, 132］

こうしてダークは、ランプの精の仲立ちによって魂の友ダックの物語に接続される。そして、昏睡状態から目覚めた彼は、これからゲイとしての生と性を語りながら生きていくだろう、との希望を確信するところで、『ベイビー・ビバップ』は終わる。

ゲイ解放運動――1969年から1990年代へ

　ここでは、ホランドやブロックが作品を書いた時期に起きた、男性運動とゲイ解放運動の歴史的流れを追ってみたい。本書の6章ですでに述べたように、1970年代アメリカでは、第二波フェミニズム運動の影響下、男性運動が起こり、その後、フェミニズム的男性、ゲイの男性、黒人男性など、さまざまな視点に立つ男性性概念を支持するグループが運動を展開していった。そのなかで、「全米女性機構」(NOW)の強い影響を受けたプロフェミニストのグループ、「男らしさの神話に関する全米会議」が1974年に、「男と男らしさ」(M&M)の会議が1975年に開催された。その後、1982年にM&Mから「全米男性変革機構」(NOCM)が誕生し、さらに、それが1990年には「全米男性差別反対機構」(NOMAS)」に改名された。1984年時点でこの系列グループには、多くのゲイのメンバーが活動していた［Clatterbaugh 1990, 140］。

　社会学者クラタボーは、男性運動におけるゲイの存在について、次のように述べる。

> 　ゲイが男性運動に参加し彼らの視点が加わったおかげで、ストレートの男性は、ホモフォビアと戦い、自身の男性性の理解を深めるようになる。（中略）ゲイとストレートは、主要な男性性の概念が事実上、ホモフォビア（男性役割・ステレオタイプ・理想像に潜む漠とした恐怖感）により作られ、維持されてきた、という基本前提をもっている。［同書, 140］

　さらに、男性運動とは別に、ゲイ解放運動は、1969年6月のグリニッジ・ヴィレッジのゲイバー「ストーンウォール・イン」の暴動で口火を切った［同書, 138; 河口 2003, 17-20］。1960年代アメリカで、ゲイバーへの警察の強制捜

査、嫌がらせが頻発していた。この日も「ストーンウォール・イン」は、警察による手入れを受けた。その場にいた同性愛者らが、ついに警官に立ち向かって4日間の争乱状態に陥り、この暴動は、ゲイ解放運動の起点となった。これ以降、たとえば、「ゲイ解放戦線 Gay Liberation Front」のような政治的に活発な運動体が、ゲイの権利拡張と差別撤廃を求めて活動を続けていった。ホランドの描くチャールズとジャスティンの出会いの背景には、ストーンウォール暴動の余波が漂っていたはずである。クラタボーは、「ストーンウォール以後毎年、きわめて多数のゲイとレズビアンがアメリカ中で〈ゲイ・プライド〉のパレードに参加してきた」［Clatterbaugh 1990, 138］と述べている。2016年の現在、ゲイ・プライドのパレードは、全米のみならず、世界に広まっており、ストーンウォール暴動のあった6月頃に各地で開催され、インターネット上のYouTubeでも見ることができる。

　さて、ブロックの描くダークが、ゲイの主体構築のため、魔法のランプに助けられてみずからのゲイのアイデンティティを言葉で表明できるようになったころ、社会学の分野では、ゲイに関する新しい動きが始動していた。「クイア研究」である。

> 1990年代には、思想的にはポスト構造主義の影響のもとで、同性愛を忌避する異性愛制度や社会を問うのでもなく、また同性愛者のアイデンティティやコミュニティに深く分け入り論究するのでもない新しい研究の方向性が台頭してきた。それは「クイア理論」ないしは「クイア研究」と呼ばれるようになった。［河口 2003, 52-53］

すなわち、同性愛者、レズビアン／ゲイという呼称に代わって、クイアという呼称が使われるようになった。かつては、「変態」「オカマ」という侮蔑的・差別的な意味をもっていたクイアが、自他共に使われるようなったのだ。社会学者河口和也は、現実の世界ではクイアという呼称が、ＬＧＢＴ（レズビアン・ゲイ・バイセクシャル・トランスジェンダー）を総称するような使われ方をしていると述べている［河口 2003, 64］。

　クイアに対する理解は、すでに述べたように、ポスト構造主義的なセクシュ

アリティ構築説への理解が進んだことと無関係ではない。したがって、ダークが構築説に共感しておれば、「ぼくはゲイなんだ」と言う代わりに、「ぼく、クイアなんだ」と言ったかもしれない。ブロックの「ウィーツィ・バット」シリーズが、ポストモダンなメタフィクション*2の作品群であることを考えれば、『ウィーツィ・バット』や『ベイビー・ビバップ』で、ダークが「ぼく、クイアなんだ」とカミングアウトする方が、作品の雰囲気にあっているかもしれない。

注

1　性的潜伏期：S・フロイトは性愛が思春期になって初めて生じるものではなく、小児にも存在するとして小児性欲を唱えたが、6歳から思春期に入るまでの性衝動がしずまる時期をいう。この時期、性衝動はエディプス葛藤をめぐって強く抑圧され、社会的規範の学習や知的活動にエネルギーが注がれ、思春期以降に再び出現するまでの間潜伏していると見なされている［『心理学辞典』有斐閣、1999年］。

2　メタフィクション：「フィクションについてのフィクション、とくに作中においてみずからが作り物であることを隠さない小説。しばしば自意識的語り手が前面に現れて、読者に語りについての弁明を行う。(中略) ポストモダニズムの多くの作品は、リアリズム的現実再話についての絶望と懐疑から、多少ともメタフィクション的傾向をもつ。」［『文学批評用語辞典』研究社 1998年］

第 11 章

障害者として生きる

ぼくはいま、リアルな世界でちゃんと仕事をこなして、
ほかの人たちとことばを交わし、
人の心のなかをさぐり、
感情を想像している。どれもこれも、
多くの自閉症の子どもにはできないことばかりだ。
──『マルセロ・イン・ザ・リアルワールド』から──

はじめに —— 自閉症を描いた小説

　アメリカ人の男らしさのイメージが時代の推移のなかで、その社会・文化的変化の影響を受けて変化してきたことは、今までに見てきたとおりである。本章では、自閉症スペクトラム（以下「自閉症」と記す）に焦点をあてながら、精神疾患や脳に障害を負った男性登場人物がどのようにアメリカのヤングアダルト小説に表されてきたかを調べてみたい。本章で扱う小説は、ベッツイ・バイアーズ Betsy Byers の『白鳥の夏 The Summer of Swans』(1970)、キャサリン・パターソン Katherine Paterson の『北極星をめざして Jip: His Story』(1996)、シャーマン・アレクシー Sharman Alexie の『はみだしインディアンのホントにホントの物語 The Absolutely True Diary of a Part-Time Indian』(2007)、フランシスコ・X・ストーク Francisco X. Stork の『マルセロ・イン・ザ・リアルワールド Marcelo in the Real World』(2009) である。

なぜ自閉症を取りあげるのか

　様々な障害のなかでもとくに自閉症の少年たちに焦点をあてるのは、1943年にこの障害をもつ幼い子どもたちが、オーストリア系アメリカ人児童精神科医レオ・カナー Leo Kanner によって「早期幼児自閉症」[*1] と診断されて以来、自閉症の診断、原因、治療・療育、受け皿となる社会の態度などが時代の流れのなかで刻々と変化してきたからである。また、その変化を反映するかのように、バリー・レヴィンソン Barry Levinson 監督、ダスティン・ホフマン、トム・クルーズ主演の映画『レインマン Rain Man』(1988) やロバート・ゼメキス Robert Zemeckis 監督、トム・ハンクス主演の映画『フォレスト・ガンプ Forrest Gump』(1994) のような、自閉症の特性をもつ人物たちを描く映画が制作されて各々アカデミー賞を受賞し、その結果、この障害へのアメリカ社会の関心が高まったことも見逃せない。

　さて、カナーの「早期幼児自閉症」命名の翌年の 1944 年に、オーストリアの小児科医ハンス・アスペルガー Hans Aspergar が今日、「アルスペルガー症候群」(Asperger Syndrome) [*2] と呼ばれる子どもや青年たちについての論文を発表

した。当初、アルスペルガー症候群は、カナーの自閉症と無関係と考えられていた。しかし、1980年代に自閉症を連続体（autistic continuum）と捉えるイギリス人精神科医ローナ・ウィング Lorna Wing は、アスペルガー症候群もカナータイプの自閉症も、この連続体の同一線上にあると考えた［Wing 1981, 120］。ウィングは、この考えにもとづき、のちに「自閉症スペクトラム」（Autistic Spectrum）と命名した。

このような経緯から、広汎性発達障害（Pervasive Developmental Disorders）、アスペルガー症候群などと呼ばれてきた自閉症は、2013年にアメリカの精神医学会作成の『精神疾患の診断・統計マニュアル』（Diagnostic and Statistical Manual of Mental Disorders）の5版で、「自閉症スペクトラム障害 Autistic Spectrum Disorder」という呼称に統合された［杉山 2014, 284-285; 黒田 2014, 60-65］。「スペクトラム」（連続体）の名称のとおり、この障害を負った人びとは、自閉症の障害（特性）発現の度合いにおいて百人百様の個人差があり、知的障害や精神疾患、行動障害をともなう「自閉症スペクトラム障害」から、障害や疾患をもたない人びとと「自閉症スペクトラム」まで連続線上にある。精神科医ウィングによれば、この障害の三つ組の特徴として、（1）社会性（対人関係）の発達障害、（2）コミュニケーション能力の発達障害、（3）想像力の発達障害や強迫症状などの異常行動が見られると言う［ウィング 1996, 30; Wing 1981, 123; Wing 1997, 20］。

自閉症の原因について、カナーによる自閉症発見以来70年間に、親の養育態度の影響を言及する心因説に始まり、先天性の脳の器質的異常説や遺伝説、何らかの理由（環境汚染、抗生物質やワクチンなどの薬物、食物アレルギーなど）で脳の神経回路（シナプス）に異変が生じているという生物学的要因説まで、諸説が展開・研究されてきた。

とりわけ、カナーの初期論文に見られた「冷蔵庫マザー」説は物議を醸した。カナーは、「早期幼児自閉症」の子どもの母親たちの態度や行動に、「心からの暖かさという母性性の欠如」［カナー 1949, 68］を観察し、母親たちの「冷蔵庫」のように冷たい、愛情不足の養育態度が子どもの精神病理に関係している［同書, 72; Wing 1997, 16］、と示唆した。この説は、オーストリア系アメリカ人の精神分析医ブルーノ・ベッテルハイム Bruno Bettelheim によって広く喧伝

された［グランディン 2013, 21; 黒田 2014, 101］。

　現在では、20〜30％の自閉症の人びとがてんかんを発症することから、心因説に替わって脳の生物学的な特徴に起因するという説が優勢であり［本田 2013, 73-74］、発達中の脳のシナプスが農薬などの人工化学物質の侵入によって障害を発症する、とする脳神経科学の観点からの研究も行われている［黒田 2014, 1-4］。これに加えて、ビタミンやミネラルなどの脳の栄養素不足が脳の情報伝達物質の生成を阻害して、自閉症の発症メカニズムに関与しているという「分子整合栄養医学」（Orthomolecular Medicine）の理論や、腸内フローラ（腸に常在する多種多様なおびただしい数の乳酸菌）のアンバランスが脳腸相関（「腸は第2の脳」と言われるほど、脳と腸は情報伝達物質を介して互いに影響関係をもつという説）を悪くして、自閉症の症状を悪化させているという説も自閉症の治療に加わった。

自閉症の動物科学者テンプル・グランディン

　現代のアメリカで、自閉症の当事者としてもっともよく知られているのは、動物科学のスペシャリストのテンプル・グランディン Temple Grandin（コロラド州立大学教授）であろう。彼女は、自閉症の人としては初めての自叙伝『我、自閉症に生まれて Emergence Labeled Autistic』（1986）を出版して世間の注目を集め、2010年には『タイムズ』誌に「世界で最も影響力をもつ100人」に選ばれた。また、グランディンの半生を描いたアメリカのテレビ映画『テンプル・グランディン Temple Grandin』（2010）は、作品賞、監督賞、主演女優賞などの部門で、エミー賞（テレビドラマに関連する賞）を受賞している。

　グランディンの自叙伝『我、自閉症に生まれて』では、自閉症の人としての半生（幼児から30歳代まで）が描かれている。2歳のとき神経内科の医師から「脳の損傷」を告知され、3歳半まで言葉が話せず、のちに自閉症と診断されたグランディンは、癇癪、奇声、暴力でしか不安や知覚過敏の不快感を表現できなかった。しかし、彼女は、母親の懸命の療育、躾、学校探しという支援を受けて、父親の薦める施設への収容生活を免れて成長した。のちに、自閉症の特性である強迫的な拘りが、皮肉なことに、彼女の高等教育とキャリア（動物

科学者)への道をひらいた。自閉症の知覚過敏からくる不安感や神経発作に悩んでいたグランディンは、牧場に滞在中に、屠殺前に興奮する牛の体を締めつけて落ち着かせる締具が自分の症状も解消することに気づいた。締具の優しい圧迫が神経を落ち着かせることを発見したグランディンは、牛舎用に締具の改良を重ね、これについての研究論文を執筆し、博士号を取得した。

　1947年生まれのグランディンの人生の大半は、アメリカでの自閉症の呼称、研究、治療、療育の変遷の歴史と重ねあわさる。彼女の障害は、精神医学や心理学の対象だった時期を経て、脳神経学の対象へと移行してきた。この流れを象徴するかのように、彼女の最新の著書『自閉症の脳を読み解く——どのように考え、感じているのか The Autistic Brain : Thinking across the Spectrum』(2013)では、MRIによる自身の脳の画像を掲載している。

救貧農場に囲いこまれた障害者たち——『北極星をめざして』

　キャサリン・パターソンの歴史児童文学『北極星をめざして』(1996)は、19世紀中ごろのアメリカで障害者の居場所、扱いを知るうえで興味深いヤングアダルト小説である。作中では、二人の男性障害者——精神疾患を病む初老のパット・ネルソン[*3]と知的障害をもつ壮年のシェルダン・モースが1850年代アメリカ、ヴァーモント州の救貧農場に収容されている。「救貧農場 poor farm」とは、農・畜産物を自給自足しながら、表向きは貧民救済のため公費で維持される農場である。しかし、この小説では、実際のところ、ホームレス・放浪者・貧乏人・精神障害者らを、市民の目に触れさせないようにするため町や村から一掃して送りこむ施設である［パターソン 1996, 18］。主人公の孤児の少年ジップ・ウェスト（12歳）の視点から、救貧農場で起こるできごとが語られる。

　ストーリーは、主人公ジップが当初信じられていたようなジプシーの捨て子ではなく、奴隷所有者である白人の父親とその黒人奴隷（混血黒人の母親）とのあいだに生まれた息子で、母親の逃亡中に主人に渡すまいとして捨てられた混血黒人だったという真実が暴露される一方で、その後ジップが奴隷捕獲人から逃亡するエピソードを中心に展開する。このようなストーリー展開のあいま

に、読者は、救貧農場に隔離・収容された障害者が搾取的な労働に駆りだされて命つきるという、過酷な人生の物語にも付きあわさせられる。

「あばれモン」と呼ばれた男

　別の言い方をすれば、救貧農場こそ、周縁化された人びとの困難な人生が交差する場であった。「あばれモン lunatic」（精神疾患のため凶暴になる人、という意味での本書の訳語）のパットは、対先住民戦争のティピカヌーの戦い（1811年）で何らかの傷を負い、その後、石切り場でダイナマイトの発破作業をしていたときに精神疾患を発症して「あばれモン」となった。そして、行政当局によって、精神病院の入院費用節減のため、救貧農場の檻のなかに送りこまれてきた。主人公ジップは、農場の監督官から檻を作るよう命じられ、この檻でこそ、ジップの人生とパットの人生が出会う。

　パットが精神錯乱のため自分を見失っているあいだ、ジップは彼の身の回りの世話をし、食事をとらせる。やがてパットに理性が戻ると、汚れていた身体を拭いてやり、臭いのする寝床の敷き藁を替え、暖かな食事を運ぶ。少年ジップは、愛情こめて家畜の世話をするようにパットをなだめて食事をとらせ、身ぎれいにさせる。まるで「ジップのペット」だ、と農場の住人たちはからかう。

　春から日照時間が長くなるにつれて、パットは穏やかに過ごす時間が増え、檻の外に出て、野良仕事をしたり、入居人の子どもの宿題をみてやったり、子どもたちにねだられれば、浪々とした声で「すべてよし」という賛美歌を繰りかえし歌って聞かせたりする。ジップはパットの美しい歌声に安らぎと慰めを覚え、いつしか父親のように慕うようになる。

　やがて、ジップが奴隷捕獲人からの逃亡を決意するころには、二人の絆は分かちがたく絡まっていた。ジップは思う、「パットだけが自分の記憶している父であり母であって、その彼をおいていくことは、二人とも死ぬのと同じだ」［パターソン 1966, 212］と。ジップは、一緒に逃げてくれるようにパットにせがむ。しかし、囚われの生活で体力の低下していたパットは、「わしをつれていったら、石臼を首にかけて走るようなもんだよ」［同書, 222］、と同行をしぶ

る。

　懸念したとおり、パットは逃避行の重荷となり、結局、捕獲人に追いつめられる。みずからの限界を察知した「あばれモン」パットは、大声で賛美歌「すべてよし」を歌いながら、「息子」ジップを護るために射撃の標的となって自死的な最期を遂げる。

　この後、獄中のジップは、パットの最期の様子を回想する。パットは浪々と歌いながら、敵の銃口に向かって「頭を高くあげて牧場を歩いて〔きた〕」〔同書, 289〕。そして、その夜、ジップは監獄から脱走する。「ジップは晴れた8月の夜のなかにいた。北極星を追え。パットが立ちどまっては道を教えてくれたっけ。ジップは空を見あげて北斗七星から方角をたしかめると、走りだした」〔同書, 294〕、と小説は結末を迎える。

　こうして、障害をかかえた「父親」パットは、「息子」ジップに自由の獲得・自律に必要なものを残していった。夜空の北斗七星（解放と希望の象徴）の位置をジップに指し示し、自由を奪うものに屈せず立ち向かう姿を見せ、人生の土壇場でも「すべてよし」を歌って絶望に支配されないことを教えた。本書では、私は数々の「父・息子の物語」を取りあげてきたが、パターソンの『北極星を目ざして』も「父・息子の物語」の一つと考えたい。精神障害の「父親」が人種・障害を越えて「息子」たる若者と出会い、その人生に大きな影響力を及ぼしたのだから。この意味でパットは、奴隷所有主の白人の父親——実の息子を奴隷として、モノとして奪還するため捕獲人を放った実父——とは鋭いコントラストをもって描かれる。エピローグで、読者は、パットの「息子」ジップが無事にカナダとの国境線を越えたことを知らされる。

一人前になりたかった男

　救貧農場のもう一人の障害者シェルダンも、ジップに強い印象を残して亡くなった。知的障害を負ったシェルダンは、30歳代になった今も、障害ゆえに一人前の男性と見なされない。しかし、経済的に逼迫する農場のために、身体面で健常なシェルダンにも一人前の男として外の仕事にでかけ、現金収入を得るチャンスが巡ってきた。近隣の石切り場での労働に駆りだされたのだ。救貧

農場の主任は、「あの岩がぶっとぶと、脳みそがぐらぐらする。だがシェルダンならヘッチャラだろう。頭にぐらつくだけの脳みそがないんだから」［同書、93］、と言い放つ。

ジップは心配げにシェルダンを見守る。シェルダンが「おいら、弁当入れもっていくんだよ」「おいらは、救貧農場のために金かせいでっからな。まだかせいだことはいっぺんもないんだよ」と得意満面に言う［同書、94-95］。夜遅くまで働き、疲れて帰ってきたシェルダンは、弱音を吐かず、「男の仕事だよ」「けがだらけだよ」「おいらはまんいち行くよ。こいっていわれた」［同書、96-97］、とこれまでの人生で求めても得られなかった「男らしさ」の発揮にこだわる。皮肉なことにそのこだわりが彼の命取りとなる。ダイナマイト爆破の不手際でシェルドンは命を奪われた。

ジップは、まるで人生の吹きだまりのような救貧農場でパットとシェルダンに出会い、「父親」となり「一人前の男」となった彼らの人生の終末を目撃したのち、人を閉じこめる「囲い」を突破してカナダとの国境線を越えた。しかし、エピローグが読者に告げるのは、南北戦争が始まると、ジップがニューヨークで結成された「ニグロ」の軍隊に加わるために、カナダから帰国したことである。ジップいわく、「この忌まわしい出来事〔南北戦争〕については、だれにどちらが正しいといえるだろう？　もちろん全能の神は、われわれがたがいを奴隷にすることも許すまいが、神の名をつかって殺し合うこともまた喜ばないであろう」［同書、297］。このように洞察力をもちながらも、あえてニグロ部隊への入隊を決意する、成長した青年ジップの姿に私たちは出会う。

障害者を抱える家族──『白鳥の夏』

ベッツイ・バイアーズの『白鳥の夏』(1970) は、ゴッドフリー家の次女で主人公のサラ（14歳）と知的障害をもつ弟チャーリー（10歳）との関係に焦点をあてた家族物語である。チャーリーは3歳のとき、2度、高熱の出る病気にかかり脳に損傷を受けた。回復後、彼は、言葉が出なくなり、笑うこともなくなった。1970年代当時、おそらく「精神遅滞」と呼ばれたチャーリーの障

害は、作中で描写される彼の特性を見ると、2016年の現在では、自閉症スペクトラム障害と呼べるのではないだろうか。描写されているチャーリーの特性に、常同行動（手をひらひらさせる、身体をゆらす、飛び跳ねるなど無意識の行動）やものごとへの強いこだわりが見られる。例えば、玄関のステップの同じ場所に座ると、ゆっくりと前後に足を動かし、そのしぐさを何年も続けてきたせいで、板がすり減って2箇所のくぼみができている［バイアーズ1970, 14］。また、腕時計の秒針のたてる音へのこだわりも描写されている。チャーリーは、時計を肌身離さず持ちあるき、時刻を見るのではなく、秒針の音に聞き耳をたてる［同書, 41］。言葉による家族や他人との相互交流はいっさい描かれていない。今風に言えば、チャーリーは自閉症スペクトラム障害者ということになるだろう。

　チャーリーをめぐる家族の状況は次のようなものである。チャーリーが4歳のとき、母親が亡くなり、2家族を扶養しなければならない単身赴任中の父親とその子どもたちを支えるために、父方の姉妹のウィリーおばさんが長女ワンダ、次女サラを含む三人の子どもたちの世話をしてきた。チャーリーが障害者になり、母親が亡くなったあと、父親の態度は一変した。

> 　父親がよそよそしくなったのは、チャーリーが病気になってからのことらしい。アルバムの中には、父親がわらいながら、サラを天高くほうりあげている写真や、サラを肩車している写真や、ポーチの階段にすわって、ワンダを片方のひざに、サラをもう片方のひざにのせている写真がのこっている。（中略）チャーリーの病気と、母親の死のあとにとった写真は、幸せなものにしろ、悲しいものにしろ、一枚もなかった。［同書, 110-111］

　このように、ゴッドフリー家は、重度の障害児の世話、単親家族、父親の単身赴任など、いわゆる「普通」の家族像からはずれた家庭生活を送っている。
　小説は、主人公サラが姉ワンダへのコンプレックスから、突然、自分の大きすぎる足、醜いオレンジ色のスニーカーに嫌悪感を抱き、不満を述べ立てるエピソードから始まる。おりしも、サラは、チャーリーと湖へ白鳥を見にいき、その美しさ、存在感に魅せられる。

白鳥には、胸にじんとくるような美しさがあった。ほの暗い湖にうかんだ白鳥の白さ、優雅さ、信じられないほどなめらかな身のこなし——松の木立をまわったところで、サラは息をのんだ。［同書, 47］

　チャーリーも白鳥に魅入られる。サラが家に帰ろうと言って、「ひっぱりあげようと片手を出したが、チャーリーは目もくれずに、白鳥を見つめつづけていた」［同書, 53］。何度、帰宅を促されても、チャーリーは両わきの長い草をしっかりとつかんで、頑として動こうとはしない。
　結局、サラにむりやり連れ帰られる。しかし、眠れない夜を過ごすチャーリーは、深夜に庭を横切る白猫を白鳥だと思いこみ、白鳥を見ようと湖にでかける。

喪失と回復の物語

　これまでずっと、サラとチャーリーは、世話する姉と世話される弟の関係で生きてきた。このような関係性のなかでチャーリーは、サラの思いどおりにならない、彼女の友人関係を壊すような「お荷物」的存在であった。すなわち、チャーリーの生活ペースやこだわりがサラの生活を乱し、チャーリーへの過保護な愛情のせいでサラの友人関係が悪化した。そのうえ、サラは、弟のことばかりか、急に人生の何もかもうまくいかなくなったことに気づき、心中にくすぶっていた不満を一挙に爆発させる。

　　サラの人生は、（中略）生まれてからの14年という歳月は、どの年もまったく同じようなものだった。家族みんなを愛していた。ワンダに嫉妬したり、おばさんががさつだと思ったり、チャーリーをあわれんだりしないで。でも、今では、なにもかもがかわってしまった。なにからなにまで不満だらけ、腹のたつことだらけだった。自分自身に、人生に、家族に。これでは2度とふたたび、満ちたりた生活を送ることなど、できないにちがいない。［同書, 56］

サラが不満・自己嫌悪で自分を見失っていたその同じころ、チャーリーが失踪した。「白鳥の美しさ、その白さ、ものやわらかさ、静かな気品に」〔同書, 72〕魅せられたチャーリーは、湖に行ってもう一度白鳥を見たかったからだ。しかし、夜道で迷ったチャーリーは、湖に辿りつけず、山中でパニックに陥る。
　一方、一晩中チャーリーを捜したサラは、峡谷沿いの道で、ボロボロになったパジャマ姿で泥にまみれて泣いているチャーリーを発見する。サラがチャーリーを呼ぶと、チャーリーは、

　　サラを見つけたとたんに、顔に奇妙な表情がひろがった。驚きと喜びと不信のいりまじった表情だった。たとえ百歳まで生きたって、こんな顔であたしを見てくれる人に出会うことはない、とサラは思った。(中略) チャーリーの腕が鋼鉄のようにサラをしめつけた。(中略) ブラウスにしがみついているチャーリーの指が、サラの背中に深くくいこんだ。〔同書, 172〕

　チャーリーの腕が鋼鉄のようにサラを締めつけ、指がサラの背中に深く食いこんでくるのを感じたとき、サラのなかの何かが変化する。サラがどれほど弟のことを心配し、大切に思ってきたかを実感したのだ。自分の大きな手足や神経にさわる家族のことなど、どうでもよくなった。サラは、チャーリーを抱きしめ、その存在のありのままを受けいれる。チャーリーの喪失と回復は、サラの自己喪失・回復と共時的に起きたのだ。
　単身赴任先の父親にチャーリーが見つかったことを報告したのち、サラは、屈託のない父親の笑顔を思いだす。それは、家族みんなが健康で幸せだったときに撮った写真の父親だった。このとき、突然、人生が「白い階段」のイメージで立ち現れてきた。

　　人生が階段の姿をとって、目の前にあらわれた。どこまでもどこまでも、長く長くつづく巨大な階段で、一段一段の高さがちがっていた。サラ自身も(中略) じっと身動きせずに、その階段に立っていた。今ちょう

第11章　障害者として生きる

ど、日のささない段を出て、ひときわ高い一段をのぼりおえたところだった。(中略)低い一段を苦労してのぼっているチャーリーが見えた。階段の下のほうでは、父親がすわりこんでいて、もうそれ以上のぼろうとはしなかった。サラの知っている人々がみんな、その目もくらむような白い階段に立っていた。一瞬のうちに、すべてのものが、今までとはちがって、はっきりとした。[同書, 191-192]

　階段のイメージで注目すべきは、父親が階段の下のほうで座りこんでおり、むしろ障害者のチャーリーが苦労しながら登っていることである。無気力にとらわれた父親が動けないのに、チャーリーは登ろうとしている。チャーリーが彼なりに成長している、ということだろう。しかも、サラ自身の内にも変化が生じて、このように人生を見通す洞察力を得られるようになった。

　『白鳥の夏』がチャーリーとサラのそれぞれの成長を共時的に描いている点は、注目にあたいする。「精神遅滞」の少年が健常者の姉とともに成長しているというのである。かつて、自閉症の人は、一生治らず「発達はしない」というのが定説だった。しかし、自閉症の原因説が変化し、治療・療育の実践が多様化する現代では、「発達障害の人も発達する」という理解が浸透しつつある。その意味で、1970年に出版された『白鳥の夏』がチャーリーの成長を描いたことは、先進的であり、評価にあたいする。行方不明だったチャーリーを見つけたサラは、「白鳥」に象徴される命の美しさ・高貴さ・柔らかさを、チャーリーのなかに再発見する。言いかえれば、チャーリーは、もはや家族の「お荷物」ではなく、あるがままの大切な愛しい存在として見出されたのである。

自閉症の人は自分を語れるのか

　『白鳥の夏』は、1971年に、アメリカにおけるもっとも優れた児童文学に与えられるニューベリー賞を獲得して、高く評価された。文学批評家エリザベス・シーゲル Elizabeth Segel は、「本書の注目すべき業績は、脳に損傷を負って言葉を話せないチャーリーの描写にある」[Segel 1986, 56] と評価する。ま

た、文学批評家マルコム・ウスレイ Malcolm Usrey は、作者が「全知の視点 omniscient point of view」から、チャールズの動作・関心事・不安を叙述していると指摘する［Usrey 1988, 22］。すなわち、作者バイアーズは、作中人物、とくにチャーリーとそのアクションについて、「創造の神のようにすべてを知っていて、その視点から3人称の語り手として物語を語る語り手」［『文学批評用語辞典』1998, 161］を務めている。では、作者バイアーズは、なぜ「全知の視点」から物語る必要があったのだろうか。バイアーズは、自叙伝で『白鳥の夏』の執筆当時を振りかえって、チャールズは自分が作りあげた登場人物ではない、と書いている。

> ウェスト・ヴァージニア大学の医学部図書館で、私は、登場人物のチャーリーについてずいぶん調べた。赤ん坊のときに高熱の出る病気にかかって脳を損傷した子どもの病歴を、3件見つけたのだ。そこからチャーリーが生まれた。彼の生活の細部は、それら3件の病歴から出たものである。私は何も作りあげていない。［Byars 2000, 108］

3件の病歴のなかから生まれたチャーリーは、シーゲルの言うように、「全知の視点」からしか叙述できなかったのだろう。言葉を話さない自閉症のチャーリーが一人称で自分を語ったり、作者が三人称を用いてチャーリーの内面を語ったりすることは不自然だったのだろう。

そういう意味で、1986年に、テンプル・グランディンが自叙伝『我、自閉症に生まれて』を出版したことは、画期的なできごとであった。1980年代から90年代アメリカでは、自閉症の人が「発達・成長する」、自分の「声」で自分を語る時代が到来していた。すでに述べたように、ダスティン・ホフマンが演ずる『レインマン』（1988）のサヴァン症候群（ある分野に特異な能力を発揮する自閉症の特性の一つ）の主人公レイモンド・バビットは、弟に連れだされて施設を飛びだし、一時的にせよ現実世界でみずからのサヴァンの特性を楽しんだ。トム・ハンクスが演ずる『フォレスト・ガンプ』（1994）の知的障害を伴う自閉症の主人公フォレストは、いじめを体験しながらも成長し、大学進学、軍隊生活、ヴェトナム戦争を経験し、復員後は起業し、幼なじみのジェニー

と結婚するなど、波乱に満ちた人生を送った。フォレストは、「人生はチョコレートの箱、開けてみるまで分からない」という名台詞とともにみずからの人生を語ったのである。

水頭症の少年みずからを語る
―― 『はみだしインディアンのホントにホントの物語』

　先住アメリカ人作家シャーマン・アレクシーの『はみだしインディアンのホントにホントの物語』（2007、以下『はみだしインディアン』と記す）では、スポケーン・インディアン保留地に住む14歳の少年アーノルド・スピリッツ（通称ジュニア）が一人称でみずからの体験を語る[*4]。彼には「脳に水が溜まる」という脳水腫の疾病があり、頭蓋骨から脳脊髄液を排出する手術を受けたのち、様々な後遺症（発作、視覚障害、頭痛、吃音）に悩まされる。水頭症とも呼ばれるこの疾患は主人公ジュニアにとって重い障害であるが、その一方で、インディアンであるがゆえの貧困と人種差別も彼の人生で大きな比重を占めている。ジュニアは、インディアン保留地に留まるかぎり、貧困と絶望に遮られて夢を叶えることができないと知って、スポケーン保留地のウェルピニット高校から白人居住地のリアダン高校への転校を決意する。作者のアレクシー自身が脳水腫を病み、スポケーンの高校から白人居住地のリアダン校に転校したという点で、半自伝的な物語である。ジュニアは、リアダン校では唯一のインディアンの生徒として、障害・貧困と戦いながら希望を求めて新しい人間関係を育んでいく。そうして彼は、リアダン校の白人生徒たちに受けいれられ、「裏切り者」と非難したスポケーンの人びとにも生き方を認めてもらえるようになる。

　このようなストーリーをもつ物語を、さらに詳細に読んでみたい。物語は、障害者ジュニアのいじめ体験のエピソードで始まる。すでに述べたように、脳水腫の手術のあと、彼には様々な障害が残った。片目が近視でもう片方が遠視になったせいで、左右ちぐはぐな眼鏡をかけ、頭痛に悩まされていた。水頭症のせいで並外れて頭が大きかったために「地球儀」と呼ばれ、「いじめっ子は、オレをつかまえてぐるぐる回しながら指をオレの頭に突き立てては、『こ

こに行こうぜ』なんて言うのだった」[アレクシー 2007, 11]。しかも、吃音や舌がもつれるなどの言語障害があり、皆に知的障害者だと思われた。

> 保留地では、みんなが１日２回はオレのことをアホと呼ぶ。オレのズボンを脱がせたり、オレの頭を便器につっこんだり、オレの頭を殴ったりしながら、「アホ」と言うのだ。(中略) 少なくとも毎月１回は、ぼこぼこにやられる。そう、オレの目のまわりには、いつも黒アザができていた。[同書, 13-14]

このように、障害者として辛い日々を送るにもかかわらず、ジュニアの物語は、彼の障害を中心には展開しない。むしろ、彼がスポケーン・インディアンであるがゆえの絶望感——インディアン社会が貧困から抜けられず、アルコール依存症が蔓延することからくる絶望感——に囚われていることにより多くの紙面が割かれる。ジュニアは、「貧乏でいちばんつらい」というできごとを語る。愛犬オスカーが死にかかっていたとき、スピリッツ家には獣医に診せる金がなかったため、２セントで犬を楽にしてやる方法を選んだ。父親が苦しんでいる愛犬をライフルで撃って楽にしてやったのだ。「弾丸はたったの２セントだったから、どんな貧乏人でも買えた」[同書, 24]。愛犬オスカーは、ジュニアが家族の誰よりも信頼できる唯一の生き物だったのに、父親は貧しさゆえに、２セントの安楽死を選択せざるを得なかった。

貧困は、また、親たちの抱いた夢をも奪っていった。

> 母さんも父さんも子どものときには夢をもっていた。貧しさから抜け出す夢を。でも、だれも二人の夢に注意を向けなかったので、抜け出すチャンスはなかった。チャンスがあれば、母さんは大学に行っただろう。(中略) チャンスがあれば、父さんはミュージシャンになっただろう。(中略) でも、オレたちインディアンは、自分の夢に注意を向けない。チャンスをつかむことができない。ほかの道を選ぶこともできない。だから、貧乏なまま、そこから抜け出せないのだ。[同書, 22-23]

このように、『はみだしインディアン』の扱うテーマは重くて暗い。文学批評家ブライアン・リプリー・クランダル Bryan Ripley Crandall は、この小説が障害者でありインディアンである、というジュニアの「二重のマイノリティの現状」を描いていると言う［Crandall 2009, 25-26］。

白人居住地の高校へ転校

　新学期に、保留地のウェルピニット高校に胸を躍らせて入学したジュニアは、幾何学の授業時間に、はからずも事件を起こしてしまう。学校の備品になっている教科書が配られたとき、表紙の裏に書かれた文字を見て自分の目を疑った。「教科書の持ち主：アグネス・アダムズ」と書かれてあり、それはジュニアの母親の結婚前の名前だった。ということは、それが30年以上も経った使い古しの教科書であり、ジュニアはそこにスポケーン・インディアンの学校の貧しさを感じとる。彼は怒りを抑えきれず、教科書を投げる。だが、運悪く年老いた数学のP先生の顔にあたり、鼻の骨を折ってしまった。ジュニアに停学処分が下される。

　ところが、自宅で謹慎中のジュニアをP先生が訪ねてくる。先生は、仕返しにきたのではなく謝りにきた、と言う。若いころ、P先生は、「子どもを救うためにインディアンを殺した」（白人文化を押しつけて、インディアンの歌・物語・言葉・踊りを捨てさせようとした）、と告白する。つまり、インディアンの文化を殺そうとしていた。インディアンの生徒をそのようにして傷つけたことを謝りにきた［同書, 55-56］、というのである。ジュニアは、先生の口からさらに意外な言葉が飛びだすのを聞く。ジュニアの本を投げる行為は、貧困からの脱出、夢の実現をあきらめたくない無意識のなせる業だから、この際、希望を求めて保留地を出なさい、とP先生は言う。文学批評家クランダルは、ジュニアの通う保留地の学校が「教育の公平な機会を与えられないことの暗喩」であると言う［Crandall 2009, 25］。P先生いわく、「きみは、生まれてからずっと戦ってきたじゃないか。脳の手術と戦い、発作と戦い、酔っぱらいやジャンキーとも戦って退けてきたじゃないか。そして希望を捨てなかった」［アレクシー 2007, 69］。先生の言葉に動かされたジュニアは、35km離れた白人居住地にあるリア

ダン校への転校を決意する。しかし、スポケーンの親友ラウディからは、ジュニアが裏切ったことへの怒りと悲しみの鉄拳を食らわされる。

半分インディアン・半分白人

『はみだしインディアン』の原題は The Absolutely True Diary of a Part-Time Indian（パートタイム・インディアンの本当に本当の日記）であり、ジュニアはみずからをパートタイムのインディアンと呼ぶ。半分インディアンであり、あとの半分が白人である、というのだ。彼は、リアダン校に転校すると、本名アーノルド・スピリッツで呼ばれ、保留地にいるときは、ジュニアの通称で呼ばれる。

> リアダンとウェルピニットの間——小さな白人の町と保留地の間——を往復しているときは、いつも自分が異邦人になったような気がする。オレは、一つの場所では半人前のインディアンだし、もう一つの場所では半人前の白人なのだ。インディアンっていうのが一つの仕事だっていうみたいに。しかもパートタイムの仕事で、給料はちっともよくない。[同書, 174]

保留地のなかには、このようなジュニアを「リンゴ」（外側は赤いが、中身は白い）と呼ぶ人もいる。障害者のジュニアは、これまでいじめを生き延びるために戦ってきたが、白人居住地の高校生となった今、サバイバルの戦いが倍加する。いじめをくぐり抜けて生きる一方、唯一のインディアンの生徒として、夢や希望をも手に入れなくてはならない。主人公アーノルド／ジュニアは、障害をかかえながらどのようにして、リアダン校の一員とスポケーン社会の一員というダブルアイデンティティを調和させ、希望を見つけ夢の実現に向かうのだろうか。

リアダン校のジュニアは、クラスメートからの差別的な言葉——酋長・シッティングブル（伝説的なスー・インディアンの戦士）・レッドスキン・おんな男——を浴びながら果敢に戦う。手始めに、差別的な言葉を投げてきた「デカ

物ロジャー」(背丈2メートル、体重140キロの生徒) の顔面にパンチを入れた。しかし、ロジャーからの報復はなく、アーノルド/ジュニアは、のちにシュート力を買われてリアダン校のバスケット選手に選ばれたとき、キャプテンのロジャーと共にチームメートとして戦うことになる。とりわけ、母校ウェルピニット校との対戦試合のとき、アーノルド/ジュニアは、リアダン校チームへの強い帰属意識を抱く。

さらに、リアダン校生徒のインクルーシヴな気持ちを感じさせるエピソードが語られる。ジュニアの祖母と、父親の親友がたて続けに事故で亡くなった。しかも、保留地に頻発するアルコール依存症がらみの事故によって命を奪われた。ジュニアは気力が落ちこみ、学校を長期欠席する。だが、ようやく学校に戻ると、社会科の教師に長期欠席をなじられる。そこで、ジュニアの悲しみを知っていたクラスメートたちは、静かな抗議行動をとり始める。本好きで友だちになったゴーディが戦陣を切った。

> ゴーディは立ち上がると、持っていた教科書を下に落とした。ドサッ! (中略) ペネロピーが立ち上がって、教科書を下に落とした。次にロジャーが立ち上がって、教科書を下に落とした。ドサッ! それからバスケの選手たちが続いた。ドサッ! ドサッ! ドサッ! ドサッ! (中略) それから、オレのクラスメートは全員が教室を出ていった。[同書, 256-257]

この二つのエピソードは、リアダン校での1年間に、様々なできごと——ハロウィーン、感謝祭、バスケの試合、冬のダンス会、バレンタインデーなど——を通じて、アーノルド/ジュニアが学校のクラスメートたちにしだいに仲間として受けいれられていく過程で語られたものである。ペネロピーというかわいいガールフレンドさえできた。

医学モデルと社会モデル

1年間を振りかえって、アーノルド/ジュニアは、自分が様々な「部族」(グループ) の一員であることに気づく。

オレは居場所を変える部族の一員でもある。それにバスケ仲間という部族の一員でもあるし、本の虫という部族の一員でもある。(中略)貧困族の一員でもある。葬式参列族の一員でもある。愛される息子族の一員でもある。(中略)それって、すごく大きな発見だった。それがわかったとき、オレは、なんとか生きていけそうだと思った。[同書, 322-323]

　ジュニアは、二重のマイノリティとして生きたこの1年間にいろんな「部族」の一員となって、それぞれのマイノリティの境界を押しひろげてきた。
　最近、障害に関する議論でよく耳にする2つの概念モデル——「医学モデル」vs「社会モデル」——が、アーノルド／ジュニアの物語の理解を助けてくれるのではないだろうか。医学モデルは、障害という現象を、病気、外傷、その他の健康状態から生じた「個人の問題」であり、それを「正常化」し治療するために、医療や関連施設につなぐという考えである。社会モデルは、障害が社会環境によって作られたものであって、個人の問題や属性ではないという考えである[春名 2000, web; 日本障害者リハビリテーション協会 2007, web]。つまり、障害者の生きづらさは、社会環境によって作られているので社会環境を変えようというのである。『はみだしインディアン』では、ジュニアの選択した生き方は、社会モデルの観点に立っている。彼がみずからを語るとき、水頭症から派生した障害が彼の人生の中心を占めるのではないし、彼の人生が障害の治療を中心に展開しているのでもない。むしろ、ジュニアは今まで自分を生きづらくさせてきた社会に働きかけている。その結果、アーノルド／ジュニアは、デカ物ロジャー、本の虫友だちゴーディ、ガールフレンドのペネロピーら白人生徒への見方や態度を変えることができ、同時に、彼らからも一個人として受けいれられ、友情を育めるようになる。スポケーン・インディアンの元親友とも誤解を解き、友情を復活させることができた。
　このように、アーノルド／ジュニアをとりまく社会と彼との関係性の変化は、「オレは○○部族の一員だ」という言葉に表象されている。ジュニアは、社会モデルとしての自分を認識することで、「オレはなんとか生きていけそうだ」と思えるようになった。

アスペルガー少年の冒険物語
──『マルセロ・イン・ザ・リアルワールド』

　メキシコ系アメリカ人作家フランシスコ・X・ストーク Francisco X. Stork の『マルセロ・イン・ザ・リアルワールド』(2009, 以後『マルセロ』と記す）では、メキシコ系の少年マルセロ・サンドヴァル（17 歳）が一人称で一夏の体験を語る。主人公マルセロには、耳からではなく頭のなかで「内なる音楽」が聞こえる、強いこだわり（とくに宗教）がある、人との相互交流が苦手であるなど自閉症の特性がある、と言う。彼は、ポニーの世話をしながらのんびりと学習する、私立養護学校のパターソン校の教育に満足している。だが、父親で弁護士のアルトゥーロは、息子をそのような保護された環境ではなく、「健康的であたりまえ（normal）の生活」［ストーク 2009, 33］を送れる普通の高校に通学させたいと願う。

　そこで、父親アルトゥーロは、自分の共同経営する法律事務所で、夏休みのアルバイトをして「ふつう（regular）の人とつきあう」［同書, 37］経験をし、「ふつう（normal）の環境ですごす」［同書, 29］よう、息子マルセロに提案する。それは交換条件だった。マルセロがルールに支配される「リアルな世界」・法律事務所で、割りあてられた仕事をうまくこなせば、秋には養護学校パターソン校か、公立オークリッジ校かを選択できる、というのだ。パターソン校に通学したいマルセロは、「夏休みの 3 ヶ月、アルトゥーロが考える正常な人間のふりをしつづけること」［同書, 34］と理解して、父親の提案を受けいれる。

　法律事務所で働き始めたマルセロは、次々と試練に出会う。社交的で「正常」と思われる人びとが、自閉症の人なみに「強い関心」（強いこだわり、強迫的考え）を抱いて自己中心的に行動していたり、法の番人たる法律事務所がクライエント企業の不正を見逃したり、縦社会の職場でパワーハラスメント、セクシュアルハラスメントが横行したりするのを知って、社会的に未経験なマルセロは衝撃を覚える。こうして、リアルな世界の荒波にもまれて、果たしてマルセロは仕事をこなすことができるのか、と読者に心配させながら、マルセロみずからが語る一夏のアドベンチャー物語が展開する。

マルセロの内的葛藤

　マルセロの試練内容を詳しく見てみよう。緊張して出勤したマルセロは、法律事務所で働く人びとから、認知障害者、「フォレスト・ガンプ」、「知恵遅れ」の人として迎えられ、正常のふりをするのが難しくなる。それでも、与えられた仕事をこなし、父親の目から見て進歩を遂げる。しかし、やがて「リアルな世界」の問題が、マルセロに三つの葛藤を引き起こす。第1に、同じ事務所で夏のアルバイトをしている、ハーバード・ロースクールの学生ウェンデルとの関係である。彼は、法律事務所経営者の一人、スティーブン・ホームズの息子で、当初、社交的で「正常な人」のように見えた。しかし、まもなくウェンデルがセクハラ目的で女性事務員ジャスミン（マルセロの部署の上司）を自分のヨットに連れこみたいという、強迫的な欲望（マルセロの表現では女性への「特別な関心」）に捉われていることに気づく。ウェンデルは、自家用ヨットにジャスミンを連れてくるよう、しつこくマルセロに迫る。職場で良好な人間関係を優先させるべきか、自分の女性上司を護るべきか、マルセロは悩む。ウェンデルに評価され職場でうまく仕事をすれば、マルセロは続けてパターソン校に通学できるからである。

　第2の葛藤は、マルセロが「ゴミ」と書かれた書類箱のなかに見つけた1枚の写真によって引き起こされる。それは、自動車事故に遭い、フロントガラスの破片で顔半分にひどい傷を負った少女イステルの写真だった。マルセロは、「苦しみばかりの人生を、どうやって生きていけばいいんだろう？」[同書, 198]とでも問いかけるような、少女の視線に駆りたてられて真相を追究するうちに、父親たちの顧客ビドロメック社の欠陥フロントガラスが、イステルの顔と人生を奪ったことを知る。父親アルトゥーロは、ビドロメック社がフロントガラスの欠陥をすでに知っていたという証拠を入手していたが、法律事務所と顧客ビドロメック社の利益を守るために、この証拠書類を隠匿してしまった。マルセロは、ビドロメック社と争う他の弁護士に協力して、イステルが顔の再建手術の費用を勝ちとるのを助けるべきか、それとも、組織のトップであり、父親でもあるアルトゥーロを助けるべきか、ディレンマに陥る。

　そして、第3の葛藤は、父親アルトゥーロのセクハラ事件の発覚により引

き起こされる。アルトゥーロが、兄を亡くしたばかりのジャスミンの悲しみにつけこみ、自分のオフィスに誘ってセクハラを働いたことを、マルセロは知ってしまった。彼は、父親が常に正しいと信じて疑わなかったし、ジャスミンの「わたしはだれに対しても遠慮なくノーといえる人間です」［同書, 322］という言葉も信じていた。誰よりも信用していた二人のあいだのできごとに、マルセロは苦しむ。「リアルなジャスミンは、アルトゥーロにノーといわなかった」［同書, 322］と。

リアルな世界での男らしさ

　ここで、リアルな世界がどういうものとして表されているのか、詳しく見てみよう。父親アルトゥーロは、リアルな世界がルールに支配されており、「正常」で「普通」の人間から成りたつ競争社会である、と言う。この世界の成員は、与えられた仕事をこなしてリアルな世界の維持に努めることになっている。だから、自閉症の特性である強迫的なこだわり（マルセロの場合、宗教への「特別な関心」）は、リアルな世界の人間関係をむずかしくするので、宗教の話題を差しひかえて、「たとえば、ほかの人たちとちょっとした世間話をする」［同書, 30］程度にするように、と父親は息子に忠告する。
　さらに、メキシコ系アメリカ人として、差別にもめげずハーバード・ロースクールで学位を取り弁護士となったアルトゥーロにとって、リアルな世界は次のように「戦場 field」である。

　　「わたしは毎日仕事にでるときに自分にいいきかせるんだ。おまえは戦士だ、これは闘いなんだ、ってな。わたしは戦闘用の顔になる。（中略）他人の動機に注意をこらし、競争的になる。そう、戦場とおなじようにな。勝つものもいれば、負けるものもいる。」［同書, 59］

　彼は、同僚のスティーブン・ホームズとは憎みあいながらも、互いの利益のために、サンドヴァル＆ホームズ法律事務所を経営している。スティーブンの息子ウェンデルも、それを知っており、無知なマルセロに職場のポリティクス

を教えこむ。

> 「おれの親父ときみの親父さんは、お互い憎みあっていながら、これまで一度もお互いを裏切ったことはなかった。お互いの利益のためだけの関係だが、それも絆にちがいない。あの法律事務所は、ふたつの力のあいだでうまくバランスが保たれている。」［同書, 157］

今まで養護学校の「保護された環境」にいたマルセロは、戦場のようなリアルな世界に送りこまれたのである。

リアルな世界で厳しい戦いをする「戦士」アルトゥーロの男らしさは、WASPの男性性の属性と重なる。序章で述べたように、アメリカ人の伝統的・理想的男らしさとは、社会で男性が輝かしい業績を得るのに不可欠な、一揃えの男性イメージ、価値、関心、活動を指している［Jeffords 1989, xii］。すなわち、プロテスタント倫理（勤勉・節約・能力の有効活用をモットーとするキリスト教倫理）を実践しながら夢を実現して、地位と権威を認められ、それにふさわしい富とふるまいを身につけ、女性的なもの（現実の女性、いわゆる女性的属性、その他男性的なものから閉めだされたすべてのもの）に支配されず、かえって支配する、独立独歩型の男の属性を指す。カトリックで、メキシコ系のアルトゥーロは、WASP優勢のアメリカ社会で出世の階段を登るために、ウェンデルの言う「メイフラワー弁護士」（ボストンの名家出身の白人弁護士という意味）［同書, 152］と武装中立状態の関係性を保ちながら、リアルな世界でサバイバルの戦いをしてきた。

ここで、フランスの社会学者ピエール・ブルデュー Pierre Bourdieu のハビトゥス理論がアルトゥーロのリアルな世界での戦いを理解するのに役立つのではないだろうか。「ハビトゥス」[*5]とは、人間が特定の環境（階級・集団）のなかで、その環境特有の行動や知覚の様式を、身体をとおして無意識的に習得・実践し、階級や集団の成員として再生産されてゆく性向を意味する［以下参照, ブルデュー II 1979, 337-338］。アルトゥーロは、弁護士となるためにハーバード・ロースクールで教育を受け、サンドヴァル＆ホームズ法律事務所を設立する。言いかえれば、彼は、法律事務所・「社会界」[*6]として描かれる

「場」*7（彼の言葉で「戦場」）でこれまで「戦士」として戦ってきたのである。場は、それ自体が他からある程度自律した、様々な力が競合する場であり、その内部で地位や立場をめぐって闘争が行われるような世界である［Bourdieu 1983, 312, 319］。アルトゥーロの言う、リアルな世界がそれである。

　さらに、ブルデューによれば、被支配者（周縁化された人びと）には、置かれた社会では二者択一の生き方しかない。一つは、支配者により恥ずべきものとされた自分や所属集団に忠誠を誓うこと。たとえば、「ブラック・イズ・ビューティフル」とか、「ゲイ・プライド」のようなアイデンティティ表明がそうである。もう一つは、支配者的理想に同化するために、個人的な努力を重ねること［ブルデューII 1979, 209］。父親アルトゥーロは、二択のうちの後者を選び、差別の屈辱に耐え、自己イメージとWASPの男らしさとの差異を最小にしながら同化に努めてきた。

マルセロの選択

　マルセロは、パターソン校に続けて通学したいがため、「正常な人間」のふりをしようとアルバイトにでかけるが、当初から父親の「正常」とか「普通」とか「病気」とかいう考えに批判的であった。「自分の考え方、話し方、行動が、ほかの人とちがうことはわかっているけれど、だからといって、それが異常だとか、病気だとかは思わない」［ストーク 2007, 69］と言う。

　では、マルセロにとって病気とは何かと言えば、「正常な人間が社会のなかではたすべきと考えられる役割をこなせないとき、社会はそれを病気と呼びます」［同書, 69］。この言葉は、やがてリアルな世界の「正常」な「普通」の人びとに投げかけられて、皮肉な響きをもつようになる。すなわち、ウェンデル、法律事務所、アルトゥーロは、社会のなかで果たすべき役割を果たしておらず、読者には、彼らこそ「病気」ではないかと思われる。

　マルセロは、リアルな世界で経験した三つの内的葛藤を、最終的に彼の自閉症の特性によって乗り越える。宗教への「特別な関心」によって生み出された高い倫理観が彼の苦しみを乗り越えさせる。マルセロは、まず、ウェンデルの邪な性観念を拒み、ジャスミンをヨットに誘導することに「ノー」と言う。次

に、被害者の少女イステルの訴えるような眼差しによって、胸に火をつけられたマルセロは、ビドロメック社と争う弁護士に証拠書類の存在を教える。最後に、父親とジャスミンにそれぞれ対峙して、二人の不適切な関係を指摘する。マルセロのとった二つ目の行動は、自分の属する法律事務所に経済的破綻を招く行為であり、父親のいうリアルな世界ではありえない行動である。

　ブルデューのハビトゥス理論から考えれば、ハーバード・ロースクールの学生・ウェンデルは、父親のスティーブン・ホームズから文化資本*8を受け継ぎ、弁護士として再生産されるにふさわしい習慣行動を身につけている。しかし、白人優勢の社会にあってメキシコ系アメリカ人で自閉症をもつ、ダブル・マイノリティのマルセロは、弁護士の再生産システムの枠外に置かれ、周縁化された存在である。彼は父親のように支配的理想に同化したくないし、またできない。マルセロの選択は、したがって、ブルデューの二択のうち、最初の「恥ずべきもの」とされた自分を選ぶこととなる。彼は、自閉症の特性をフルに活かして、自分を悩ませる試練を乗り越える。マルセロは言う、

　　ぼくはいま、リアルな世界でちゃんと仕事をこなして、ほかの人たちとことばを交わし、人の心のなかをさぐり、感情を想像している。どれもこれも、多くの自閉症の子どもにはできないことばかりだ。［同書, 223］

救済者マルセロ

　ところで、マルセロはリアルな世界で「病気」と思われる人びとをも救済することになる。以下で、マルセロのもたらした救済の詳細を見てみよう。第1に、マルセロが「ノー」と言ったおかげで、ジャスミンはウェンデルのセクハラの被害者にならずに済んだ。第2に、アルトゥーロの法律事務所は、ビドロメック社を訴える弁護士と交渉をして、示談金を支払い、被害者のイステルは、その一部を使って近々、顔の再建手術を受けることになった。その結果、法律事務所は、顧客のビドロメック社を失うことなく、企業の方も欠陥商品の改良に乗り出すことになった［同書, 371-374］。「ビドロメックに余分な経費をかけさせて、より安全なフロントガラスを製造させることが最高の解決策だっ

てことにも、とつぜん気がついたみたい」［同書, 373］とのジャスミンの言葉から、事態が良い方向に動いていることが分かる。

　第3に、マルセロは、「わたしたちの葛藤する欲望や混乱の深い底の部分には、なにが正しくてなにがまちがっているかを感じ取る感覚があるはず」［同書, 338］と考えて、父親にセクハラを示唆するジャスミンの手紙を手渡す。その感覚への信頼は報いられ、父親は、「わたしがどれほど思慮分別に欠けていたかを思い知った」と息子に手紙で謝罪する［同書, 372］。一方、ジャスミンは、自分の夢（彼女の表現で「特別な関心」）を作りだす場として、ヴァーモントの故郷で音楽のスタジオ兼住居を建てる計画を前倒しで進めることになった。

　最後に、マルセロは自分自身をも救うことになる。秋からは、公立オークリッジ校へ転校して、その後、ジャスミンの家から42マイルのところにある大学の看護専門コースへの進学を考えている。マルセロは、「大学を終えて、看護師の資格を取ったら、（中略）ポニーを何頭か手にいれて、自閉症の子や障害を持った子のための乗馬療法をはじめます」［同書, 380］、とジャスミンの故郷の農場に合流する自分の計画を話す。

　このような救済者・癒し手としての障害者のイメージは、作者ストークがカレッジの4年生のとき、常駐スタッフとしてラルシュ共同体[*9]で得た経験にもとづいている。このコミュニティは、「発達障害をもつ人と『健常者』が、できるかぎり障壁をとりのぞいてともに暮らし、学び会うという施設」（同書, 383）だった。作者ストークはここで学んだことに言及して、次のように言う。「いわゆる障害を負った人びとは、私たちの世界のしかるべき場にいて、実は間違いを正すという働きをしている。ラルシュからわたしが持ち帰ったのは、彼らに体現される弱さと純真さであり、それらこそ現代世界に欠けているものだった」［Stork 2009, 29］。

　救済者・ヒーローという意味で、マルセロは、アメリカの物語の主人公アメリカのアダムでもある。ここで、序章で触れたアメリカのアダムの属性をもう一度見てみよう。アメリカのアダムは、「純真無垢な孤高のヒーロー」である。彼は、家庭や社会のアウトサイダーで、無垢な心をもち、成長過程の儀式的な試練を経て、未知の複雑な世界に希望の第一歩を踏みだす若者である。ときには、過酷な試練のなかで打ち負かされ、裏切られ、捨てられ、破滅させら

れることもある。にもかかわらず、彼は世界との相互作用的な関係をもつ。ヤングアダルト小説『マルセロ』は、WASPの文学ではないけれども、ダブル・マイノリティ（メキシコ系で障害者であること）の若者が、アメリカの物語の定石通りに世界を救済する。

マルセロの役割について、文学批評家パトリシア・A・ダン Patricia A. Dunn は次のように述べている。

> わたしたちが〔マルセロの〕視点をとおして見るとき、見慣れたものがおかしなものに変えられている。読者は彼の視点から世界を見るので、おかしく、異常に見えるものは、彼の行動や考え方ではなく、いわゆる「正常な」世界にいる人びとの行動や考え方こそそうなのだ、ということになる。〔Dunn 2015, 133〕

ここにきて、わたしたちは、『ハックルベリー・フィン』でハックが果たした役割を思い起さないだろうか。文明の半逸脱者ハックの視点をとおして語られた物語は、白人男性の世界が殺戮と虚偽に満ちていることを読者に気づかせた。同じように、『マルセロ』で響くダブル・マイノリティの声は、リアルな世界のリアリティを読者に知らせている。

おわりに――障害者の男らしさはどのように変化してきたのか

本章では、精神障害者、とりわけ自閉症の少年や男性がどのように表象されてきたかを検証した。パターソンの『北極星をめざして』では、19世紀中ごろ、障害者が「健康で正常な人びと」の社会から排除され、施設（救貧農場）や檻に閉じこめられて人生の喜びを奪われ、搾取されている様子が描かれた。黒人の公民権運動の後、マイノリティの時代が到来した1970年代になって、バイアーズの『白鳥の夏』では、自閉症の少年が表舞台に登場し、一人称ではなく「全知の視点」という手法によって、障害者とその家族が並行して描写された。つまり、障害者の弟は、健常者の姉と一緒に成長する家族として描かれた。

1980年代から90年代アメリカの現実の社会では、自閉症の当事者グランディンがみずからの半生を語る『我、自閉症に生まれて』を出版し、アメリカ社会の自閉症への関心が高まる一方で、レヴィンソン監督映画『レインマン』やゼメキス監督映画『フォレスト・ガンプ』がアカデミー賞を受賞して、自閉症の人びとへの社会の関心がさらに高まった。読者や観客は、自閉症の人びとの内面、その人生にさらに関心を払うようになったはずである。

　21世紀に入って、アレクシーの『はみだしインディアン』やストークの『マルセロ』の一人称の語りをとおして、主人公ジュニアやマルセロに出会った読者は、障害者の声を聞き、その人生を知り、彼らの人生が障害という「問題」だけで成り立つわけではないことを知る。すなわち、一人前の男性へと成長する過程で、彼らも「健常者」となんら変わりなく、社会、あるいはリアルな世界のなかで、自分たちに合った性アイデンティティを探究することを知るのである。

注

1　カナーは自閉症児の特徴について、次のように述べている。「人との接触からの極端な引きこもり、同一性を保持したいとの強迫的な欲求、物に対する手の込んだ強情なまでの関わり方、知的で思索的な風貌、そして、言葉がないか、人との意思伝達の目的を果たさないようにみえるような言葉しか話せない、という特徴をもっている」[Kanner 1949, 416]。

2　ウィングによれば、「アスペルガー症候群」の子どもや青年たちの特性は、「他人への愚直で不適切な近づき方、たとえば鉄道の時刻表など特定の事物への激しく限定した興味のもち方、文法や語彙は正しくても独り言を言うときのような一方調子の話し方、相互のやりとりにならない会話、運動協応の拙劣さ、能力的には境界線か平均的もしくは優秀な水準であるのに、1、2の教科に限って学習困難があること、そして常識が著しく欠けていること」である、と述べている［ウィング　1996, 23］。

3　作者パターソンは、作中の人物パット・ネルソンがハートフォードの実在の人物、パトナム・プロクター・ウィルソンがモデルであると言う。救貧農場の檻のなかで暮らしていたパトナムは、「町の歴史によると、（中略）頭がはっきりしているとき、子どもたちにたのまれると、くりかえしくりかえし同じ歌を歌った」［パターソン 1997, 300］、

というのである。歌詞・曲ともに作者不詳のこの歌「すべてよし All is Well 」は、楽譜つきの歌詞として作品の巻末に掲載されている。

4 　フランスの文学理論家ジェラール・ジュネット Gérard Genette は、語りの視点を指して「焦点化 forcalization」という語を用いた。ジュネットの理論に従えば、『白鳥の夏』の主人公チャーリーを描く「全知の視点」は「ゼロ焦点化」、『はみだしインディアン』の主人公ジュニアや『マルセロ』の主人公マルセロが１人称でみずからを語る場合は、「内的焦点化」と呼ばれる［『文学批評用語辞典』1998, 139］。

5 　ハビトゥス（habitus）「所与の特定の環境のなかで習得され、身についたものの見方、感じ方、ふるまい方であり、ほとんど意識的に方向づけられることなく作用する性向」［宮島喬、『現代社会学事典』2012, 1040］。

6 　社会界（monde social / social microcosm）「いわゆる自然界 monde naturel にたいし、社会的存在としての人間によって構成された世界、社会的観点からとらえられた世界を指す」［石井洋一郎 , ブルデュー I 1979, vii］。

7 　場（champ / field）「ある共通項をもった行為者の集合、およびそれに付随する諸要素（組織、価値体系、規則など）によって構成される社会的圏域。ただし常に一定の成員・要素から成る固定的領域ではなく、むしろ上部構造における階級闘争が展開されるにあたり、各分野で成立するダイナミックな「戦場」「土俵」といったニュアンスである」［同書 , vi-vii］。

8 　文化資本（capital culturel / cultural capital）「個人が所有する『資産』を意味する。（中略）文化資本は、身体化された様態、客体化された様態、制度化された様態という三つの形式をとる。身体化された文化資本の様態とは、持続的に身体を使用することによって無意識的に獲得され蓄積された、ものの言い方、感じ方、振る舞い方といった、身体化されたハビトゥス（日常的実践）のことである。また客体化された様態とは、絵画、書物、辞典、道具、機械といった具体的な形式をもって現れた資産をさし、制度化された様態とは、学歴・資格などを意味する」［伊藤公雄 ,『新社会学辞典』1993, 1297］。

9 　ラルシュ共同体。ラルシュとはフランス語で契約の櫃、ノアの方舟の意。「知的障がいを持つ人と持たない人が、共に生きるコミュニティである。フランス系カナダ人のジャン・バニエにより 1964 年に設立された。ラルシュは、149 のコミュニティからなる国際的なネットワークであり、日本では静岡に「ラルシュ かなの家」がある。ジャン・バニエは、2015 年、宗教分野のノーベル賞と言われるテンプルトン賞を受賞した」［「Weblio 辞書」, Cf.「ラルシュとは」『ラルシュ・かなの家』web］。

あとがき
——セルマからストーンウォールまで
"From Selma to Stonewall"

　本書では、アメリカの19世紀から21世紀までの代表的思春期文学（ヤングアダルト小説）を取りあげて、主人公に体現される男らしさがどのようなイデオロギーをもち、国家アメリカの男性性とどのように関連しているかを、作品発表当時の社会・文化的文脈において読み解いてきた。すなわち、アメリカの思春期文学を、「アメリカの物語」と呼ばれる枠組みのなかで読みながら、作品主人公の男らしさが帝国主義的な国家アメリカのイデオロギー（例外主義、グローバリズム、アメリカニズム）をどのように反映しているかを考察してきた。

　本書の第Ⅰ部第1章から第4章では、アメリカの物語の主人公は、「アメリカのアダム」と呼ばれる、アメリカの中心勢力のWASP（白人・アングロサクソン・プロテスタント）の男性らにとって理想的な自己イメージであった。その一方で、アメリカのアダムは、移民の国アメリカ合衆国において、間違いなく移民の息子・孫であったはずである。にもかかわらず、アメリカのアダムは、トム・ソーヤーのように人種的他者の存在に脅威を感じていた。他方、男性性の不安を感じた男性たちは、皮肉なことに、文明の外（野性）の存在から慰め・活力を得てもいた。彼らはインディアン準州、非文明の国オズ、空想上のアフリカ、カナダの原生林とつながるデヴォンの森で、自己回復を図っていた。

　第Ⅱ部第5章から第8章では、主人公アメリカのアダムの属性がWASPの枠から逸脱し始める。主人公ゲドは浅黒い肌のヒーローとしてアースシーの中心勢力を代表する権力・権威の座に登り詰めるが、「ゲド戦記」シリーズ後半部では、ヒーローの概念に更なるパラダイムシフトが進んだ。すなわち、女性や人種・生物的少数派が権力・権威の代表者となった。また、『チョコレート・ウォー』では、男子校プレップスクールという男の戦場で、戦うことを放棄し、負け犬を甘受するヒーローに体現される新タイプの男らしさも登場する。『ぼくはチーズ』では、少年たちを戦闘に駆りたてる帝国主義的な「大き

な物語」そのものを無化するようなパラダイムシフトが提示される。童謡のなかのチーズとして、(負かされず、食べられず) 立ち続けるヒーローが描かれた。『もう一つの家族』は、主人公がアメリカのアダムの他者である女性・異民族 (ヴェトナム女性) と和解・受容する経緯を描き、パラダイムシフトを図った。

第Ⅲ部第9章から第11章では、WASPにとって人種的他者、性的他者、障害者の男らしさを描く作品を取りあげた。これらの男らしさの表象は、それまでアメリカの中心勢力の男性性から排除されてきた。『スコーピオンズ』や『地におちた天使』の主人公たちは、1980‐90年代に、都市のスラムで貧困、単身家族などの苦境にあって犯罪に巻きこまれて命を落とし、「絶滅の危機」にあると言われた黒人少年たちだった。彼らが国内のスラムや国外の戦場 (ヴェトナム) で、どのように生き残りをかけて戦い、彼らの男らしさを作りあげてゆくかを探った。『顔のない男』や『ベイビー・ビバップ』では、永らくWASPの男らしさにとってタブー視されてきたホモセクシュアリティが男性運動やクイア研究の発展に後押しされて、ヒーローの一属性として描かれた。そして、第11章で扱った『白鳥の夏』『北極星をめざして』『はみだしインディアンのホントにホントの物語』『マルセロ・イン・ザ・リアルワールド』を、脅威、憐憫、隔離・保護すべき存在として、WASPのアメリカのアダム像から外されてきた障害者の男性らが「声」を発する物語として読み解いた。

小説の「アメリカの物語」から現実のアメリカ政界に目を転じてみよう。本書が探求してきた「アメリカの物語」のヒーローの男らしさは、バラク・フセイン・オバマ・ジュニア大統領 (任期2009‐2017年) において、PC (ポリティカル・コレクトネス) 的な達成を成し遂げたようだ。オバマは、自叙伝『マイ・ドリーム──バラク・オバマ自伝 *Dreams from My Father: A Story of Race and Inheritance*』(1995, 2004) において、アフリカのケニア生まれの黒人留学生の父親バラク・オバマ・シニアと、カンザス州生まれの白人の母親アン・ダナムとのあいだに、ハワイで生まれた混血のみずからのアイデンティティと所属を求める「心の旅」を物語る。彼は、母親の離婚により、ケニア人の父親とは2歳で生き別れ、のちに6〜10歳まで、母親の再婚相手の祖国インドネシアで暮らし、さらに教育のためにハワイに戻り、多感な思春期の時期、母方の祖父母に養育された。幾多の苦難、苦悩、葛藤ののちに、コロンビア大学の卒業を

経て、ハーバード大学法科大学院で法務博士の学位を取得して、シカゴで弁護士として働いた。その後、よく知られているように、オバマは、イリノイ州選出の上院議員となり、ついに合衆国初の黒人大統領となった。

父方のケニア人「オバマ」の姓を名乗るバラク少年は、ケニア人ルオ族、母方のイングランド人、アイルランド人、先住民チェロキーの子孫である。しかも、母親の再婚相手のインドネシア人継父とその異父妹をもつという立ち位置にあり、真摯で実直な自分探しをする自伝のオバマの「声」は、多くの人びとの共感を呼び、版を重ねた。そして、1911年には『タイムズ』誌の「ノンフィクション・ベスト・100」に選ばれた。

オバマは、2017年1月10日にシカゴで行った辞任演説 (President Obama's Farewell Address) において、過去240年間のアメリカで歴代の世代が、市民権を求める国民の声に応えて課題と目標に挑んだことを列挙する。専制政治ではなく共和制のために戦った人びと、西部の開拓者たち、「地下鉄道」を築き黒人奴隷解放のために闘った人びと、自由と機会を求めて入国した難民や移民、オマハ・ビーチ、硫黄島、イラク、アフガニスタンで戦った兵士たち、そして、黒人公民権運動の大行進の起点・セルマから同性愛者擁護運動の起点・ストーンウォールまで (from Selma to Stonewall) 闘った人びと［オバマ 2017b, 34-35; Obama 2017a, web.］。

オバマは、ますます多様化するこの国において民主主義が機能するために、アメリカの小説の有名な登場人物の言葉に耳を傾けるべきだと言う。ハーパー・リー Harper Lee の『アラバマ物語 To Kill a Mockingbird』(1960) のアティカス・フィンチ（白人女性の暴行容疑で逮捕された黒人青年を担当する弁護士）は、次のように言う。「人を本当に理解することはできないんだよ。その人の視点から物事を考えない限り、その人の肌の色をまとって歩き回ってみない限り」［Lee 1960, 39］。

このようなオバマの辞任演説の背後に、10日後の1月20日に第45第大統領に就任したドナルド・トランプ Donald Trump のイデオロギーへの懸念があることは言うまでもない。大統領令を発令してメキシコとの国境に壁を築くと発表し、中東7カ国からの入国禁止令により他宗教の人びとを排除するトランプ大統領は、この「あとがき」執筆中も依然として物議を醸し続けている。

さて、この「あとがき」につけたサブタイトル「セルマからストーンウォールまで」に相応しいトピックでここを締めくくりたい。2017年2月28日の京都新聞の朝刊に、「アカデミー賞」「ハリウッド反トランプ」の文字が躍った。「米映画界最大の祭典、第89回アカデミー賞の授賞式は、著名人がこぞってトランプ大統領の排他的な言動や政策を批判、新政権に対する不満の広がりを印象付けた」［『京都新聞』3］と報じている。「排他的な政策をとるトランプ大統領への批判や皮肉が相次ぎ、多様性の大切さを訴える発言に会場から大きな拍手が送られる異例の展開となった」［同紙26］。とりわけ、アカデミー賞の作品賞は、貧しい黒人の少年の成長を、同性愛を含めて描いたバリー・ジェンキンス Barry Jenkins 監督映画『ムーンライト Moonlight』（2016）に授与された。アメリカ在住の映画評論家町山智浩は、同紙に次のようなコメントを寄せている。「外国人を閉め出すトランプ米大統領は、外国人が半分を占めるハリウッドそのものを攻撃していると言える。（中略）『ムーンライト』の作品賞は、黒人やゲイに厳しいトランプ政権に対抗し、マイノリティーの味方であるというメッセージではないか」［町山 2017, 3］。

　本書で取り上げてきたように、時代の推移のなかで、社会・文化の変化の影響を受けながら、様々に変化してきた「アメリカの物語」の男性ヒーロー像は、ハリウッドの反トランプ現象に明らかなように、映画界でも発信者と受容者を見出す。「セルマからストーンウォールまで」という流れは誰も止めることができない。「われわれの進歩は平坦な道筋ではありませんでした。（中略）2歩前進しては1歩後退しているように感じられることがよくありました」［オバマ 2017b, 36-37］という、オバマの言葉を受けいれて進むしかないのだろう。成長・変容する「アメリカのアダム」の人生は留まるところを知らない。

謝　辞

　拙著は、平成7年・8年度の文部省科学研究費助成金による「現代アメリカ思春期小説の研究」、平成10年・11年度と平成14年・15年度の文部科学省科学研究費助成金による「アメリカ思春期小説における男性性の研究」の研究成果の発表論文等を書き直したものです。勤務先であった神戸女学院大学の

研究所より、平成15年度に出版助成金をいただいて出版することができました。拙著は、これらの研究助成金と出版助成金の賜物です。また、前任校の広島大学総合科学部で、平成7・8年度の科研費助成金による共同研究に、同学部の稲田勝彦先生（広島大学名誉教授）からお誘いを頂かなければ、このテーマでの研究のきっかけを得られなかったと存じます。この場を借りて感謝申し上げます。

　さらに、本書の増補版の企画を快諾して下さった阿吽社社長の小笠原正仁さん、原稿の大幅な改訂・加筆に貴重なコメントをいただき、根気よくお付き合いいただいた編集長の大槻武志さんに深く感謝申し上げます。

2017年3月

吉田純子

作家紹介

ライマン・フランク・ボーム（Lyman Frank Baum, 1856-1919）　第1章

　ニューヨーク州で石油業を営む裕福な家庭に生まれる。少年時代、心臓疾患から身体的活動を制限され、内省的で空想的な性格を形成する。物書きになりたいとの少年時代の夢は、長じて新聞記者、劇作家・俳優、雑誌記者に発展する。結婚後、鶏の飼育事業を起こしたり、辺境の町で雑貨店経営のかたわら、地方新聞社の経営・執筆・編集をしたりするなど、様々な職歴をもつが、どれも成功しない。シカゴに移り住み新聞記者をしながら、生活のために子ども向けの本を書き始め、そのなかから『オズの魔法使い The Wonderful Wizard of Oz』（1900, 後に The Wizard of Oz に改題）が誕生する。批評家や学者が無視・軽蔑したこのおとぎ話に、子ども読者は熱狂し、この後、ボームは「オズ」シリーズを14冊も書き続ける。「オズ」シリーズの女性登場人物たちが力強い性格に描かれていることについては、婦人参政権運動に熱心な親族たちたちの影響が指摘されている。母親のシンシア・スタントン・ボームと、妻モード・ゲージの母親（有名な女権運動家マティルダ・ジョスリン・ゲージ）である。姑のマティルダは実力のある、賢い、「良い魔女」も描くようボームにアドバイスした、と言われている。ボームの没後、ヴィクター・フレミング監督の映画『オズの魔法使い The Wizard of Oz』（1939）は、ボーム作品『オズの魔法使い』の国際的人気を高めるのに貢献した。

マーク・トウェイン（Mark Twain, 1835-1910. 本名サムエル・ラングホーン・クレメンズ Samuel Langhorne Clemens）　第2章

　ミズーリ州フロリダで生まれる。後に、ミシシッピー河畔ミズーリ州ハンニバルで過ごした少年時代の経験が、『トム・ソーヤーの冒険 The Adventures of Tom Sawyer』（1876）や『ハックルベリー・フィンの冒険 Adventures of Huckleberry Finn』（1884）などのノスタルジックで牧歌的な物語を生み出す。11歳で父親を亡くしたトウェインは、新聞社を始めた兄オーリオンを手伝って、印刷工やジャーナリストとして働く。その後、1857年から南北戦争の激化により航行不能になるまで、ミシシッピー河で蒸気船の水先案内人として働く。その頃、『ジム・スマイリーの跳び蛙 Jim Smiley and His Jumping Frog』（1865）という軽妙なほら話が出世作となり、ユーモアに満ちた話題作を書き続ける。

トウェインの人生のハイライトの一つは、東部の富豪の娘オリヴィア・ラングドンとの結婚（1870）とその直後のコネティカット州ハートフォードの豪邸建築であろう。この後しばらくして書かれた、無垢な少年の視点から文明と社会を批判的に描く『ハックルベリー・フィンの冒険』は、トウェイン文学をカノン（正典）の座に押し上げる。しかし、晩年には身内の相次ぐ不幸や自身の体調悪化という試練を経て、人間や世界に対する救いがたいほどの厭世観・虚無感に満ちた作品、『人間とは何か What Is Man?』（1906）や『不思議な少年 The Mysterious Stranger』（1916）などを残している。

エドガー・ライス・バロウズ（Edgar Rice Burroughs, 1875-1950）　　　第3章

　イリノイ州シカゴで生まれる。少年時代、健康問題から一貫した学校教育を受けられなかった。ミシガン陸軍士官学校を卒業後、アリゾナの騎兵隊に入隊するが、健康問題を理由に除隊する。その後、全米のあちこちで、金山の採掘人や店員、工場労働者、鉄道警備員、通信販売や戸別販売のセールスマンなどの職を転々とする。1911年にセールスマンの連絡を待ちながらメモ用紙に書いた冒険物語で、400ドルの稿料を得たのをきっかけに、プロの作家業に転向する。翌年、『オールストーリー』誌に掲載された「類人猿ターザン」が評判となり、単行本『類人猿ターザン Tarzan of the Apes』（1914）として出版される。以降、死後出版も含めて、26冊の「ターザン」シリーズが書かれる。1920年代、作品タイトルと印税を管理する会社組織「エドガー・ライス・バロウズ」を立ち上げ、1930年代の不況下でも、パルプ・マガジン（安価な大衆向け雑誌）の一つ『リバティー Liberty』誌との間に、『ターザンとライオンマン Tarzan and the Lion Man』（1934）のシリーズ化の契約を結ぶ。バロウズ没後の1950-60年代に、パルプ・マガジンの衰退を経て、ペーパーバックがブームとなり、バロウズ作品が新世代向けに再版される。「ターザン」シリーズは、文学批評家や研究者にほとんど注目されてこなかったが、50本以上の映画が作られ、夥しい数の漫画本やコマ割り漫画が描かれてきた。こうして、アメリカの国内外で長年ヤングアダルトの読者を獲得してきた。

ジョン・ノールズ（John Knowles, 1926-2001）　　　第4章

　ウェストヴァージニア州フェアモントで生まれる。イェール大学時代に、水泳部に属しながら、『イェール・デーリーニューズ』誌の編集をする。卒業後、幾つかの出版社で働きながら、余暇を利用してヨーロッパ、中近東、エーゲ海諸島を旅行し、この間に旅行案内書や雑誌にエッセイや短編小説を発表する。30歳代に入って第1作の『ともだち A Separate Peace』（1960）を発表し、批評家たちから高い評価を受け、熱狂的な読者も獲得し、ベストセラーとなる。1960年に『ニューヨークタイムズ』誌のベストセラー

リストに掲載され、1961年にウィリアム・フォークナー財団賞（現在のPENフォークナー賞の前身）を受賞する。以降、プロ作家宣言をして、プリンストン大学やノースカロライナ大学の「ライター・イン・レジデンス（一定期間大学などで教える作家）」として働きながら、基本的にはフランスのリヴィエラに居を構える。その後、『ダブル・ヴィジョン Double Vision』(1964 未訳) や『インディアン・サマー Indian Summer』(1966 未訳) などを発表するが、『ともだち』に匹敵する高い評価や発行部数には達していない。『平和の到来 Peace Breaks Out』(1981 未訳) では、小説の語り手が第二次世界大戦後に、ニューハンプシャーのデヴォン校（『ともだち』の舞台）に戻り教壇に立つ話が語られる。『ともだち』は、ラリー・ピアース監督の A Separate Peace（1972）と、ピーター・イェーツ監督のテレビ映画 A Separate Peace（2004）と2度映画化されている。

アーシュラ・K・ル＝グウィン（Ursula K. Le Guin, 1929- ）　　　　　　　　第5章

　文化人類学者の父アルフレッド・L・クローバーと作家の母セオドーラ・クローバーの娘として、カリフォルニア州バークレーで生まれる。ル＝グウィン作品は、J・R・R・トールキンのファンタジー作品やサー・ジェイムズ・フレイザーの『金枝篇 The Golden Bough』(1890) の影響を受けている一方で、東洋思想（特に道教）と西欧思想の統合、ユング心理学、先住アメリカ人の文化などが、作品に巧みに織り込まれている。『闇の左手 The Left Hand of Darkness』(1969)、『所有せざる人々 The Dispossessed』(1974) などのSFやファンタジーの作家としても多くの賞を受賞し名声を得ている。「ゲド戦記」5部作の第1巻『影との戦い A Wizard of Earthsea』(1968) は、ボストン・グローブ＝ホーンブック賞（1969）とルイス・キャロル・シェルフ賞（1979）を受賞した。第2巻『こわれた腕輪 The Tombs of Atuan』(1971) はニューベリー賞銀賞（1972）と全米図書賞最終候補（1972）を、第3巻『さいはての島へ The Farthest Shore』(1972) は全米図書賞（1973）、第4巻『帰還 Tehanu』(1990) はネビュラ賞（1990）、第5巻『アースシーの風 The Other Wind』(2001) は世界幻想文学大賞（2002）をそれぞれ受賞している。2004年に、ヤングアダルト読者への生涯に渡る業績（とりわけ「ゲド戦記」シリーズ）を称えて、アメリカ図書館協会からマーガレット・A・エドワード賞を授与される。2004年にロバート・リーバーマン監督の『ゲド――戦いのはじまり Earthsea』としてテレビ映画化され、日本では、宮崎吾朗監督の映画『ゲド戦記 Tales from Earthsea』(2006) が劇場公開された。

ロバート・コーミア（Robert Cormier, 1925-2000）　　　　　　　　第6章，第7章

　マサチューセッツ州レミントンで生まれる。大恐慌期の少年時代、労働者階層の大家

族の一員として厳しい生活を経験する。アメリカ人作家のトマス・ウルフやアーネスト・ヘミングウェイの影響を受け、ウルフからはロマン主義的作風を学び、ヘミングウェイのからは簡潔で写実主義的作風を学ぶ。ヤングアダルト向け小説家になる前は、ラジオや活字ジャーナリストとして働き、1959年と1973年にニューイングランドの共同通信による三面記事年間最優秀賞を受賞した。『チョコレート・ウォー *The Chocolate War*』(1974)は、74年に、『ニューヨークタイムズ』誌の年間優秀図書賞、アメリカ図書館協会のヤングアダルト向けのベスト・ブック賞など、1979年にはルイス・キャロル・シェルフ賞を獲得した。この作品が「裏切り」「残虐性」「反抗」などのテーマをもつ点で、『キャッチャー・イン・ザ・ライ *The Catcher in the Rye*』(1951)の作者J・D・サリンジャーや『蠅の王 *Lord of the Flies*』(1954)の作者ウィリアム・ゴールディングに並ぶ作家として論評されてきた。『果てしなき反抗 *Beyond the Chocolate War*』(1985)は続編である。その他、1997年にアメリカ児童文学協会からフェニックス賞を受賞した『ぼくはチーズ *I Am the Cheese*』(1977 未訳)や『フェイド *Fade*』(1988)を含め16冊の小説がある。1991年にアメリカ図書館協会は、『チョコレート・ウォー』、『ぼくはチーズ』、『ぼくが死んだ朝 *After the First Death*』(1979)が「ヤングアダルトに世界を見る窓を提供する本」であると評価して、マーガレット・A・エドワード賞を授与した。コーミア作品の映画版には、キース・ゴードン監督の『チョコレート・ウォー』(1988)やロバート・ジラス監督の『ぼくはチーズ』(1983)などがある。

キャサリン・パターソン(Katherine Paterson, 1932-)　　　第8章, 第11章

　キリスト教宣教師夫妻の娘として中国で生まれる。子ども時代、第二次世界大戦勃発による疎開のため、上海、ヴァージニア州リッチモンド、ノースカロライナ州セーレムなど、15回も引っ越しを繰りかえす。長じて、ヴァージニア州での小学校教員ののち、大学に戻りキリスト教教育の修士課程を修了して、宣教師として4年間日本に派遣される。キリスト教牧師との結婚後、しばらくして児童文学を書き始める。日本での宣教師の経験から、日本を舞台とする作品『人形使い師 *The Master Puppeteer*』(1976 未訳)などを書き、この作品は、1977年に全米図書賞を、1989年にエドガー・アラン・ポー特別賞を受賞する。『テラビシアにかける橋 *Bridge to Terabithia*』(1977)、『ガラスの家族 *The Great Gilly-Hopkins*』(1978)、『海は知っていた――ルイーズの青春 *Jacob Have I Loved*』(1980)によって、それぞれ1978年、1979年、1981年にニューベリー賞を受賞する。『テラビシアにかける橋』は、ガボア・クスボ監督の映画『テラビシアにかける橋』を含め、2度映画化されている。その他、『もう一つの家族 *Park's Quest*』(1988)、『ワーキング・ガール――リディの旅立ち *Lyddie*』(1991)とその後日譚の『北極星を

目ざして——ジップの物語 Jip, His Story』(1996)、『星をまく人 The Same Stuff as Stars』(2002) などがある。パターソンは、子どもが家族・人種・社会の問題に直面して、混乱・困難を乗り越えて成長する物語を数多く執筆してきた。

ウォルター・ディーン・マイヤーズ（Walter Dean Myers, 1937-2014） 第9章

　ウェストヴァージニア州で生まれる。幼い頃に母親を亡くし、二人の妹とともにディーン夫妻の養子となる。その後、引っ越したニューヨーク市のハーレムで、3歳からヤングアダルトの時期まで過ごす。吃音の言語障害のため、人と話すことよりも詩や短編の創作に楽しみを見出す一方、貧しさのために高校を中退する。17歳の誕生日に米軍に入隊する。除隊後も創作を続け、その後、編集者として働く出版社で、実地に物書きの仕事を習得し、絵本の創作を始め、次にヤングアダルト向けの小説を書き始める。やがて才能を開花させて次々と作品を書き、生涯に100冊以上の本を出版し、多くの賞を獲得する。若い頃教育を受けられなかったが、人生半ばにして、エンパイア州立大学で文学を学び、学士号を取得する。『若い家主たち The Young Landlords』(1979 未訳) は、アメリカ図書館協会のヤングアダルト向けベスト・ブック賞とコレッタ・キング賞を受賞する。『モータウンとディディ Motown and Didi』(1984 未訳) もコレッタ・キング賞を、『スコーピオンズ Scorpions』(1988 未訳) はニューベリー賞銀賞を受賞する。そして、1994年には『フープス Hoops』(1983 未訳)、『モータウンとディディ』、『地におちた天使 Fallen Angels』(1988 未訳)、『スコーピオンズ』によって、アメリカ図書館協会のヤングアダルト向け図書賞のマーガレット・A・エドワード賞を受賞する。

イザベル・ホランド（Isabelle Holland, 1920-2002） 第10章

　スイスのバーゼルで、アメリカ領事の娘として生まれる。20歳までは、グアテマラやイングランドなどで過ごす。すでに家を出た長兄がおり、イザベルは事実上の一人っ子として暮らす。子ども時代、母親の語り聞かせる様々な話（歴史、伝説、神話、聖書からの話）を楽しんだ。ルイジアナ州テュレーン大学を卒業してまもなく、ニューヨークで出版関係の仕事をしながら、1960年代末から小説を書き始める。第1作の『セシリー Cecily』(1967 未訳) は、イングランド、リバプールの全寮制学校での悩み多き日々の経験をもとに書かれた、大人向けの小説である。児童文学『アマンダの選択 Amanda's Choice』(1970 未訳) を執筆して以来、子ども向けにも小説を書くようになる。代表作『顔のない男 The Man Without a Face』(1972) は、同性愛のエピソード故に物議を醸すヤングアダルト小説として、批評家たちの間で賛否両論を呼んだ。しかし、14歳の少年主人公がメンターとの出遭いを通じて自身と向き合い、生活の規律と自信を得る結末部の

描写に、ホランドの筆力と高い徳性を認める批評もある。『顔のない男』は、1993年に同名のタイトルでメル・ギブソン監督により映画化され、日本では『顔のない天使』というタイトルで上映され、これを機に日本で、1994年に『顔のない男』が翻訳・出版された。多作な作家ホランドは、50冊以上の作品を残している。

フランチェスカ・リア・ブロック（Francesca Lia Block, 1962- ）　　第10章

　カリフォルニア州ロサンゼルスで芸術家の両親（画家の父アレクサンダーと詩人の母ギルダ）の一人娘として生まれる。母親の手引きにより興味をもった文学（特にギリシア神話、おとぎ話）は、後のブロック文学に影響を与えることになる。ロサンゼルスっ子のブロックは、ここを舞台とする作品を書いている。カリフォルニア大学バークリー校で英文学を学び、アメリカのイマジスト詩人ヒルダ・ドゥーリトル（筆名H. D.）や、コロンビアのノーベル文学賞作家ガブリエル・ガルシア・マルケスのマジック・リアリズム作品の愛読者だった。大学時代に、詩作する一方で、気晴らしのためにすでに高校時代に発想を得ていたウィーツィの物語を書き始める。卒業後に帰郷したブロックは、この物語を仕上げる。ウィーツィの原稿は、あるイラストレーターを仲介して、ハーパー・コリン社編集者で児童文学作家のシャーロット・ザロトーの手に渡り、ザロトーの熱心な勧めによってヤングアダルト小説として出版される。作品中の性的虐待やエイズのトピックが批評家により綿密に精査されたが、独創性と洞察力をもってティーンエイジャーを描く作品は、思春期の読者を魅了した。「ウィーツィ・バット」シリーズは、現在までのところ、以下の7冊が出版されている。『ウィーツィ・バット Weetzie Bat』(1989)、『ウィッチ・ベイビ Witch Baby』(1991)、『チェロキー・バット Cherokee Bat and the Goat Guys』(1992)、『エンジェル・フアン Missing Angel Juan』(1993)、『ベイビ・ビバップ Baby Be-Bop』(1993)、『キスで作ったネックレス Necklace of Kisses』(2005)、『ピンク・スモッグ Ping Smog: Becoming Weetzie Bat』(2012 未訳)。1996年、『ベイビ・ビバップ』は、アメリカ図書館協会からLGBT（レズビアン・ゲイ・バイセクシュアル・トランスジェンダー）のテーマの本を評価するストーンウォール・ブック賞を授与された。また、2005年には、「ウィーツィ・バット」シリーズの最初の5冊に対して、アメリカ図書館協会からマーガレット・A・エドワード賞が授与された。

ベッツイ・バイヤーズ（Betsy Byars, 1928- ）　　第11章

　ノースキャロライナ州シャーロットで生まれる。クィーンズ大学シャーロット校で英文学を学ぶ。卒業後に結婚して、夫エドワード・フォード・バイヤーズが大学院で学ぶ間に、執筆生活を開始する。『サタデーイヴニングポスト』誌の特別記事や、『TVガイ

ド』誌、『ルック』誌などに記事を投稿していたが、4人の子どもが成長するにつれて、子ども向けの小説を書くようなり、第1作『クレメンタイン Clementine』(1962) が出版される。その後、コンスタントに作品を発表し、50冊以上の小説を書いている。『白鳥の夏 The Summer of Swans』(1970) が1971年にニューベリー賞を、1981年に『ナイト・スィマーズ The Night Swimmers』(1980 未訳) が全米図書賞を、1992年に『うちの犬マッドを捜し中 Wanted...Mud Blossom』(1991 未訳) がエドガー・アラン・ポー賞、1987年にバイヤーズの生涯に渡る業績を称えてカトリック図書協会のレジーナ賞が授与される。冬の間に小説を書き、夏には夫とグライダーやアンティーク飛行機の操縦をする趣味のあることがよく知られている。

シャーマン・アレクシー（Sherman Alexie, 1966- ） 第11章

　ワシントン州ウェルピニットのスポケン・インディアン保留地で生まれ育つ。誕生時に脳水腫（脳内に多量の髄液が溜まる疾患）が見つかり、生後6ヶ月で髄液排出の脳の手術を受ける。しかし、子ども時代、その後遺症で発作や夜尿症に悩まされる。彼は一方で、幼い頃から大の読書家で、学校では同級生に脳水腫から派生する身体問題を馬鹿にされ、「本の虫」と揶揄される。アレクシーは、より良い教育を受けるために保留地を出て、白人生徒の通う高校に転校する。転校先では差別を受けつつも、バスケットボールのスター選手として人気生徒となる。奨学金を得てゴンザーガ大学へ進学するが、2年後、ワシントン州立大学に転校する。この大学で現代先住アメリカ人の詩に出会い、卒業後、『ファンシー・ダンス業 The Business of Fancydancing』(1992 未訳) などの2冊の詩集を出版する。短編集『ローン・レンジャーとトント、天国で殴り合う The Lone Ranger and Tonto Fistfight in Heaven』(1993) は、作家の第1作に授与されるPENヘミングウェイ賞とライラ・ウォレス・リーダーズ・ダイジェスト賞を受賞する。また小説第1作『リザベーション・ブルー Reservation Blues』(1995) は、1996年ビフォー・コロンブス財団のアメリカ書籍賞を受賞し、さらに初のヤングアダルト小説『はみだしインディアンのホントにホントの物語 Absolutely True Diary of a Part-Time Indian』(2007) は、2007年全米図書賞を受賞し、短編集『ウォー・ダンス War Dances』(2009 未訳) は、2010年PENフォークナー賞を受賞した。

フランシスコ・X・ストーク（Francisco X. Stork, 1953- ） 第11章

　フランシスコ・ハビエル・アグエイアスとして、メキシコのチアパスで生まれる。母親ルース・アグエイアスとチャールズ・ストークとの結婚により、チャールズの養子となりストーク姓を名乗る。アメリカ市民権をもつ養父とともに、9歳のときにテキサス

州エルパソに移民する。作家になりたいという息子にタイプライターを与えるような愛情深い養父だったが、フランシスコが 13 歳のとき交通事故で亡くなる。残された貧しい移民の母と息子は、エルパソ市の住宅援助と奨学金の恩恵を受けて、アメリカに留まった。作家志望のためハーバード大学でラテン・アメリカ文学を学ぶが、研究と創作の間にギャップを感じて文学研究を断念して、卒業後、コロンビア大学法科大学院に進学する。1980 年に卒業後、企業法務の弁護士として働き始める。それ以来、チカーノ・ラテン系文学賞を受賞した第一作『ジャガーの道 The Way of the Jaguar』(2000 未訳) を出版するまで、書くことへの渇望をもち続けた。この他に、『死の戦士たちの最後の夏 The Last Summer of the Death Warriors』(2006 未訳)、『マルセロ・イン・ザ・リアルワールド Marcelo in the Real World』(2009) を含め、2017 年現在までに 6 作のヤングアダルト小説を発表している。特に、『マルセロ』は、2010 年にアメリカ図書館協会のベスト・ブック賞を含め、9 つの賞を受賞している。

引用・参考文献

Alexie, Sherman. *The Absolutely True Diary of a Part-Time Indian*. New York: Little, Brown Books, 2009. [『はみだしインディアンのホントにホントの物語』さくまゆみこ訳、小学館、2010 年]

Althusser, Louis. *Ideologie et appereils ideologiques d'Etat*. N.p.: n.p., 1970. [「イデオロギーと国家のイデオロギー装置」『アルチュセールの〈イデオロギー〉論』柳内隆訳、三交社、1993 年]

Anderson, P. F. "The Mother Goose Pages." *The Mother Goose Pages*. Web. 21 March 2001.

Aries, Philippe. *L'enfant et la vie familiale sous l'Ancien Regime*. Paris: Editions du Seuil, 1960. [『〈子供〉の誕生――アンシャン・レジーム期の子供と家族生活』杉山光信・杉山恵美子訳、みすず書房、1980 年]

Attebery, Brian. *The Fantasy Tradition in American Literature: From Irving to Le Guin*. Bloomington: Indiana UP, 1980.

Atwater, Lee. Qtd in "Atwater's Legacy." *The New Yorker* 19 Oct. 1992: 40-41.

Bain, Dena C. "The *Tao Te Ching* as Background to the Novels of Ursula K. Le Guin." *Extrapolation* 21-3 (1980): 209-21.

バフチン，ミハイル。『ドストエフスキーの詩学』望月哲男・鈴木淳一訳、ちくま学芸文庫、1995 年。

Bassoff, Evelyn S. *Mothering Ourselves: Help and Healing for Adult Daughters*. New York: Plume, 1992. [『娘が母を拒むとき――癒しのレッスン』村本邦子・山口知子訳、創元社、1997 年]

Baum, L. Frank. *Our Landlady*. Ed. & Annoted Nancy Tystand Koupal. Lincoln: Nebraska UP, 1996.

―――. *The Wizard of Oz*. 1900. London: Penguin, 2008.

Beiler, E. F. "Edgar Rice Burroughs." *Science Fiction Writers: Critical Studies of the Major Authors from the Early Nineteenth Century to the Present Day*. Ed. E. F. Beiler. New York: Scribner, 1982.

Belsey, Catherine. "Constructing the Subject: Deconstructing the Text." *Feminist Criticism and Social Change*. New York; Methuem, 1985.

―――. *Poststructuralism: A Very Short Introduction*. New York: Oxford UP, 2002. [『ポスト構造主義』折島正司訳、岩波書店、2003 年]

Block, Francesca Lia. *Baby Be-Bop*. New York: HarperCollins, 1995. [『ベイビー・ビバップ』金原瑞人・小川美紀訳、東京創元社、2000 年]

―――. *Weetzie Bat*. New York: HarperCollins, 1989. [『ウィーツィ・バット』金原瑞人・小川美紀訳、東京創元社、1999 年]

―――. *Witch Baby*. New York: HarperCollins, 1991.〔『ウィッチ・ベイビ』金原瑞人・小川美紀訳、東京創元社、1999 年〕

Blos, Peter. *Sons and Father: Before and Beyond the Oedipus Complex*. New York: Free P, 1985.〔『息子と父親――エディプス・コンプレックス論をこえて』児玉憲典訳、誠信書房、1990 年〕

Bly, Robert. *Iron John: A Book about Men*. 1990. New York: Vintage, 1992.〔『アイアン・ジョンの魂』野中ともよ訳、集英社、1996 年〕

Bourdieu, Pierre. "The Field of Cultural Production, or: the Economic World Reversed." *Poetics* 12 (1983) : 311-56.

―――. *La Distinction: Critique Sociale du Jugement*. Editions de Minuit, 1979.〔『ディスタンクシオン』Ⅰ、Ⅱ、石井洋一郎訳、藤原書店、1990 年〕

Branch, Edgar. "Mark Twain and J.D. Salinger: A Study in Literature Community." *Salinger: A Critical and Personal Portrait*. Ed. Henry Anatole Gruwald. New York: Harper & Row, 1962.

Briggs, Katherine. *A Dictionary of Fairies*. Harmondsworth, Middlesex: Penguin, 1977.

Burroughs, Edgar Rice. *Tarzan of the Apes*. 1914. New York: New American Library, 1963.〔『類猿人ターザン』高橋豊訳、早川書房、1971 年〕

Bush, George W. *Our Mission and Our Moment*. New York: Newmarket P, 2001.

Butler, Judith. *Gender Trouble: Feminism and the Subversion of Identity*. 1990. New York: Routledge, 1999.〔『ジェンダー・トラブル――フェミニズムとアイデンティティの攪乱』竹村和子訳、青土社、1999 年〕

Byars, Betsy. "Autobiography Feature." *Something about the Author* 108 (2000): 23-39.

―――. *Summer of Swans*. New York: Puffin, 1970.〔『白鳥の夏』掛川恭子訳、冨山房、1975 年〕

Campbel, Joseph. *The Power of Myth*. New York: Doubleday, 1988.〔『神話の力』飛田茂雄訳、早川書房、1992 年〕

Campbell, Neil. "The 'Seductive Outside' and the 'Sacred Precincts': Boundaries and Transgressions in *The Adventure of Tom Sawyer*." *Children's Literature in Education* 25-2 (1994): 125-38.

Campbell, Patricia J. *Presenting Robert Cormier*. Rev. ed. Boston: Twayne, 1989.

Carpenter, Angelica Shirley, and Jean Shirley. *L. Frank Baum: Royal Historian of Oz*. Minneapolis: Lerner Publications, 1991.

Carroll, Peter N. *It Seemed Like Nothing Happened: America in the 1970s*. 1982. New Brunswick: Rutgers UP, 1990.〔『70 年代アメリカ――何も起こらなかったかのように』土田宏訳、彩流社、1994 年〕

Clark, Kenneth Bancroft. *Dark Ghetto: Dilemmas of Social Power*. New York: Harper & Row, 1967.〔『アメリカ黒人の叫び』今野敏彦訳、明石書店、1994 年〕

Clatterbaugh, Kenneth. *Contemporary Perspectives on Masculinity: Men, Women, and Politics in Modern Society*. 1990. 2nd ed. Boulder, Colorado: Westview P, 1997.

Conrad, Joseph. *Heart of Darkness*. Harmondsworth, Middlesex: Penguin, 1973.［『闇の奥』中野好夫訳、岩波書店、1958 年］

Coontz, Stephanie. *The Way We Never Were: American Families and the Nostalgia Trap*. New York: BasicBooks, 1992.［『家族という神話』岡村ひとみ訳、筑摩書房、1998 年］

Cooper, James Fenimore. *The Pioneers, or, the Sources of the Susquehanna*. 1823. London: J. M. Dent, 1970.［『開拓者たち』上・下　村山淳彦訳、岩波書店、2002 年］

Cormier, Robert. *Beyond the Chocolate War*. 1985. New York: Dell, 1986.［『果てしなき反抗　続チョコレート・ウォー』北沢和彦訳、扶桑社ミステリー文庫、1994 年］

———. *The Chocolate War*. 1974. New York: Dell, 1986.［『チョコレート・ウォー』北沢和彦訳、扶桑社ミステリー文庫、1994 年］

———. "Forever Pedaling on the Road to Realism." *Celebrating Children's Books: Essays on Children's Literature in Honor of Zena Sutherland*. Eds. Betsy Hearne, and Marilyn Kaye. New York: Lothrop, 1981.

———. *I Am the Cheese*. 1977. New York: Dell, 1991.

———. "An Interview with Robert Cormier." *The Lion and the Unicorn* 1-2 (1978): 109-35.

Corneau, Guy. *Absent Fathers, Lost Sons: the Search for Masculine Identity*. Trans. Larry Shouldice. Boston: Shambhala, 1991.［『男になれない息子たち』平井みさ訳、TBSブリタニカ、1995 年］

Crandall, Bryan Ripley. "Adding a Disability Perspective When Reading Adolescent Literature: Sherman Alexie's *The Absolutely True Diary of a Part-Time Indian*." *ALAN Review* 36-2 (Winter 2009): 71-78.

Crane, Stephen. *The Red Badge of Courage*. 1895. New York: Norton, 1994.

Daly, Maureen. *Seventeenth Summer*. New York: Scholastic Book, 1952.［『卒業の夏』中村能三訳、角川書店、1990 年］

Davis, Walter T. Jr. *Shattered Dream: America's Search for Its Soul*. Valley Forge: PA: Trinity P International, 1994.［『打ち砕かれた夢』大類久恵訳、玉川大学、1998 年］

Douglas, Mary. *Natural Symbols: Explorations in Cosmology*. 1970. New York: Routledge, 1996.［『象徴としての身体』江河徹訳、紀伊國屋書店、1994 年］

Doyle, Richard. *The Rape of the Male*. St. Paul, MN: Poor Richard's, 1976.

Dunn, Patricia A. *Disabling Characters: Representations of Disability in Young Adult Literature*. New York: Peter Lang, 2015.

Earle, Neil. *The Wonderful Wizard of Oz in American Popular Culture: Uneasy in Eden*. Dyfed, Wales, UK.: The Edwin Mellen P, 1993.

Eliot, T. Stearns. "The Hollow Men." *Selected Poems*. 1917. London: Faber & Faber, 1954.［『エリオット選集』第四巻　平井正穂訳、彌生書房、1968 年］

———. "The Love Song of J. Alfred Prufrock." *Selected Poems*. 1917. London: Faber & Faber, 1954.

Ellis, James. "*A Separate Peace*: The Fall from Innocence." *The English Journal* 5 (1964): 313-18.

Eschenbach, Wolfram von. *Parzival*. N.p.: n.p., nd. [『パルチヴァール』ヴォルフラム・フォン・エッシェンバハ著、加倉井粛之他訳、郁文堂、1974 年]

Etterson, Paul. *"I Am the Cheese: Novel 1977." Beacham's Guide to Literature for Young Adults.* Vol. 2. Eds. Kirk H. Beetz, and Susanne Miemeyer. Washington: Beacham Publishing, 1990. 591-98.

Evans, Sara M. *Born for Liberty: A History of Women in America.* New York: Simon & Schuster, 1997. [『『アメリカの女性の歴史――自由のために生まれて』小檜山ルイ、竹俣初美、矢口祐人訳、明石書店、1997 年]

Fasteau, Marc Feigen. *The Male Machine.* New York: MacGraw-Hill, 1974.

Fiedler, Leslie A.. *An End to Innocence: Essays on Culture and Politics.* Boston: The Beacon P, 1955.

―――. *Love and Death in the American Novel.* Np.: Criterion Books, 1960. [『アメリカ小説における愛と死』佐伯彰一・他訳、新潮社、1989 年]

Fish, Stanley. *Is There a Text in This Class?: The Authority of Interpretive Community.* Cambridge, Mass.: Harvard UP, 1980. [『このクラスにテクストはありますか』小林昌夫訳、みすず書房、1992 年]

Foucault, Michel. *Surveiller et Punir: Naissance de la prison.* Paris: Gallimard, 1975. [『監獄の誕生――監視と処罰』田村俶訳、新潮社、1997 年]

―――. *Histoire de la sexualité I; La volonté de savoir.* Paris: Gallimard, 1976. [『性の歴史 I　知への意志』渡辺守章訳、新潮社、1986 年]

Franklin, Clyde W. II. "Surviving the Institutional Decimation of Black Males: Causes, Consequences, and Intervention." *The Making of Masculinities: The New Men's Studies.* Ed. Harry Brod. Boston: Allen & Unwin, 1987.

Friedan, Betty. *The Feminine Mystique.* 1963. London: Penguin, 1965. [『新しい女性の創造』三浦冨美子訳、大和書房、1970 年]

古矢旬『アメリカニズム――「普遍国家」のナショナリズム』東京大学出版会、2002 年。

Galbreath, Robert. "Taoist Magic in the Earthsea Trilogy." *Extrapolation* 21-3 (1980): 262-68.

Galens, David M. "Isabelle Holland." *Authors and Artists for Young People.* Vol.11. Detroit: Gale Research, 1993.

Geffords, Susan. *The Remasculination of America: Gender and the Vietnam War.* Bloomington: Indiana UP, 1989.

Genette, Gérard. *Discours du récit in Figures.* III Editions du Seuil a Paris, 1972. [花輪光・和泉凉訳、『物語のディスクール――方法論の試み』書肆風の薔薇、1985 年]

Gerzon, Mark. *A Choice of Heroes: The Changing Face of American Manhood.* Boston: Houghton Mifflin, 1982.

Gibbs, Jewelle Taylor. "Young Black Males in America: Endangered, Embittered, and Embattled." *Young, Black, and Male in America: An Endangered Species.* New York: Auburn House, 1988.

Gilligan, Carol. *In a Different Voice: Psychological Theory and Woman's Development.* Cambridge: Harvard UP, 1982.［『もう一つの声――男女の道徳観の違いと女性のアイデンティティ』生田久美子、並木美智子共訳、川島書店、1986 年］

Goldberg, Herb. *The Hazards of Being Male: Surviving the Myth of Masculinity Privilege.* 1976. New York: Signet, 1977.［『男が崩壊する』下村満子訳、ＰＨＰ研究所、1982 年］

―――. *The New Male: From Self-Destruction to Self-Care.* 1979. New York: Signet, 1980.［『新しい〈男〉の時代』岩田静治訳、ＰＨＰ研究所、1981 年］

Grandin, Temple, and Richard Panek. *The Autistic Brain: Thinking Across the Spectrum.* Boston: Houghton Mifflin, 2013.［『自閉症の脳を読み解く――どのように考え、感じているのか』中尾ゆかり訳、NHK 出版、2014 年］

―――, and Margaret M. Scariano. *Emergence Labeled Autistic: A True Story.* 1986. New York: Warner Books, 2005.［『我、自閉症に生まれて』カニングハム・久子訳、学習研究社、1993 年］

Griswold, Jerry. *Audacious Kids: Coming of Age in America's Classic Children's Literature.* New York: Oxford UP, 1992.［『家なき子の物語』吉田純子他訳、阿吽社、1995 年］

Griswold, Robert L. *Fatherhood in America: A History.* New York: BasicBooks, 1993.

Hahn, Mary Downing. *December Stillness.* New York: Houghton Mifflin, 1988.［『12 月の静けさ』金原瑞人訳、佑学社、1993 年］

Hall, Stanley G.. *Adolescence: Its Psychology and Its Relations to Physiology, Anthropology, Sociology, Sex, Crime, Religion, and Education.* Vol. 1. 1905. New York: Arno P & the New York Times, 1969.［『青年期の研究』中島力造、他訳、同文館、1910 年］

Harrington, Michael. *The Other America: Poverty in the United States.* 1962. New York: Simon & Schuster, 1993.［『もう一つのアメリカ――合衆国の貧困』内田満・青山保訳、評論社、1965 年］

春名由一郎。「医学モデルと社会モデル」『生活機能マネジメントとしての就労支援』2000、Web。2016 年 9 月 24 日。

秦正流編。『ベトナム戦争の記録』大月書店、1988 年。

Heale, M. J. *American Anticommunism: Combating the Enemy Within, 1830-1970.* Baltimore: John Hopkins UP, 1990.

Hearn, Patrick Michael. *The Annotated Wizard of Oz.* 1973 New York: Clarkson N. Potter, 2000.

Hellmann, John. *American Myth and the Legacy of Vietnam.* New York: Columbia UP, 1986.

Hinton, S. E. *The Outsiders.* 1967. New York. Puffin, 1997.［『アウトサイダーズ』川差澤則幸訳、あすなろ書房、2000 年］

Holland, Isabelle. *The Man Without a Face.* 1972. New York: Harper Keypoint, 1987.［『顔のない男』片岡しのぶ訳、冨山房、1994 年］

―――. "Tilting at Taboos." *The Horn Book* (June 1973): 299-303.

Hollindale, Peter. "Ideology and the Children's Book." *Signal* 55 (1988): 3-22.

Holtsmark, Erling B. *Edgar Rice Burroughs*. Boston: Twayne, 1986.

本間長世。「現代アメリカの政治と文化」『現代アメリカ像の再構築——政治と文化の現代史』本間長世・亀井俊介・新川健三編、東京大学出版会、1990年。

———.「サリンジャーとアメリカ〈アメリカ社会と青年の反逆〉」『サリンジャーの世界』渥美昭夫・井上謙治編、荒地出版社、1969年。

本田秀夫。『自閉症スペクトラム——10人に1人が抱える「生きづらさ」の正体』SB新書、2013年。

Hutchinson, Earl Ofari. *The Assassination of the Black Male Image*. New York: Simon & Schuster, 1994. [『ゆがんだ黒人イメージとアメリカ社会——ブラック・メイル・イメージの形成と展開』脇浜義明訳、明石書店、1998年]

Iser, Wolfgang. *The Implied Reader: Patterns of Communication in Prose Fiction from Bunyan to Beckett*. Trans. of *Der akt des lessens*. Baltimore: The Johns Hopkins UP, 1974.

———. *Der akt des lessens: Theorie ästhetischer Wirkung*. N.p.: n.p., 1976. [『行為としての読書』轡田牧訳、岩波書店、1998年]

Iskander, Sylvia Patterson. "Readers, Realism, and Robert Cormier." *Children's Literature* 15 (1987): 7-18.

石井洋一郎。「本書を読む前に——訳者まえがき」『ディスタンクシオン』I　石井洋一郎訳、藤原書店、1990年。

伊藤公雄。「文化資本」『新社会学辞典』有斐閣、1993年。

Jeffords, Susan. *The Remasculinization of America: Gender and the Vietnam War*. Indianapolis, Indiana UP, 1989.

Johnson, Robert A. *He: Understanding Masculine Psychology*. 1986. Rev. ed. New York: Harper & Row, 1989.

亀井俊介。1976年『サーカスが来た！』岩波書店、1992年。

———.『アメリカン・ヒーローの系譜』研究社、1993年。

Kanner, Leo. "Problems of Nosology and Psychodynamics of Early Infantile Autism." *American Journal of Orthopsychiatry* 19 (1949): 416-26. [「早期幼児自閉症における疾病学と精神力動に関する諸問題」『幼児自閉症の研究』黎明書房、2001年、62-73頁]

川口喬一・岡本靖正編。『文学批評用語辞典』研究社、1998年。

河口和也。『クイア・スタディーズ』岩波書店、2003年。

Keeley, Jennifer. *Understanding I Am the Cheese*. San Diego: Lucent Books, 2000.

Kennedy, Ian. "Dual Perspective Narrative and the Character of Phineas in *A Separate Peace*." *Studies in Short Fiction* 11 (1974): 353-59.

Kett, Joseph F. *Rites of Passage: Adolescence in America 1790 to the Present*. New York: BasicBooks, 1977.

Kimmel, Michael. "Baseball and the Reconstitution of the American Masculinity, 1880-1920." *Sport, Men, and the Gender Order: Critical Feminist Perspectives*. Eds. Michael A. Messner, and Donald F. Sabo. Champaign, Illinois: Human Kinetics Books, 1990.

―――. "The Contemporary 'Crisis' of Masculinity in Historical Perspective." *The Making of Masculinities: The New Men's Studies*. Ed. Harry Brod. Boston: Allen & Unwin, 1987a.

―――. *Manhood in America: A Cultural History*. New York: The Free P, 1996.

―――. "Rethinking 'Masculinity': New Directions in Research." *Changing Men: New Directions in Research on Men and Masculinity*. Ed. Michael S. Kimmel. London: Sage, 1987b.

Knowles, John. *A Separate Peace*. 1959. New York: Bantam, 1975.［『ともだち』須山静夫訳、白水社、1972 年］

Kolbenshlag, Madonna. *Lost in the Land of Oz: Befriending Your Inner Orphan and Healing for Home*. New York: Crossroad: 1988.

上坂昇。『アメリカの貧困と不平等』明石書店、1994 年。

黒田洋一郎・木村 − 黒田純子。『発達障害の原因と発症メカニズム――脳神経科学からみた予防、治療・療育の可能性』河田書房新社、2014 年。

Langley, Noel, Florence Ryerson, and Edgar Allan Woolf. *The Wizard of Oz: The Screenplay*. Ed & annotated Patrick Michael Hearn. New York: Dell, 1989.

「ラルシュとは」『ラルシュ・かなの家』 Web. 2017 年 2 月 17 日。

Lee, Harper. *To Kill a Mockingbird*. 1960. New York: Grand General Publishing, 2010.［『アラバマ物語』菊池重三郎訳、暮しの手帖社、1984 年］

Le Guin, Ursula K. *Dancing at the Edge of the World*. 1989. New York: Perennial Library, 1990.［『世界の果てでダンス』篠目清美訳、白水社、1991 年］

―――. *Earthsea Revisioned*. Cambridge, Massachusetts: CLNE/Green Bay, 1993.［「ゲド戦記を生きなおす」『へるめす』45 号、清水真砂子訳、岩波書店、1993 年、145 − 58 頁］

―――. *The Farthest Shore*. 1973. Rpt. as *The Earthsea Quartet*. London: Penguin, 1992.［『さいはての島へ ゲド戦記Ⅲ』清水真砂子訳、岩波書店、1989 年］

―――. *The Language of the Night*. New York: Perigee Books, 1980.［『夜の言葉』山田和子訳、岩波書店、1992 年］

―――. *The Other Wind*. 2001. London: Orion Children's Books, 2002.［『アースシーの風』清水真砂子訳、岩波書店、2003 年］

―――. *Tehanu*. 1990. Rpt. as *The Earthsea Quartet*. London: Penguin, 1992.［『帰還ゲド戦記Ⅳ』清水真砂子訳、岩波書店、1993 年］

―――. *Tombs of Atuan*. 1972. Rpt. as *The Earthsea Quartet*. London: Penguin, 1992.［『こわれた腕環 ゲド戦記Ⅱ』清水真砂子訳、岩波書店、1989 年］

―――. *A Wizard of Earthsea*. 1968. Rpt. as *The Earthsea Quartet*. London: Penguin, 1992.［『影との戦

い ゲド戦記I』清水真砂子訳、岩波書店、1989年〕

Leitch, Vincent B. *American Literary Criticism from the Thirties to the Eighties*. New York: Columbia UP, 1988. 〔『アメリカ文学批評史』髙橋勇夫訳、彩流社、1995年〕

Lerner, Gerda. *The Creation of Patriarchy*. New York: Oxford UP, 1986. 〔『男性支配の起源と歴史』奥田暁子訳、三一書房、1996年〕

Lewis, R. W. B. *The American Adam: Innocence, Tragedy, and Tradition in the Nineteenth Century*. 1955. Chicago: U of Chicago P, 1975. 〔『アメリカのアダム——19世紀における無垢と悲劇と伝統』斉藤光訳、研究社、1973年〕

Littlefield, Henry. "The Wizard of Oz: Parable on Populism." *American Quarterly* 16 (Spring 1964): 47-58.

Lukens, Rebecca. "From Salinger to Cormier: Disillusionment to Despair in Thirty Years."*Webs and Wardrobes: Humanist and Religions World Views in Children's Literature*. Ed. Joseph O'Beirne Milner. Lanham, Md.: UP of America, 1987.

町山智浩。「赤狩りに屈したトラウマも」『京都新聞』2017年2月28日朝刊、3頁。

Macleod, Anne Scott. "Robert Cormier and the Adolescent Novel." *Children's Literature in Education* 11 (1981): 74-81.

Majors, Richard G., and Jacob U Gordon, eds. *The American Black Male: His Present Status and His Future*. Chicago: Nelson-Hall, 1994.

Marable, Manning. "The Black Male: Searching beyond Stereotypes." *The American Black Male: His Present Status and His Future*. Eds. Richard G. Majors, and Jacob U. Gordon. Chicago: Nelson-Hall, 1994.

Mellard, James M. "Counterpoint and 'Double Vision' in *A Separate Peace*." *Studies in Short Fiction* 4 (1967): 127-34.

Mengeling, Marvin E. "*A Separate Peace*: Meaning and Myth." *The English Journal* 58 (1969): 1323-29.

宮島喬。「ハビトゥス」『現代社会学事典』弘文堂、2012年。

Morison, Samuel Eliot. *The Oxford History of the American People*. N.p.: n.p., 1965. 〔『アメリカの歴史・4』西川正身翻訳監修、集英社、1997年〕

Myers,Walter Dean. *Fallen Angels*. New York: Scholastic, 1988.

———. *Now Is Your Time: The African-American Struggle for Freedom*. New York: Amistad, 1992. 〔『アフリカ系アメリカ人——自由を創造した人々の闘い』石松久行訳、三一書房、1998年〕

———. "I Actually Thought We Would Revolutionaize the Industry." *New York Times Book Review* 9 Nov. 1986: 50.

———. *Scorpions*. New York: HarperCollins, 1988.

Niebuhr, Reinhold. *The Irony of American History*. New York: Charles Scribner's Sons, 1952. 〔『アメリカ史の皮肉』オーテス・ケリー訳、社会思想研究会出版局、1934年〕

日本障害者リハビリテーション協会情報センター、「ビギナーズガイド」2007、Web。2016年9月24日。

西川吉光。『現代国際関係史 I ―― 冷戦の起源と二極世界の形成』晃洋書房、1998年。

Nodelman, Perry. "Reinventing the Past: Gender in Ursula K.Le Guin's *Tehanu* and the Earthsea 'Trilogy'." *Children's Literature* 23 (1995): 179-201.

―――. "Robert Cormier Does a Number." *Children's Literature in Education* 14-2 (1983): 94-103.

―――. "Robert Cormier's *The Chocolate War*: Paranoia Paradox." *Stories and Society: Children's Literature in Its Society Context*. Ed. Dennis Butts. London: Macmillan, 1992.

Norton, Mary Beth, et al. *A People and a Nation: A History of the United States*. Boston: Houghton Mifflin, 1994. [『アメリカ社会と第一次世界大戦』、本田創造他訳、三省堂、1996年]

―――. *A People and a Nation: A History of the United States*. Boston: Houghton Mifflin, 1994. [『大恐慌から超大国へ』本田創造他訳、三省堂、1966年]

―――. *A People and a Nation: A History of the United States*. Boston: Houghton Mifflin, 1994. [『南北戦争から20世紀へ』本田創造他訳、三省堂、1996年]

Obama, Barack. *Dreams from My Father: A Story of Race and Inheritance*. 1995. New York: Crown Publishers, 2004. [『マイ・ドリーム ―― バラク・オバマ自伝』木内裕也・白倉三紀子訳、ダイヤモンド社、2007年]

―――. "President Obama's Farewell Address." *The White House*. Web. Jan. 12, 2017a.

―――.『オバマ退任演説 *The Farewell Address of Barrack Obama*』CNN English Express 編、朝日出版社、2017年 b。

織田まゆみ。『ゲド戦記研究』原書房、2011年。

Ogbu, John U. "Voluntary and Involuntary Minorities: A Cultural-Ecological Theory of School Performance with Some Implications for Education." *Anthropology and Education Quarterly* 29-2 (1998): 165-79.

Olson, James S., ed. *Dictionary of the Vietnam War*. Westport, CT.: Greenwood, 1988.

Paterson, Katherine. *Gates of Excellence: On Reading and Writing Books for Children*. New York: Elsevier /Nelson, 1981.

―――. *Jip: His Story*. New York: Puffin, 1996. [『北極星を目ざして』岡本浜江訳、偕成社、1998年]

―――. "Newbery Medal Acceptance." *The Horn Book* (August 1981): 101-06.

―――. *Park's Quest*. New York: Puffin, 1988. [『もう一つの家族』岡本浜江訳、偕成社、1992年]

―――. *Parzival: The Quest of the Grail Knight*. New York: Puffin, 1998.

―――. "Sounds in the Heart." *Horn Book* (December 1981): 699.

Pearce, Roy Harvey. "'The End. Yours Truly, Huck Finn': Post Script." *Modern Language Quarterly* XXIV (September 1963): 253-56.

Porges, Irwin. *Edgar Rice Burroughs: The Man Who Created Tarzan*. Provo, Utah: Brigham Young UP, 1975.

Pratt, Aniss, Barbara White, Andrea Loewenstein, and Mary Wyer. *Archetypal Patterns in Women's Fiction*. Bloomington: Indiana UP, 1981.

Rabinowitz, Frederic E., and Sam V. Cochran. *Man Alive: A Primer of Men's Issues*. Belmont, CA: Brooks/Cole, 1994.

Reagan, Ronald. "Ronald Reagan TV Ad: It's Morning in America Again." YouTube, Web. 24. Sept 2016.

Roosevelt, Theodore. *The Strenuous Life: Essays and Addresses*. New York: The Century, 1901.

Rosenberg, Emily S. *Spreading the American Dream*. New York: Hill & Wang, 1982.

Rotundo, E. Anthony. *American Manhood: Transformations in Masculinity from the Revolution to the Modern Era*. New York: BasicBooks, 1993.

Rovere, Richard H. *Senator Joe McCarthy*. New York: Hartcourt BraceJo Vanovich, 1959.［『マッカーシズム』宮地健太郎訳、岩波書店、1984 年］

Rowan, John. *The Horned God: Feminism and Men as Wounded and Healing*. New York: BasicBooks, 1991.

Rushdie, Salman. *The Wizard of Oz*. London: BFI Publishing, 1992.

佐伯啓思。増補版『「アメリカニズム」の終焉――シヴィック・リベラリズム精神の再発見へ』TBSブリタニカ、2000 年。

Said, Edward W. *Orientalism*. New York: Vintage Books, 1979.［『オリエンタリズム上・下』今沢紀子訳、平凡社、1993 年］

―――. *The World, the Text, and the Critic*. Harvard UP, 1983.［『世界・テキスト・批評家』山形和美訳、法政大学出版局、1995 年］

Salinger, J. D. *The Catcher in the Rye*. 1951. Boston: Little Brown, 1991.［『キャッチャー・イン・ザ・ライ』村上春樹訳、白水社、2006 年］

笹井常三、他編。『時事英語情報辞典』研究社、1997 年。

Schneider, Dorothy, and Carl J. Schneider. *American Women in the Progressive Era: 1900-1920*. New York: Facts On File, 1993.

Sedgwick, Eve Kosofsky. *Between Men: English Literature and Male Homosocial Desire*. New York: Columbia UP, 1985.［『男同士の絆――イギリス文学とホモソーシャルな欲望』名古屋大学出版会、2001 年］

Segel, Elizabeth. "Betsy Byars." *American Writers for Children Since 1960: Fiction*. 52 (1986): 52-66.

Skolnick, Arlene. *Embattled Paradise: The American Family in an Age of Uncertainty*. New York: BasicBooks, 1990.

Slethaug, Gordon E.. "The Play of the Double in *A Separate Peace*." *Canadian Review of American Studies* 15-3 (1984): 259-70.

Smith, Clark, Stanley Goff, and Robert Sanders. *Brothers: Black Soldiers in the Nam*. Navato, CA: Presidio P, 1982.

Smith, Jessie Carney, and Carrell P Horton, eds. 2nd ed. *Statistical Record of Black America*. Detroit: Gale Research, 1993.

小川俊樹。「元型 archetype」『心理学辞典』有斐閣、1999 年。

Stahl, J. D. *Mark Twain: Culture and Gender*. Athens, Georgia: U of Georgia P, 1994.

Stork, Francisco X. *Marcelo in the Real World*. New York: Scholastic, 2009. [『マルセロ・イン・ザ・リアルワールド』千葉茂樹訳、岩波書店、2013 年]

———. "Saint in the City." *School Library Journal* (March 2009): 29.

Stryker, Sheldon. *Symbolic Interactionism: A Social Sturctual Version*. Menlo Park, Calif.: Benjamin/Cummings, 1980.

Sutcliff, Rosemary. *The Sword and the Circle: King Arthur and the Knights of the Round Table*. London: Bodly Head: 1981. [『アーサー王と円卓の騎士』山本史郎訳、原書房、2001 年]

杉山登志郎。「解説――自閉症の脳の強みを探る」『自閉症の脳を読み解く――どのように考え、感じているのか』テンプル・グランディン著、中尾ゆかり訳、NHK 出版、2014 年。

Swerdlow, Joel L.. "To Heal a Nation." *National Geographic* 167-15 (May 1985): 555-73.

田中治彦。『ボーイスカウト――20 世紀青少年運動の原型』中央公論社、1995 年。

巽孝之。『ニュー・アメリカニズム――米文学思想史の物語学』青土社、1995 年。

Terry, Wallace. *Bloods: An Oral History of the Vietnam War by Black Veterans*. New York: Random House, 1984.

Thwaite, Anne. *Waiting for the Party*. New York: Scribner, 1974. Qtd. in *Audacious Kids*, 31.

Tocqueville, Alexis de. *Democracy in America*. Trans. Arthur Goldhammer. 1832. New York: Library of America, 2004.

Tribunella, Eric L. "Refusing the Queer Potential: John Knowles's *A Separate Peace*." *Children's Literature* 30 (2003): 81-95.

Trites, Roberta Seelinger. *Disturbing the Universe: Power and Repression in Adolescent Literature*. Iowa City: Iowa UP, 2000. [『宇宙をかき乱す――思春期文学を読みとく』吉田純子監訳、人文書店、2007 年]

———. *Waking Sleeping Beauty: Feminist Voices in Children's Novels*. Iowa: Iowa UP, 2007. [『ねむり姫がめざめるとき――フェミニズム理論で児童文学を読む』吉田純子・川端有子監訳、阿吽社、2002 年]

Troyes, Chrétien de. *Le Roman de Percebal ou le Conte du Graal*. N.p.: n.p., n.d. [「ペルスヴァルまたは聖杯の物語」『フランス中世文学集 2――愛と剣と』新倉俊一、神沢栄三、天沢退二郎訳、白水社、1991 年、141-323 頁]

Turner, Frederick Jackson. *The Significance of the Frontier in American History*. 1894. Madison, Wis.:

Silver Buckle P, 1984.

Turner, Victor. *The Ritual Process: Structure and Anti-Structure*. 1969. New York: Cornell UP, 1977. [『儀礼の過程』冨倉光雄訳、思索社、1976 年]

Twain, Mark. *Adventures of Huckleberry Finn*. 1884, 1885. New York: W.W. Norton, 1977.

―――. *The Adventures of Tom Sawyer*. 1876 New York: Bantam Books, 1981.

―――. *The Prince and the Pauper*. 1881. New York: Dell, 1985.

Usrey, Malcom. *Betsy Byars*. New York: Twayne P, 1988.

Vellucci, Dennis. "Man to Man: Portraits of the Male Adolescent in the Novels of Walter Dean Myers." *African-American Voices in Young Adult Literature: Tradition, Transition, Transformation*. Metuchen, N.J.: The Scarecrow, 1994.

Walker, Barbara. *The Woman's Encyclopedia of Myths and Secrets*. New York: Harper & Row, 1983.

渡辺利雄。「マーク・トウェインと自伝」『マーク・トウェイン：自伝』渡辺利雄訳、研究社、1999 年。

Watts, Sarah. *Rough Rider in the White House: Theodore Roosevelt and the Politics of Desire*. Chicago: U of Chicago P, 2003.

Wecter, Dixon. *The Hero in America*. 1941. Tronto: Ambassador Books, 1963.

Wing, Lorna. *The Autistic Spectrum*. 1996. New Updated Edition. London: Robinson, 2002. [『自閉症スペクトラム――親と専門家のためのガイドブック』久保紘章・佐々木正美・清水康夫訳、東京出版、1998 年]

―――. "Asperger's Syndrome: a Clinical Account." *Psychological Medicine* 11 (1981): 115-29.

―――. "The History of Ideas on Autism: Legends, Myths and Reality." *Autism: the International Journal of Research and Practice* 1- 1 (July 1997): 13-23.

Witherington, Paul. "*A Separate Peace*: A Study in Structural Ambiguity." *The English Journal* 54 (1965): 795-800.

Wolfe, Peter. "The Impact of Knowles's *A Separate Peace*." *University Review* 36 (1970): 189-98.

Yep, Laurence. *Dragonwings*. New York: Herper & Low, 1975. [『ドラゴン複葉機よ、飛べ』中山容訳、晶文社、1981 年]

Yoshida, Junko. "*The Chocolate War* Is about Changing Male Roles in the 1960s and 1970s." *Peer Pressure in Robert Cormier's The Chocolate War*. New York: Greenhaven P, 2010.

―――. "The 'Masculine Mystique' Revisioned in *The Earthsea Quartet*." *The Presence of the Past in Children's Literature*. Ed. Ann Lawson Lucas. London: Fraeger, 2003.

―――. "Photographing the Almost-family in the Weetzie Bat Books." *Expectations and Experiences: Children, Childhood & Children's Literature*. Eds. Clare Bradford, and Valerie Coghlan. Lichfield, Staffordshire: Pied Piper Publishing, 2007.

―――. "The Quest for Masculinity in *The Chocolate War*: Changing Conceptions of Masculinity in the

1970s." *Children's Literature* 26 (1998): 105-122.

―――. "A Reconciliation with Asia, Female, and Other: Regeneration of Masculinity in *Park's Quest*." *Bridges for the Young: The Fiction of Katherine Paterson*. Eds. M. Sarah Smedman, and Joel D. Chaston. Lanham, Maryland: The Scarecrow P, 2003.

―――. "Uneasy Men in the Land of Oz." *Children's Literature and the Fin de Siècle*. Ed. Roderick McGillis. Westport, Connecticut: Praeger, 2003.

吉田純子。『少年たちのアメリカ――思春期文学の帝国と〈男〉』阿吽社、2005年。

油井大三郎。『日米戦争観の相剋――摩擦の深層心理』岩波書店、1995年。

Zinn, Howard. *A People's History of the United States: 1942 – Present*. New York: Harper & Row, 1980.［『民衆のアメリカ史』上・下巻　猿谷要監修、富田虎男・平野孝・油井大三郎訳、明石書房、2005年］

Zipes, Jack. Fairy *Tale as Myth, Myth as Fairy Tale*. Lexington: Kentucky UP, 1994.［『おとぎ話が神話となるとき』吉田純子・阿部美春訳、紀伊國屋書店、1999年］

映画

Boys N the Hood. Dir. John Singleton. Columbia Pictures, 1991.［ソニー・ピクチャーズ・エンターテインメント, 1996］

The Fight Club. Dir. David Fincher. Fox Entertainment, 1999.［Fox Home Entertainment, 2001］

Forest Gump. Dir. Robert Zemeckis. Paramount Pictures, 1994.［Warner Home Video］

The Green Berets. Dirs. John Waye, and Ray Kellogg. Warner Brothers, 1968.［Warner Studios, 2000］

The Man Without a Face. Dir. Mel Gibson. Warner Brothers, 1993.［Warner Studios, 1998］

Rain Man. Dir. Barry Levinson. Metro-Goldwyn Mayer Studios, 1988.［20世紀フォックス・ホーム・エンターテイメント・ジャパン, 2012］

Rebel Without a Cause. Dir. Nicholas Ray. Warner Brothers, 1955.［Warner Brothers, 1996］

The Spider-man. Dir. Sam Raimi. Columbia Pictures, 2001.［Columbia Tri-Star, 2002］

Temple Grandin. Dir. Mick Jackson. HBO Films, 2010.［Hbo Home Video, 2010］

The Wizard of Oz. Dir. Victor Fleming. Metro-Goldwyn-Mayer, 1939.［Warner Studios, 1999］

初出一覧

第1章　「夢の国の陰で——『オズの魔法使い』の悩める男たち」『欧米文化研究』5巻（広島大学大学院社会科学研究科紀要、1998年）
　　　　「夢の国の陰で——L・F・ボーム『オズの魔法使い』」『アメリカ小説の変容』（ミネルヴァ書房、2000年）
　　　　"Uneasy Men in the Land of Oz." *Children's Literature and the Fin de Siècle*. Ed. Roderick McGillis. Westport, Connecticut: Praeger, 2003.

第2章　平成10年度11年度科学研究費助成金報告書（基盤研究-C）研究成果報告書『アメリカ思春期小説にみる男性性の研究』（2001年）
　　　　他は書き下ろし

第3章　「*Tarzan of the Apes* にみる男性性の再活性化——『野性』を母とするサバイバル戦略」『論集』49巻-2号（神戸女学院大学研究所紀要、2002年）

第4章　「*A Separate Peace* における男性性のゆらぎ——50年代アメリカの不安、皮肉、逆説の自画像」『人間文化研究』第7巻（広島大学総合科学部紀要、1998年）

第5章　"The 'Masculine Mystique' Revisioned in The Earthsea Quartet." *The Presence of the Past in Children's Literature*. Ed. Ann Lawson Lucas. Westport, Conn./London: Greenwood P, 2003.
　　　　他は書き下ろし

第6章　"The Quest for Masculinity in *The Chocolate War*: Changing Conceptions of Masculinity in the 1970s." *Children's Literature* 26 (1998):105-122.

第7章　"Telling a New Narrative of American Adam and his Manhood in *I Am the Cheese*." *Tinker Bell* 49 (2004): 60-75.

第8章　"A Reconciliation with Asia, Female, and Other: Regeneration of Masculinity in *Park's Quest*." *Bridges for the Young: The Fiction of Katherine Paterson*. Eds. M. Sarah Smedman, and Joel D. Chaston. Scarecrow P, 2003.

第9章　「歪んだ黒人イメージとの闘い——Myers の *Scorpions* にみる男性性」『人間文化研究』第8巻（広島大学総合科学部紀要、1999年）
　　　　"The Search for a New Narrative of Manhood in Myers's *Fallen Angels*." *Tinker Bell*

47 (2002): 57-72.
第10章 「思春期小説 *The Man Without a Face* における『男らしさ』の探究」『欧米文化研究』第2号（広島大学総合科学部大学院紀要、1995年）
他は書き下ろし
第11章 書き下ろし

［著者略歴］

吉田 純子（よしだ じゅんこ）
立命館大学大学院文学研究科修士課程修了。広島大学総合科学部助教授・教授（1992‐2002年）を経て、神戸女学院大学文学部英文学科教授（2002‐2012年）。現在、神戸女学院大学、立命館大学及び同大学院で非常勤講師。専門分野は、アメリカ文学、とくにアメリカ思春期文学の文化論的研究。

学界：日本イギリス児童文学会会員（理事、国際委員）。Children's Literature Association（ChLA）の国際委員を2期。International Research Society for Children's Literature（IRSCL）の理事（2007年京都大会を企画・招致）。

単著：『アメリカ児童文学・家族探しの旅』（阿吽社、1992）、『少年たちのアメリカ』（阿吽社、2005）、『新・家族さがしの旅』（阿吽社、2009）。

共著：『アメリヴァ小説の変容』（ミネルヴァ書房、2000）、*Bridges for the Young*（Scarecrow, 2003）、*The Presence of the Past in Children's Literature*（Greenwood, 2003）、*Children's Literature and the Fin De Siècle*（Praeger, 2003）、『身体で読むファンタジー』（人文書院、2004）、*The Oxford Encyclopedia of Children's Literature*（Oxford, 2006）、*Expectations and Experiences*（Pied Piper, 2007）、*Peer Pressure in Robert Cormier's The Chocolate War*（Greenhaven, 2010）、『英語圏諸国の児童文学Ⅱ』（ミネルヴァ書房、2011）、『子どもの世紀』（ミネルヴァ書房、2013）など。

翻訳書（共訳）：『赤頭巾ちゃんは森を抜けて』ジャック・ザイプス著（阿吽社、1990）、『家なき子の物語』ジェリー・グリスウォルド著（阿吽社、1995）、『おとぎ話が神話になるとき』ジャック・ザイプス著（紀伊國屋書店、1999）、『ねむり姫がめざめるとき』ロバータ・S・トライツ著（監訳・阿吽社、2002）、『宇宙をかきみだす』ロバータ・S・トライツ著（監訳・人文書院、2007）。

〔装丁〕清水　肇（プリグラフィックス）

アメリカ思春期文学にみる〈少年の旅立ち〉
——ハック，オズ，ライ麦畑，ゲド戦記から現代文学まで
American Boys' Quest for Manhood in Adolescent Novels:
Huck, Oz, Ged, and Weetzie's Men

2017年3月31日　初版第1刷発行

著　　者——吉田純子
発　行　者——小笠原正仁
発　行　所——株式会社 阿吽社
　　　　　〒602-0017　京都市上京区衣棚通上御霊前下ル上木ノ下町73-9
　　　　　TEL 075-414-8951　　FAX 075-414-8952
　　　　　URL : aunsha.co.jp
　　　　　E-mail : info@aunsha.co.jp

印刷・製本——モリモト印刷株式会社

Ⓒ Yoshida, Junko, 2017, Printed in Japan　　ISBN978-4-907244-29-3 C0098
定価はカバーに表示してあります